U0467270

我们聚会吧

WOMEN JUHUI BA

范小青 / 著

新疆生产建设兵团出版社

图书在版编目（CIP）数据

我们聚会吧 / 范小青著 . -- 五家渠：新疆生产建设兵团出版社 , 2021.5
ISBN 978-7-5574-1606-5

Ⅰ . ①我… Ⅱ . ①范… Ⅲ . ①短篇小说—小说集—中国—现代 Ⅳ . ① I246.7

中国版本图书馆 CIP 数据核字（2021）第 011104 号

责任编辑：张　贤

我们聚会吧

出版发行	新疆生产建设兵团出版社
地　　址	新疆五家渠市迎宾路 619 号
邮　　编	831300
电　　话	0994-5677185
发　　行	0994-5677048
传　　真	0994-5677519
印　　刷	保定市西城胶印有限公司
开　　本	710mm×1000mm　1/16
印　　张	20
字　　数	236 千字
版　　次	2021 年 5 月第 1 版
印　　次	2021 年 5 月第 1 次印刷
书　　号	ISBN 978-7-5574-1606-5
定　　价	58.80 元

范小青，女，江苏南通籍，从小在苏州长大。1978年初考入江苏师范学院（现为苏州大学）中文系，1982年初毕业留校，担任文艺理论教学工作，1985年初调入江苏省作家协会从事专业创作。现为江苏省作家协会主席，全国政协委员。

1980年发表小说处女作。共出版长篇小说多部，代表作有长篇小说《女同志》《赤脚医生万泉和》《香火》《我的名字叫王村》《灭籍记》等。发表中短篇小说四百余篇，以及散文随笔多篇。短篇小说《城乡简史》获第四届鲁迅文学奖，长篇小说《城市表情》获第十届全国"五个一工程"奖。先后获得第三届中国小说学会短篇小说成就奖、第二届林斤澜杰出短篇小说奖、汪曾祺短篇小说奖等。有多种作品翻译到国外。

目录

城乡简史 / 001

谁在我的镜子里 / 018

死要面子活受罪 / 033

我们聚会吧 / 050

李木的每一天 / 065

长平的车站 / 081

王曼曾经来过 / 099

美兰回家 / 116

你的位子在哪里 / 133

合租者 / 149

千姿园 / 161

最浪漫的事 / 181

你知道就行 / 197

变　脸 / 209

我家就在岸上住 / 225

角　色 / 242

别人的生活 / 260

等待张三李四王大姨 / 277

买方在左　卖方在右 / 289

城乡简史

自清喜欢买书。买书是好事情，可是到后来就渐渐地有了许多不便之处，主要是家里的书越来越多。本来书是人买来的，人是书的主人，结果书太多了，事情就反过来了，书挤占了人的空间，人在书的缝隙中艰难栖息，人成了书的奴隶。在书的世界里，人越来越渺小，越来越压抑，最后人要夺回自己的地位，就得对书下手了。怎么下手？当然是把书处理掉一部分，让它还出位置来。这位置本来是人的。

自清的家属特别兴奋，她等了许多年终于等到了这一天，对于家里摆满了的书，她早就欲除它们而后快。在自清的决心将下未下、犹犹豫豫的这些日子里，她没有少费口舌，也没有少花心思，总之是变着法子说尽书的坏话。家里的其他大小事情，一概是她做主的，但唯一在书的问题上，自清不肯让步，所以她也只能以理服他，再以事实说话。她拿出一些毛料的衣服给他看，毛料衣服上有一些被虫子蛀的洞，这些虫子，就是从书里爬出来的，是银灰色的，大约有一厘米长短，细细的身子，滑起来又快又溜，像一道道细小的闪电，它们不怕樟脑，也不怕敌杀死，什么也不怕，

001

有时候还成群结队大摇大摆地从地板上经过,好像是展示实力。后来自清的家属还看到报纸上有一个说法,一个家庭如果书太多,家庭里的人常年呼吸在书的空气里,对小孩子的身体不好,容易患呼吸道疾病。自清认为这种说法没有科学性,但也不敢拿孩子的身体来开玩笑。就这样,日积月累,家属的说服工作终于见到了成效,自清说,好吧,该处理的,就处理掉,屋里也实在放不下了。

处理书的方法有许多种,卖掉,送给亲戚朋友,甚至扔掉。但扔掉是舍不得的,其中有许多书,自清当年是费了许多心思和精力才弄到手的,比如,有一本薄薄的书,他是特意坐火车跑到浙江的一个小镇上去觅来的,这本书印数很少,又不是什么畅销书,专业性比较强,这么多年下来,自清从来没有在别的地方看到过它,现在它也和其他要被处理的书躺在了一起。自清看到了,又舍不得,又随手捡了回来。他的家属说,你这本也要捡回来那本也要捡回来,最后是一本也处理不掉的。家属的话说得不错,自清又将它丢回去,但心里有依依惜别隐隐疼痛的感觉。这些书曾经是他的宝贝,是他的精神支柱,一些年过去了,他竟要将它们扔掉?自清下不了这样的手。家属说,你舍不得扔掉,那就卖吧,多少也值一点钱。可是卖旧书是三钱不值两钱的,说是卖,几乎就是送,尤其现在新书的书价一翻再翻,卖旧书却仍然按斤论两,更显出旧书的贱,再加上收旧货的人可能还会克扣分量,还会用不标准的秤砣来坑蒙欺骗。一想到这些书像被捆扎了前往屠宰场的猪一样,而且还是被堵住了嘴不许嚎叫的猪,自清心里就有说不出的难过,算了算了,他说,卖它干什么,还是送送人吧。可是谁要这些书呢,自清的小舅子说,我一张光盘就抵你十个书屋了,我要书干什么?也有一个和他一样喜欢书的人,看着也眼馋,家里也有地方,他倒是想要了，但他的老婆跟自清的家属不和，说，我们家不见得穷得要捡人家丢掉的破烂。结果自清忍痛割爱的这些书，竟然没个去处。

正好这时候，政府发动大家向贫困地区的学校捐赠书籍或其他物资，自清清理出来的书，正好有了去处，捆扎了几麻袋，专门雇了一辆人力车，拖到扶贫办公室去，领回了一张荣誉证书。

时隔不久，自清发现他的一本账本不见了。自清有记账的习惯，从很早的时候就开始了，许多年坚持下来，每年都有一本账本，记着家里的各项收入和开支。本来记账也不是一件很特别的事，许多家庭里都会有一个人负责记账，也是长年累月坚持不变的。但自清记账可能和其他人家还有所不同，别人记账，无非就是这个月里买了什么东西，用了多少钱，再细致一点的，写上具体的日期就算是比较认真的记法了。总之，家庭记账一般就是单纯地记下家庭的收入和开销，但自清的账本，有时候会超出账本的内容，也超出了单纯记账的意义，基本上像是一本日记了，他不仅像大家一样记下购买的东西和价钱，记下日期，还会详细写下购买这件东西的前因后果、时代背景、周边的环境、当时的心情，甚至去那个商店是怎么去的，走去的还是坐公交车，或者是打的，都要记一笔，天气怎么样，也是要写清楚的，淋没淋着雨，晒没晒着太阳，路上有没有堵车，都有记载，甚至在购物时发生的一些与他无关、与他购物也无关的别人的小故事，他也会记下来。比如某年某月某日的一次，他记下了这样的内容：下午五时二十五分，在鱼龙菜场买鱼，两条鲫鱼已经过秤，被扔进他的菜篮子，这时候一个巨大的霹雳临空而降突然炸响，吓得鱼贩子夺路而逃，也不要鱼钱了，一直等到雷雨过后，鱼贩子不知从哪里冒了出来，自清再将鱼钱付清，以为鱼贩子会感动，却不料鱼贩子说，你这个人，顶真得来。好像他们两个人的角色是倒过来的，好像自清是鱼贩子，而鱼贩子是自清。这样的账本早已经离题万里了，但自清不会忘记本来的宗旨，最后记下：购买鲫鱼两条，重六两，单价5元/斤，总价3元。这样的账本，有点喧宾夺主的意思，记账的内容少，账外的内容多，当然也有单纯记账的，只是写下"某年某月某日某时在某某街某某杂货店购买塑料脸盆一只，蓝底绿花，荷花。价格：1元3角5分"。

但是自清的账本，虽然内容多一些杂一些，却又是比较随意的，想多记就多记一点，想少写就少写一点，心情好又有时间就多记几笔，情绪不高时间不够就简单一点，也有简单到只有自己能够看得懂的，如"手：175元"。这是记的缴纳的手机费，换一个人，哪怕是他的家属，恐怕也是看不懂的。甚至还有过了几年后连他自己都看不懂的内容，如"南吃：97元"。这个"南吃"，其实和许许多多的账本上的许许多多内容一样，过了这一年，就沉睡下去了，也许永远也不会再见世面的，但偏偏自清有个习惯，过一段时间，他会把老账本再翻出来看看，并没有什么目的，也没有什么意义，甚至谈不上是忆旧什么的，只是看看而已，当他看到"南吃"两个字的时候，就停顿下来，想回忆起隐藏在这两个字背后的历史，但是这一小片历史躲藏起来了，就躲藏在"南吃"两个字的背后，怎么也不肯出来，自清就根据这两个字的含义去推理，南吃，吃，一般说来肯定和吃东西有关，那么这个南呢，是指在本城的南某饭店吃饭？这本账本是五年前的账本，自清就沿着这条线去搜索，五年前，本城有哪些南某饭店，他自己可能去过其中的哪些？但这一条路没有走通，现在的饭店开得快也关得快，五年前的饭店现在已经没有人记得清楚了，再说了，自清一般出去吃饭都是别人请他，他自己掏钱请人吃饭的次数并不多，所以自清基本上否定了这一种可能性。那么"南吃"两字是不是指的在带有南字的外地城乡吃饭，比如南京，比如南浔，比如南方，比如南亚，比如南非，等等。采取排除法，很快又否定了这些可能性，因为自清根本就没有去过那些地方，他只去过一个叫南塘湾的乡镇，也是别人请他去的，不可能让他买单吃饭。自清的思路阻塞了，他的儿子说，大概是你自己写了错别字，是难吃吧？这也是一条思路，可能有一天吃了一顿很难吃的饭，所以记下了？但无论怎么想，都只能是推测和猜想，已经没有任何的记忆更没有任何的实物来证明"南吃"到底是什么，这90多块钱，到底是用在了什么地方。好在这样的事情并不多，总的说来，自清的记账还是认真负责的。

　　自清的账本里有许多账目以外的内容，但说到底，就算是这样的账本，也并没有什么重大的意义，甚至也没有什么实际的作用。自清的初衷，也许是想用记账的形式来约束自己的开销花费，因为早些年大家的经济都比较拮据，总是要想尽一切办法节约用钱，记账就是办法之一，许多人家都这么办。而这实际上是起不到多大的作用的，该记的账照记，该花的钱还是照花，不会因为这笔钱花了要记账，就不花它了。所以，很多年过去了，该花的钱也花了，甚至不该花的也花了不少，账本一本一本地叠起来，倒也壮观，唯一的用处就是在自清有闲心的时候，会随手抽出其中一本，看到是某某年的，他的思绪便飞回这个某某年，但是他已经记不清某某年的许多情形了，这时候，账本就帮助他回忆，从账本上的内容，他可以想起当年的一些事情，比如，有一次他拿了1986年的账本出来，他先回想1986年是一个什么样的年头，但脑子里已经没有具体的印象了，账本上写着"86年2月，支出部分：2月3日支出：16元2角（酒2元，肉皮1元，韭菜8角，点心1元，蜜枣1元3角，油面筋4角，素鸡8角，花生5角，盆子8元4角）"在收入部分记着"1月9日，自清月工资：64元"。

当年的账本还记得比较简单，光是记账，但只是看看这样的账，当年的许多事情就慢慢地回来了，所以，当自清打开旧账本的时候，总是一种淡淡的个人化的享受。

如果一定要找出一点实际的作用，在自清想来，也就是对下一代进行一点传统教育，跟小孩子说，你看看，从前我们是怎么过日子的，你看看，从前我们过个年，就花这一点钱。但对自清的孩子来说，似乎接受不了这样的教育，他几乎没有钱的概念，就更没有节约用钱的想法，你跟他讲过去的事情，他虽然点着头，但是目光迷离，你就知道他根本没有听进去。

自清开始的时候可能是因为经济条件差，收入低，为了控制支出才想到记账的，后来条件好起来，而且越来越好，自清夫妻俩的工作都不错，家庭年收入节节攀升，孩子虽然在上高中，但一路过来学习都很好，肯定属于那种替父母扒分的孩子，以后读大学或者出国学习之类都不用父母支付大笔的费用，家里新房子也有了，还买了一辆车，由家属开着，条件真的不错，完全没有必要再记账。更何况，这些账本既没有什么实际的用处，却又一年一年的多起来，也是占地方的，自清也曾想停止记账这一种习惯，但也只是想想而已，他做不到，别说做不到不记账，就算只是想一想，也觉得不行。一想到从此以后就再也没有账本了，心里就立刻会觉得空荡荡的，好像丢失了什么，好像无依无靠了，自清知道，这是习惯成自然。习惯，真是一种很厉害的力量。

那就继续记账吧。于是日子就这样一年一年地过去了，账本又一本一本地增加出来，每年年终的那一天，自清就将这一年的账本加入无数个年

城乡简史

头汇聚起来的账本中,按年份将它们排好,放在书橱里下层的柜子里,这是不要公示于外人的,是自己的东西。不像那些买来的书,是放在书橱的玻璃门里面的格子上,是可以给任何人看的,还是一种无言无声的炫耀。大家看了会说,哇,老蒋,十大藏书家,名不虚传。

现在自清打开书橱下面的柜门,就发现少了一本账本,少的就是最新的一本账本。年刚刚过去,新账本才刚刚开始使用,去年的那本还揣着温度的鲜活的账本就不见了。自清找了又找,想了又想,最后他想到会不会是夹在旧书里捐给了贫困地区。

如果是捐给了贫困地区,这本账本最后就和其他书籍一样,到了某个贫困乡村的学校里,学校是将这些捐赠的书统一放在学校,还是分到每个学生手上,这个自清是不知道的。但是自清想,这本账本对贫困地区的孩子来说,是没有用处的,它又不是书,又没有任何的教育作用,也没有什么知识可以让人家学,更没有乐趣可言,人家拿去了也不一定要看,何况自清记账的方式比较特别,写的字又是比较潦草的字,乡下的小孩子不一定看得懂,就算他们看得懂,对他们也没有意义,因为与他们的生活和人生根本是不搭界的。最后他们很可能就随手扔掉了那本账本。

但是对于自清来说,事情就不一样了,少了这本账本,自清的生活并不受影响,但他的心里却一阵一阵地空荡起来,就觉得心脏那里少了一块什么,像得了心脏病的感觉,整天心慌慌意乱乱。开始家属和亲友还都以为他心脏出了毛病,去医院看了,医生说,心脏没有病,但是心脏不舒服是真的,不是自清的臆想,是心理反应。心理反应虽然不是器质性病变,但是人到中年,有些情绪性的东西,如果不加以控制和调节,也可能转变成具体的真实的病灶。

自清坐不住了,他要找回那本丢失的账本,把心里的缺口填上。自清第二天就到扶贫办公室去了,他希望书还没有送走,但是书已经送走了。幸好办公室工作细致,造有花名册,记有捐书人的单位和名字,但因为捐赠物物多量大,不仅有书,还有衣物和其他物品,光造出来的花名册就堆了半房间。办公室的同志问自清误捐了什么重要的东西,自清没有敢说实话,因为工作人员都很忙,如果知道是找一本家庭的记账本,他们会觉得自清没事找事,给他们添麻烦。所以自清含糊地说,是一本重要的笔记本,记着很重要的内容。工作人员耐心地从无数的花名册中替他寻找,最后总算找到了蒋自清的名字。自清还希望能有更细致的记录,就是每个捐赠者捐赠物品的细目,如果有这个细目,如果能够记下每一本书的书名,自清就能知道账本在不在这里,但工作人员告诉他,这是不可能的,其实就算他们不说,自清也已经认识到这一点。也就是说,自清在花名册上找到自己的名字,名字后面的备注里写着"捐书一百五十二册",就是这件事情的结局了。至于自清的书,最后到了哪里,因为没有记录,没人能说清楚。但是大方向是知道的,那一批捐赠物质,运往了甘肃省,还有一点也是可以肯定的,自清的书和其他许许多多的捐赠物品一样,被捆扎在麻袋里,塞上火车,然后,从火车上被拖下来,又上了汽车,也许还会转上其他运输工具,最后到了乡间的某个小学或中学里,在这个过程中,它们的命运是不可知的,是不确定的,麻袋与麻袋堆在一起,并没有谁规定这一袋往这边走那一袋往那边走,搬运过程中的偶然性,就是它们的命运,最后它们到了哪里,只是那一头的人知道,这一头的人,似乎永远是不能知道的。

其实这中间是有一条必然之路的,虽然分拖麻袋的时候会有各种可能性,但每一个麻袋毕竟是有它的去向的,自清的麻袋也一定是走在它自己的路上，路并没有走到头。如果自清能够沿着这条路再往前走，他会走到一个叫小王庄的地方。这个地方在甘肃省西部，后来小王庄小学一个叫王小才的学生，拿到了自清的账本，带回家去了。

王才认得几个字，也就中小那点水平，但在村子里也算是高学历了，他这一茬年龄的男人，大多数不认得字，王才就特别光荣，所以他更要督促王小才好好念书，王才对别人说，我们老王家，要通过王小才的念书，改变命运。

捐赠的书到达学校的那一天，并没有分发下来，王小才回来告诉王才，说学校来了许多书，王才说，放在学校里，到最后肯定都不知去向，还不如分给大家回家看，小孩可以看，大人也可以看。人家说，你家大人可以看，我们家大人都不识字，看什么看。但是最后校长的想法跟王才的想法是一致的，他说，以前捐来的那些书，到现在一本也没有了，与其这样，还不如分给你们大家带回去，如果愿意多看几本书，你们就互相交换着看吧。至于这些书应该怎么分，校长也是有办法的，将每本书贴上标号，然后学生抽号，抽到哪本就带走哪本，结果王小才抽到了自清的那本账本。账本是黑色的硬纸封皮，谁也没有发现这不是一本书，一直到王小才高高兴兴地把账本带回去家，交给王才的时候，王才翻开来一看，说，错了，这不是书。王才拿着账本到学校去找校长，校长说，虽然这不是一本书，但它是作为书捐赠来的，我们也把它当作书分发下去的，你们不要，就退回来，换一本是不可能的，因为学校已经没有可以和你们交换的书了，除非你找到别的学生和他们的家长愿意跟你们换的，你们可以自由处理。但是谁会要一本账本呢，书是有标价的，几块，十几块，甚至有更厚更贵重的书，书上的字都是印出来的,可账本是一个人用钢笔写出来的,连个标价都没有,没人要。王才最后闹到乡的教育办,教育办也不好处理,最后拿出他们办公室自留的一本《浅论乡村小学教育》,王才这才心满意足地回家去。

那本账本本来王才是放在乡教育办的,但教育办的同志说,这东西我们也没有用,放在这里算什么,你还是拿走吧。王才说,那你们不是亏了吗,等于白送我一本书了。教育办的同志说,我们的工作都是为了学生,只要学生喜欢,你尽管拿去就是。王才这才将书和账本一起带了回来。

可教育办的这本书王才和王小才是看不懂的,它里边谈的都是些理论问题,比如说,乡村小学教育的出路,说是先要搞清楚基础教育的问题,但什么是基础教育问题,王才和王小才都不知道,所以王才和王小才不具备看这本书的先决条件。虽然看不懂,但王才并不泄气,他对王小才说,放着,好好地放着,总有你看得懂的一天。丢开了《浅论乡村小学教育》,就剩下那本账本了。王才本来是觉得占了便宜的,还觉得有点对不住乡教育办,但现在心情沮丧起来,觉得还是吃了亏,拿了一本看不懂的书,再加上一本没有用的城里人记的账本,两本加起来,也不及隔壁老徐家那本合算,老徐家的孩子小徐,手气真好,一摸就摸到一本大作家写的《人生之旅》,跟着人家走南闯北,等于免费周游了一趟世界。王才生气之下,把自清的账本提过来,把王小才也提过来,说,你看看,你看看,你什么臭手,什么霉运?王小才知道自己犯了错,垂落着脑袋,但他的眼睛却斜着看那本被翻开的账本,他看到了一个他认得出来但却不知其意的词:香薰精油。王小才说,什么叫香薰精油?王才愣了一愣,也朝账本那地方看了一眼,他也看到了那个词:香薰精油。

王才就沿着这个"香薰精油"看下去了,他无论如何也想不到,他这

城乡简史

一看，就对这本账本产生了强烈的兴趣，因为账本上的内容，对他来说，实在太离奇，实在太神奇。

我们先跟着王才看一看这一页账本上的内容，这是2004年的某一天中的某一笔开支："午饭后毓秀说她皮肤干燥，去美容院做测试，美容院推荐了一款香薰精油，7毫升，价格为679元。毓秀有美容院的白金卡，打七折，为475元。拿回来一看，是拇指大的一瓶东西，应该是洗过脸后滴几滴出来抹在脸上的，能保湿，滋润皮肤。大家都说，现在两种人的钱好骗，女人和小人，看起来是不假。"

王才看了三遍，也没弄太清楚这件事情，他和王小才商榷，说，你说这是个什么东西。王小才说，是香薰精油。王才说，我知道是香薰精油。他竖起拇指，又说，这么大个东西，475块钱？他是人民币吗？王小才说，475块钱，你和妈妈种一年地也种不出来。王才生气了，说，王小才，你是嫌你娘老子没有本事？王小才说，不是的，我是说这东西太贵了，我们用不起。王才说，呸你的，你还用不起呢，你有条件看到这四个字，就算你福分了。王小才说，我想看看475块的大拇指。王才还要继续批评王小才，王才的老婆来喊他们吃饭了，她先喂了猪，身上还围着喂猪的围裙，手里拿着猪用的勺子，就来喊他们吃饭，她对王才和王小才有意见，她一个人忙着猪又忙着人，他们父子俩却在这里瞎白话。王才说，你不懂的，我们不是在瞎白话，我们在研究城里人的生活。

王才叫王小才去向校长借了一本字典，但是字典里没有"香薰精油"，只有香蕉香肠香瓜香菇这些东西，王才咽了一口口水，生气地说，别念了，什么字典，连香薰精油也没有。王小才说，校长说，这是今年的最新版本。王才说，贼日的，城里人过的什么日子啊，城里人过的日子连字典上都没有。王小才说,我好好念书,以后上初中,再上高中,再上大学,大学毕业,我就接你们到城里去住。王才说,那要等到哪一年。王小才掰了掰手指头,说,我今年五年级,还有十一年。王才说,还要我等十一年啊,到那时候,香薰精油都变成臭薰精油了。王小才说,那我就更好好地念书,跳级。王才说,你跳级,你跳得起来吗,你跳得了级,我也念得了大学了。其实王才对王小才一直抱有很大希望的,王小才至少到五年级的时候,还没有辜负王才的希望,王才也一直是以王小才为荣的,但是因为出现了这本账本,将王才的心弄乱了,他看着站在他面前拖着两条鼻涕的王小才,忽然就觉得,这小子靠不上,要靠自己。

王才决定举家迁往城里去生活,也就是现在大家说的进城打工,只是别人家更多的是先由男人一个人出去,混得好了,再回来带妻子儿子。也有的人,混得好了,就不回来了,甚至在城里另外有了妻子儿子,也有的人,混得不好,自己就回来了。但王才与他们不同,他不是去试水探路的,他就是去城里生活的,他决定要做城里人了。

说起来也太不可思议,就是因为账本上的那四个字——"香薰精油",王才想,贼日的,我枉做了半辈子的人,连什么叫"香薰精油"都不知道,我要到城里去看一看"香薰精油"。王才的老婆不同意王才的决定,她觉得王才发疯了。但是在乡下老婆是做不了男人的主的,别说男人要带她进城,就是男人要带她进牢房下地狱,她也不好多说什么。王小才的态度呢,一直很暧昧,他只觉得心里慌慌的,乱乱的,最后他发出的声音像老鼠那样吱吱吱的,他说,我不要去,我不要去。可是王才不会听他的意见,没有他说话的余地。

王才说走就走,第二天他家的门上就上了一把大铁锁,还贴了一张纸条，欠谁谁谁3块钱，欠谁谁谁5块钱，都不会赖的，有朝一日衣锦还乡时一定如数加倍奉还，至于谁谁谁欠王才的几块钱，就一笔勾销，算是王才离开家乡送给乡亲们的一点心意。王才贴纸头的时候，王小才说，如数加倍是什么意思？王才说，如数就是欠多少还多少，加倍呢，就是欠多少再加倍多还一点。王小才说，那到底是欠多少还多少还是加倍地还呢。王才说，你不懂的，你看看人家的账本，你就会懂一点事了。其实王小才还应该捉出王才的另一些错误，比如，他将一笔勾销的"销"写成了"消"，但王小才没有这个水平，他连"一笔勾消"这四个字还是第一次见到。

除了衣服之外，王才一家没有带多余的东西，他们家也没有什么多余的东西，只有自清的那本账本，王才是要随身带着的，现在王才每天都要看账本，他看得很慢，因为里边有些字他不认得，也有一些字是认得的，但意思搞不懂，就像香薰精油，王才到现在还不知道它是什么。

在车上王才看到这么一段："周日，快过年了，街上的人都行色匆匆，但精神振奋，面带喜气。下午去花鸟市场，虽天寒地冻，仍有很多人。在诸多的种类中，一眼就看中了蝴蝶兰，开价800元，还到600元，买回来，毓秀和蒋小冬都喜欢。搁在客厅的沙发茶几上，活如几只蝴蝶在飞舞，将一个家舞得生动起来。"

后来王才在车上睡着了，他做了一个梦，梦见一只蝴蝶对他说，王才，王才，你快起来。王才急了，说，蝴蝶不会说话的，蝴蝶不会说话的，你不是蝴蝶。蝴蝶就笑起来，王才给吓醒了，醒来后好半天心还在乱跳，最后他忍不住问王小才，你说蝴蝶会说话吗？王小才想了想，说，我没有听到过。

这时候，他们坐的车已经到了一个火车小站，在这里他们要去买火车票，然后坐火车往南，往东，再往南，再往东，到一个很远的城市去。中国的城市很多，从来没有出过门的王才，连东南西北也搞不清的王才，怎么知道自己要到哪个城市呢。毫无疑问，是自清的账本指引了王才，在自清的账本的扉页上，不仅记有年份，还工工整整地写着他们生活的城市的名称。他写道：自清于某某年记于某某市。

在这里停靠的火车都是慢车，它们来得很慢，在等候火车到来的时候，王才又看账本了，他想看看这个记账的人有没有关于火车的记载，但是翻来翻去也没有看到，最后王才拍地打了一下自己的嘴巴，说，你真蠢，人家是城里人，坐火车干什么？乡下人才要坐火车进城。

其实自清最后还是去了一趟甘肃。他和王才一家走的是反道，他先坐火车，再坐汽车，再坐残疾车，再坐驴车，最后在甘肃省的西部找到了小王庄，也找到了小王庄小学，最后也知道了自己的账本确实是到了小王庄小学，是分到了一个叫王小才的学生手里，王小才的家长还对此有意见，还跑到学校来论理，最后还在乡教育办拿了另一本书作补偿。自清这一趟远行虽然曲折却有收获，可是他来晚了一步，王小才的父亲带着他们全家进城去了。他们坐的开往火车站的汽车与自清坐的开往乡下的汽车，擦肩而过，会车的时候，王才正在看自清的账本，而自清呢，正在车上构思当天的账本记录内容。但他在车上的所有构思和最后写下的已经不是一回事了，因为在车上的时候，他还没有到达小王庄。

这一天晚上，自清在小旅馆里，借着昏暗的灯火，写下了以下的内容："初春的西部乡村，开阔，一切是那么的宁静悠远，站在这片土地上，把喧嚣混杂的城市扔开，静静地享受这珍贵的平和。我到小王庄小学的时候，校长不在学校，他正在法庭上，他是被告，学校去年抢修危房的一笔工程款，

城乡简史

他拿不出来，一直拖欠着。校长当校长第四个年头，已经第七次成为被告。中午时分，校长回来了，笑眯眯地对我说，对不起，蒋同志，让你等了。他好像不是从法庭上下来。平静，也许是因为无奈，也许是因为穷困，才平静。我说，校长，听说你们欠了工程款，校长说，本来我们有教育附加费，就一直寅吃卯粮，就这么挪下去，撑下去，现在取消了教育附加费，挪不着了，就撑不下去了。我说，撑不下去怎么办？校长说，其实还是要撑下去的，学校总是要办的，学生总是要上学的，学校不会关门的，蒋同志你说对不对。面对贫困的这种坦然心态，在日新月异的城市里是很难见着的。今天的开支：旅馆住宿费3元，残疾车往5元（开价2元），驴车返5元（开价1元），早饭2角（玉米饼两块，吃下一块，另一块送给残疾车主吃了），晚饭5角（光面三两），午饭5角（校长说不要付钱，他请客，还是坚持付了，想多付一点，校长坚决不收），和小学生一起吃，白米饭加青菜，还有青菜汤，王小才平时也在这里吃，今天他走了，不知道今天中午他在哪里吃，吃的什么。"

　　自清最后在王小才家的门上，看到了那张纸条，字写得歪歪扭扭，自清以为就是那个分到他的账本的小学生写的，却不知道这字是小学生的爸爸写的，虽然王小才已经念到五年级，他的爸爸王才才四年级的水平，平时家里的文字工作，都是由王小才承担的，但这一回不同了，王才似乎觉得王小才承担不起这件事情，所以由他出面做了。

　　自清最终也没有找回自己丢失的账本，但是他的失落的心情却在长途的艰难的旅行中渐渐地排除掉了，当他站到那座低矮的土屋前，看到"一笔勾消"这四个字的时候，他的心情忽然就开朗起来，所有的疙疙瘩瘩，似乎一瞬间就被勾销掉了，他彻底地丢掉了账本，也丢掉了神魂颠倒坐卧不宁的日子。

自清从大西北回来，看到他家隔壁邻居的车库里住进了一户外来的农民工家庭。在自清住的这个小区里，家家都有车库，有些人家并没有买车，也或者车是有的，但那是公车，接送上下班后，车就走了，不停在他家，这样车库就空了出来，有的人家就将车库出租给外来的人住。

这个农民工就是王才。王才做的是收旧货的工作，所以他和小区里的人很快就熟悉起来。天气渐渐地热了，有一天自清经过车库门口，看到王才和他的妻子在太阳底下捆扎收购来的旧货，他们满头大汗，破衣烂衫都湿透了。小区里有一只宠物狗在冲着他们叫喊，小狗的主人要把小狗牵走，还骂了它，王才说，不要骂它，它又不懂的。狗主人说，不懂道理的狗东西。王才说，没事的，它跟我们不熟，熟了就不叫了，狗都是这样的。下晚的时候，自清又经过这里，他看到他们住的车库里，堆满了收来的旧货，密不透风，自清忍不住说，师傅，车库里没有窗，晚上热吧？王才说，不热的。他伸手将一根绳线一拉，一架吊扇就转起来了，呼呼作响。王才说，你猜多少钱买的？自清猜不出来。王才笑了，说，告诉你吧，我捡来的，到底还是城里好，电扇都有得捡。自清想说什么却没有说得出来，王才又说，城里真是好啊，要是我们不到城里来，哪里知道城里有这么好，菜场里有好多青菜叶子可以捡回来吃，都不要出钱买的。王才的老婆平时不大肯说话的，这时候她忽然说，我还捡到一条鱼，是活的，就是小一点，鱼贩子就扔掉了。自清说，可是在乡下你们可以自己种菜吃。王才说，我们那地方，尽是沙土，也没有水，长不出粮食，蔬菜也长不出来，就算有菜，也没得油炒。自清从他们说话的口音中，感觉出他们是西部的人，但他没有问他们是哪里人。他只是在想，从前老话都说，金窝银窝，不如自家的狗窝，但是现在的人不这么想了，现在背井离乡的人越来越多了。

王才和自清说话的时候，是尽量用普通话说的，虽然不标准，但至少让人家能听懂大概的意思，如果他们说自己的家乡话，自清是听不懂的。后来他们自己就用家乡话交流了，王小才从民工子弟学校放学回来的时候，王才跟王小才说，我叫你到学校查字典你查了没有？王小才说，我查了，学校的大字典有这么大，这么厚，我都拿不动。王才说，蝴蝶兰是什么呢？王小才说，蝴蝶兰就是一种花。王才说，贼日的，一朵花也能卖这么多钱，城里到底还是比乡下好啊。

这些话，自清都没有听懂，但他听出了他们对生活的满意。后来他们还说到了他的账本，他们感谢这本账本改变了他们的生活，让他们从贫穷的一无所有的乡下来到繁华的样样都有的城市。自清也一样没有听懂，他也不知道现在王才每天晚上空闲下来，就要看他的账本，而且王才不仅看自清的账本，王才自己也渐渐地养成了记账的习惯，王才记道："收旧书35斤，每斤支出5角，卖到废品收购站，每斤9角，一出一进，净赚4角×35斤，等于14元整。到底城里比乡下好。这些旧书是住在楼上那个戴眼镜的人卖的，听说他家的书多得都放不下了，肯定还会再卖。我要跟他搞好关系，下次把秤打得高一点。"

一个星期天，王小才跟着王才上街，他们经过一家美容店，在美容店的玻璃橱窗里，王才和王小才看到了香薰精油，王小才一看之下，高兴地喊了起来，哎嘿，哎嘿，这个便宜哎，降价了哎，这瓶10毫升的，是407块钱。王才说，你懂什么，牌子不一样，价格也不一样，便宜个屁，这种东西，只会越来越贵，王小才，我告诉你，你乡下人，不懂就不要乱说啊。

谁在我的镜子里

老吴醒来的时候，愣了一会，才发现自己是在地铁上。

一时想不起什么时候上的地铁，是要从哪里坐到哪里，为什么要坐地铁，平时都是开车的，怎么上了地铁呢？

赶紧看看手提包，虽然已经离开了他的手掌，横躺在旁边的座位上，手机从裤兜里滑了出来，跌在屁股边，还好，前面下车的乘客没有顺手牵羊把他的手机和提包顺走。

现在他清醒过来了，今天是和老婆约了去家装超市看建材看家具，家里换了房，要装修，这是个大事，挺烦人，也挺兴奋，现在比过去方便多了，跑一两趟家装超市，只要不是拖泥带水的性格，装修需要的东西基本都能搞定。

家装超市巨大，建在远郊，到这里来，自己开车不划算，还是地铁快捷方便。

手机铃声响了一下，好几个乘客同时都在查看自己的手机，相同的叮咚声此起彼伏，几乎没有人能够及时而又准确地判断这铃声来自谁的手机，老吴也无法判断，看了一下手机，原来是老婆发来的短信：到哪里了？

谁在我的镜子里

地铁正开着,他也不知道到哪里了,问了一下身旁边的乘客,才知道坐过站了,老婆是个急性子,时间观念又特别强,自己从不迟到,也不允许别人迟到,他赶紧打电话过去说明情况,老婆果然不高兴,声音也变得有些异样,说,说话不算数,今天来不及了,改天吧。电话就挂了。

坐到下一站,他下了车,再坐反方向的车,还能怎么样,回去吧。

回去的路上,老王电话来了,可能是因为在地铁上,声音都不如平时那么真切和熟悉,老王说,你人呢,约好下午在你办公室见的,你怎么不在?他想了一下,说,咦,我今天没和你约吧,我今天有事,下午不在办公室,不会和你约的。那头老王的声音因为疑惑而更加失真,今天没约吗,嘿,瞧我这记性——不说了不说了,重新约吧,你什么时候在?他说,明天上午吧。

坐地铁回了单位,晚上因为有业务应酬,搞晚了,回家老婆已经睡了,从她的背影就能看出她梦中也在生着气,他没敢再打扰她。

第二天上午到了办公室,没多久,老张进来了,说,老吴,今天总算没爽约。他看了看老张,奇怪说,咦,我怎么记得约的是老王。老张不高兴地说,怎么?你就有时间见老王没时间见我?老吴说,我不是这个意思,可我明明记得昨天是老王给我打电话约的,难道我的记忆出了问题?老张"咻"一声说,这有什么稀奇,现在记性差的人多的是,我昨天记着要去买提子,结果买回来的是芒果,我老婆更有意思,站在车前,手里拿着车钥匙,却慌了神,说,不好了,不好了,我车钥匙丢了。

老吴仍有些心不在焉,老张说,哎哟,别这么费神啦,我人都来了,都站在你前面了,还非要认定有约无约吗?你这官你这谱真有那么大吗?你真的这么不想见我吗?就算你真不想见我,但昨天下午我打你电话,是和你约定了的,你也不能反悔呀。

019

老张谈了后就走了，可老吴内心还在想着老王之约，感觉老王还是会来的，但是等了一上午老王也没有来，他也就认同了老张的话，可能记错了吧，现在人的脑子里塞了这么多东西，每天还在继续拼命往里边塞，怎么不混乱，混乱太正常了，不混乱才怪，这么安慰自己，也就释然了。

昨天家装超市没去成，但总得去呀，还得抓紧了去，他们和装修公司签的是半包合同，也就是说，材料自己挑，挑好不用下单购买，回来交给装修公司去进货，装修公司不仅负责进货，他们还有他们自己的渠道，还能再砍价，这样业主又省心又省钱，何乐而不为。

正因为他们要付出的劳动就是这一趟家装超市之旅，所以这一趟既必不可少，又十分重要。

赶紧给老婆发个信，约定今天下午再去，不过他没再坐地铁，开了车去。

到了家装超市，一等再等，老婆没来，他发短信过去，也没回复，再打电话过去，那边已经是转移呼叫，老婆关机了？几个意思呢，他搞不懂。

晚上回家，虽然老婆大人脸色不好，但他总得问一下下午失约的原因吧，一问之下，老婆说，你什么时候约我下午去了？他说，我给你发了短信，你明明回了的。老婆说，什么鬼？他把手机递给老婆看，说，不是鬼，你看看，你看看，短信还在呢，幸亏我没有删掉。老婆瞄了一眼，上面确实是"老婆"两字，老婆撇了撇嘴说，谁知道你那个"老婆"是哪个老婆，反正我没有收到你信。

他不知道老婆是开玩笑还是当真的，嘀咕说，事实面前，也不承认。又说，你约我，我迟到，我约你，你不来，正好明天休息，我们俩一起出门去超市，手拉着手，总不会再出差错了吧。老婆呎他说，你左手拉你的右手吧。

终于在休息天夫妻一起去家装超市，一站式服务确实方便，只是他们

谁在我的镜子里

用大半天时间就要一竿子到底解决几乎所有问题，也确实蛮紧张，期间手机响了几次，有来电，有来信，老吴想看想接，但老婆阻止说，不行，今天任务繁重，谁也不许用手机，你接一个，我发一个，你再发一个，我再接一个，一天忙下来，光顾手机了，还看什么家装材料呀。

老婆的话有道理，老吴完全同意，休息日，想必也不会有什么不得不接不得不回的事情，干脆调到静音，和老婆一起安心看货，这才把任务完成了。

回家的路上，他开车，老婆就忙起来了，她的手机上，内容也不少，先是回电话，接着是回短信、发微信，然后欣赏美图视频，老吴心里也惦记自己的手机，手机在他的兜里跃动着，好像那里边包藏着多少宝贝等着他快快打开收获呢，看着老婆津津有味地看着，还笑，还龇牙，还呸，老吴心里早就痒痒了，一直熬到车子开回家，老吴才急急地掏出手机，怎么不是，太多了啦，眼花缭乱。

老吴傻了眼，无论是来电还是来信，有好些显示的姓名，他都不认得，有一个叫唐豆的，另一个叫许正的，等等。老吴挠了挠头，忽然想起以前见过一个说法，说有个二货小说家，在小说中杜撰了一款汉字拆解病毒，把存在通讯录里的人的名字，都拆解了，所以机主就不认得他们了。其实哪里有什么拆解病毒，就是因为存的名字太多，导致记忆衰退罢了。

老吴的手机通讯录里，也存了好多个人名，他偶尔拉开来看看，一半以上都想不起来了。所以老吴也没太在意，唐什么也好，许什么也好，谁谁谁也好，既然自己记不得他们了，至少说明这些人和自己的来往早已经不密切了，说不定从前就很少交往，即使存下了名字，也记不住，这很正常。

看一下唐豆的短信，是个段子，无所谓，就回了一个段子给他，算是扯平了。

老吴又看看许正，许正发的是一个饭局之约，老吴回了一个，已另有所约，下次再聚。

但是还有一个人有些离谱了，他告诉老吴，钱小姐已经离开，本来组织个饭局送一送的，但是钱小姐表示不想再见到他，就作罢了。

老吴有些哭笑不得，只好回了个表情。

表情这东西真是太好了。

发明表情这东西真是太好了。不想说话，不能说话，说不了话，或者说得太多了想打住，都可以用表情替代。

表情应有尽有，多到只有你想不到，没有它提供不了。

简直太完美、太中意了。

最后看到一信，没头没脑，说，合同的事已基本搞定，明天见律师。

老吴觉得像骗子，又担心不是骗子，确实有这事的话，也是不可轻易忽视的，就试探说，你发错人了吧。对方也就不再回了。果然离骗子不远。

现在骗子太多，大家都很小心。

所以有时候错了的就让它错了去。宁可错过朋友，不可踩中地雷。

除了微信短信，还有好几个陌生的未接电话，老吴一概不回，有一个电话打了几次，一直到晚上还在打过来，老吴被盯得无法，发信说，我在开会，不方便接，你有事发信吧。若是骚扰电话或诈骗电话，必不会再发信来了，可这个人很执着，真的发信来了，说，这么晚了还在开会？你比我还忙啊？明天上午九点，到我办公室来一下。

老吴哈哈大笑，很有心情跟骗子再打几个回合，所以回信过去说，过了时的骗局，又拿来用，连与时俱进都不知道，还干这营生？

那边终于不再纠缠了。

总之这个周末，老吴虽然过得稍有些不同，但他并没怎么往心里去，现在因为手机带来的各式各样的事情，每天都能碰到，没人稀罕。

新一周开始，早晨去上班，一进办公室，老板的电话就打到座机上，口气不怎么好，说，让你到我办公室来一起，就这么难？老吴脑袋"轰"的一下，想起被他嘲笑过的那个陌生电话，难道是老板打的，可是他也冤哪，老板换了手机，却不告诉他，让他蒙在鼓里，老吴可不愿意吃下这种不明不白的冤枉官司，赶紧辩解说，老板，您换手机我不知道啊，现在骗子太多——老板打断他说，我什么时候换手机啦，我一直是老手机。

这真奇了怪，为什么显示在自己手机上的是另一个陌生的号码呢，难道真如那个异想天开的小说家所预测，病毒来了？

老吴仍然不敢十分相信老板的话，又试探说，老板，因为，因为，骗子的那个"九点钟到我办公室"的段子实在太著名了——老板又劈头打断他说，难道因为骗子用过一次，从此以后，所有的上司都不能叫下级周一见啦？

老板说得有理，老吴赶紧到老板办公室，他一进去，老板就朝他伸手，说，材料呢，你以为我是想看你这张脸？

老吴一拍脑袋，赶紧回办公室，打开手提包，取出材料，再去交给老板，老板这才稍稍满意，收下材料，朝他挥挥手。

到半上午时，老板电话又来了，问他吃了药没，他就料知是那材料出了问题，果然不等他回嘴，老板又说，你过来。他以为问题大了，电话都不能说，要当面剋了，赶紧提着个小心脏往老板那儿去，老板果然不高兴，盯着他看看，面有疑色，说，你也算是老手了，怎么会有这样的错别字？

一开始老吴以为报告出了重大的差错，确实有点紧张，以为要返工了呢，现在老板只是说是错别字，他立刻放心多了，错别字哪个不会写，人人都有错别字的，很多人还故意写错别字，那是潮，但他不便这么直接跟老板回嘴，谦虚地说，哪个字哪个词错了，我马上改。嘴上是这么说，眼睛却朝老板瞄一瞄，看看老板的脸色，平时老板要做报告，只是拿他写的稿子念，有时候到了会场，稿子才递到老板手里，从来没有事先认真准备的习惯，今天不知老板是怎么了，口气严厉说，幸亏我事先认真准备，否则就出洋相了，你自己看看吧——把报告扔到老吴面前，老吴拿起来一看，赫然的，是标题错了，难怪老板能够一眼看出来。

应该是"关于公司营销情况的报告"，结果变成了"关于公司亏损情况的报告"。老板说得不错，什么都错得，偏偏这两个字错不得，而他其他什么字也不错，偏偏就错这两个字？

老板责问老吴，老吴也是百思不得其解呀，报告明明是他自己亲自起草亲自修改的，怎么会出如此明显的差错，不过好在不是内容要返工，只要将标题上两个错别字订正就行了。

下午老板在公司作报告，会场很安静，没有人说话，都忙在看手机呢。等到散会时，有一个同事面有疑色地跟老吴说，今天老板怎么啦？

老吴一时没有理解他的意思，反问说，什么老板怎么啦，老板怎么啦？你怎么啦？

那同事犹豫了一下，说，要开人还是要怎么啦？

老吴仍然没有理解，继续反问说，谁说要开人了，老板说了吗？你怎么会有这种想法，你怎么啦？

那同事赶紧摆正了脸色，说，哦，没怎么。就走开了。

老吴晚上回家，老婆又在看打鬼子的电视，老吴瞄了一眼，感觉画面似乎有所不同，随口说，昨天那个结束了？换一个片子了？老婆说，没结束啊，要打六十集呢，还早呢。他又奇怪说，那你换了台？老婆也奇怪地朝他看看，说，没有换台呀，不还是在打鬼子吗？又白他一眼说，关你什么事，又不是你在看，是我在追着看，内容一直都是连下来的，昨天八路军受了伤，今天就在老百姓家养伤，这不明明是连续着的嘛，我即使脑残，也还没残到连连续剧怎么连下去都看不懂吧。

他没再回嘴，等老婆不注意，偷偷把广播电视报找出来看看，地方台一套播的是《杀鬼子一个不留》，地方台二套播的是《把鬼子杀干净》，确实差不多，老婆说的也不错，反正内容是连贯的，反正打鬼子的过程也都差不多。

他实在想嘲笑一下老婆，可看到老婆专注的神情，完全被神剧情吸引住了，他放弃了嘲笑的想法，坐在自己的电脑面前去，在QQ上和新居装修的项目经理聊了一下，问问情况，经理发了进货的图片给他看，并说，您放心，一切正常。

他确实可以放心，只需在头一次交接的时候，和项目经理一一对接清楚，后面就不用多操心了。有时间的，可以过去看一眼，不看也没事。现在的装修跟过去完全不同了，非常规范，非常专业，都有质量承诺，又有第三方监管，更何况，连个干小工的，也比你内行得多，你一开口，他就跟你说专业术语，搞得你完全觉得自己是只多余的菜鸟。即便是路经，顺道去看看，工人们热火朝天地干着，切割机钻孔机嘎嘎嘎地叫着，没人会打招呼，也没有人问你是谁，站一会，受不了噪声和灰尘，赶紧撤吧。

一集电视剧播完等下一集时，老婆过来转转，看到项目经理发来的图片，有些疑惑，说，这款地砖，颜色好像不太一样？又拿手机上的图来比对，确实有些误差，赶紧打电话问项目经理，经理说，我们是完全按照你们提供的型号颜色买的，上传的图片可能会有色差，如果不放心，可以到现场去看，货已经到了。

到下一个休息日他们去了现场，到小区门口时，项目经理已经在等候他们了，一起引着到新家，亲眼看了地砖颜色，确实和原来看中的那一款有差别，问怎么回事，工人肯定是搞不清的，材料有专人负责进货，就找到进材料的专人，他的手机上也有图有真相，但他手机上的那款地砖确实就是现场的那个颜色，难道在转发的过程中，颜色会自动改变？

幸好老婆是个比较大度的人，说，算了吧，反正这一款颜色也不难看，还过得去，只要没有质量问题就行。

工程还没有全面开始，所以他们又认真地看了图纸，发现出其他一些问题，比如，淋浴房的喷淋头应该是安装在竖立面的墙上，水喷洒出来的余地比较宽大，结果设计上却改在了横立面上，怎么看也觉得别扭。项目经理是个细致的人，似乎有些沉不住气，一边道歉，一边委屈地对老吴说，竖面的墙上有管线，不太方便安装，即使硬装，装出来就是偏的，我发短信请教过你，你回信说由我们定，我们就这么定了。老吴觉得奇怪，他完全不记项目经理跟他探讨过淋浴房的事情呀，项目经理赶紧拿出手机，递到他眼前说，你看，短信我还保留着。老吴一看，果然的，上面是姓名"1202吴"，房号和姓都是对的，不就是他嘛。

既然是经老吴同意的，老婆不好责怪项目经理，自然是要怪罪老吴，老婆说，把装修交给你实在是个错误，下面的事情不要你管了，转给我，我来负责吧。就让项目经理把她的手机记下，说以后碰到任何问题找她就是。

老吴看到项目经理记下了老婆的手机号码，创建新联系人记的是"1202夫人"，老吴无责一身轻，有心情跟老婆开个玩笑说，每幢楼都有1202哦，你不要做了别人家的夫人哦。

老婆朝他翻个白眼，就开始履行"负责人"职责，四处查看起来。

倒是这个项目经理，听了老吴说话，似乎是愣在那里了，老吴不知他是哪根筋搭错了，也不知自己哪句话把他的筋搞乱了，就看到他小眼睛眨巴了半天，忽然开口问道，吴老板，你是姓吴吧。老吴奇怪道，咦，你明明知道我姓吴，我们的装修合同、包括你的手机上存着的，不都是我吗，我生下来就姓吴，没有改过姓哦。

项目经理"哦"了一声，又把手机翻出来看看，念道，1202吴，1202吴，没错。似乎放心了，把手机揣进口袋，赶上老吴老婆的脚步，紧随其后。

回家路上老婆开车，可偏偏手机不停地响，一会儿来电，一会儿来信，老吴想替老婆看看有没有急事，老婆却不在乎说，不用看，不是推销，就是骗子。老吴认同这说法，休息日单位和朋友一般都不怎么打扰，唯有骗子最辛苦，没日没夜没休假，于是感叹说，现在骗子太多，傻子都不够用了。

正这么说着，骗子已经到了，老吴一看，简直气得要笑起来了，骗子真是疯了——哦不，不是骗子疯了，是这个世界疯了，骗子才会这么清醒，这么猖狂。

这一回的骗子，很有点城府，是动了脑筋、创了新的，在短信中说，你拿了我的手机，好几天了，难道都没有觉得有差错么？过得很自在么？

老吴碰到骗子，一向很冷静，现在依然是冷静，先研究这条颇有创意的骗术，首先第一步，骗子肯定是想让他回信，如果他回了，骗子下一步会怎么走呢，骗子说老吴这几天使用的是别人的手机，这是什么意思，难不成真会有人相信，然后把手机拱手"还"给骗子，人不能这么蠢吧，如果拱还是不可能的，那什么是可能的呢？骗子的要领，就是抓住人性的薄弱点，贪钱，怕领导，掩饰外遇，等等之类，那么手机有什么软肋呢？

那可多了去了。

心里数着手机的软肋，一二三四五，老吴肋骨都疼起来，心也烦乱起来，那骗子可是个急性子，见老吴没上当，干脆打电话来说，刚才就是我发的短信，你收到没有，为什么不回复？老吴气得说，你这么嚣张，简直都不像骗子啦。那边说，你误会了，我不是骗子，我是你手机的主人。老吴"啊哈"一声说，可是它现在换主人了。电话那头骗子还很执着，还不肯放弃，继续纠缠说，你不相信的话，打开通讯录看看，你认得里边的人名吗？

老吴不知道自己是不是开始着骗子的道儿了，他已经下意识地点开手机通讯录，可看了一眼后，又放心了，怎么不认得，这些人，都是老吴的关系人物和联系对象，"老婆""老板""杨秘""李副总""刘科""杨处""老张""老王""大哥""二弟""小妹""二妹"，等等。

当然也有老吴记不得的，这也很正常嘛，谁敢保证存在手机通讯录的那些人脸，个个都历历在目呢。

老吴既然放了心，就干脆再调戏一下骗子，吃吃骗子的豆腐也蛮爽，老吴跟骗子说，你又走错一步棋，你得重新写脚本了，通讯录里的人名，我都认得，这就是我自己的手机。那边骗子真着急了，赶紧说，不可能，不可能，你的手机在我手里呢。

这下子老吴有些吃不准了，把自己手里的手机翻来翻去看了几遍，也没看出这是一部别人的手机呀，手机品牌、手机型号、开锁密码、屏保画面、通讯录里大部分的名字，还有近几天的保留的短信，等等，没哪个不是他自己的嘛。

老婆在一边看到老吴摆脱不掉这个骗子，问道，你再看看，他打给你用的是什么电话？老吴赶紧将来电显示的电话号码念叨出来，一边念，一边就觉得有怪，老婆听了，也觉得怪怪的，说，咦，这个号码好像是谁的嘛。

两人同时叽叽咕咕念叨几遍后，又同时大喊起来。

老吴喊，我的天，这是我的手机哎。

老婆喊，我的妈，这是你的手机哎。

他们终于记起了老吴的手机号码了。

一旦记起了老吴的手机号码，顿时让他们吓出一身冷汗来了，怎么老吴的手机号码会给老吴自己的手机打电话呢，难道会有两个相同有号码在同时使用？

比神剧还神吗？

还是旁观者比当事人镇定一点，老婆让老吴往她的手机上打一个试试，老吴从通讯录里调出"老婆"拨打出去，结果，老婆的手一直机没响，老婆阴阳怪气地说，看起来，你这个"老婆"不是我。老吴急着解释，却又不知道怎么解释，这时候那边的"老婆"接通手机了，说，喂，说话呀——老吴愣了愣，反问说，你知道我是谁？那"老婆"哼哼冷笑说，你跟我玩变声？老吴说，你难道听不出我的声音？那"老婆"说，声音算什么，样子都能变，性别都能变，声音就不能变吗——看起来那个"老婆"是认定他了，那是当然，她那边的来电显示就是"老公"两字嘛。老吴哭笑不得，又解说不清，只得挂断电话。

事情至此，老吴才相信了那个"骗子"，他们之间真是把手机换错了，但是手机怎么会换错呢，又是在哪里换了的呢，老吴努力回想，终于，他想起了地铁。

就是坐地铁那天，他睡着了，手机从口袋里滚了出来，坐在他旁边的那个人拿着他的手机先下车了。

现在老吴一一回想起来了，不仅手机，还有手提包，还有包里的文件，丢了这些重要的东西，那可真是不得了的大事，可奇怪的是，这一个星期内，并没有发生什么重大的差错，那人提包里的东西，和老吴提包里的东西，实在是大同小异，就算有些小小的差别，也都无关紧要，老吴也不是个十分细心的人，甚至他老板把营销报告做成了亏损报告，老吴也没有听出来，其他大部分人也没有听出来，老吴记得只有一个同事，小小地表示了一下担心，但是被老吴反问了一句，同事立刻知道自己错了，闭嘴走了。

老吴有些惊讶，自己拿着一个陌生人的手机，却没有一点陌生的感觉，靠着另一个手机生活了好几天，日子竟然也一样过，中间也只是有过一些小小的疑惑，比如，明明记得约了老王，结果老张来了，可这种事情稀松平常，人人都会碰到，没人会把这样的小差错当回事，没人会顶真的。

第二天他们就换回了手机，日子也还是照常地过，几乎没有人发现老吴的这段遭遇，老吴有一次喝了酒，把事情讲出来，大家听了，也没觉着很稀罕，甚至都很理解，轻描淡写地说，呵呵，现在的手机和手机里的内容几乎是一模一样的。

老吴家的新房子装修好了，工人都撤走了，装修公司等待户主约时间验收，老婆恰好出差了，暂时验收不了，偏巧这天老吴有空，想到新装修房子的新气象，心里痒痒，先上门去看一眼，到了那里，老吴掏了钥匙开门，却怎么也打不开来，再仔细看看，分明就是1202嘛，哪里出差错了呢。

前几次来，因为都有工人在工作，门都是开着的，始终没有用过钥匙，难道是钥匙坏了？老吴赶紧打电话给项目经理，经理赶来了，用他的手里的钥匙开了门，老吴进去巡视一遍，装修工程实在无话可说，挑不出一丝毛病，可老吴心里，总有一种隐隐约约的不踏实的感觉，他下楼的时候，注意了一下楼面上的标号，是17幢，心里顿时一惊，却还有些吃拿不准，回家赶紧拿出购购房合同一看，他们购买的是12幢。

老吴顿觉天旋地转，头晕目眩，这错误可是错得太大了，整整装了几个月的新房，最后竟然不是自己的家？项目经理一听说，更慌了，那可是掉饭碗的失误啊，赶紧向公司报告差错，公司安排人手一查，才发现他们公司在同一个小区接了两个"1202吴"的活。

两个1202，分别由两位项目经理负责，赶紧把那个经理也找来，大家一核对，都觉得奇怪，怎么两户装修会犯同样一个错误呢，老吴和老婆没有发现这个1202不是他们的家，就算他们糊涂马虎吧，可那一家的户主怎么也这么糊涂马虎呢？

一伙人赶紧到另一个1202现场去看个究竟，这个1202，才是老吴真正的家，老吴用自己的钥匙，顺利地开了门，可就在开门的那一瞬间，老吴心里怦怦乱跳，十分慌张，完全不敢想象，这个自己从来没有看到过的新家会是什么样了，会不会让人目瞪口呆，老吴踏进门的时候，先把眼睛一闭，再鼓起勇气一睁。

老吴真的目瞪口呆了。

这怎么就不是他的新家呢，这就是他的新家，这个1202，和那个1202，就是同一个1202，一模一样的装修风格，材料，家具，等等，什么都是一样的，唯一不同就是那款地砖颜色稍有差异，但差异真心不大。

难怪那户1202户主，也犯下了和老吴一样的错误，或者说，根本就没有什么错误，他们的房型完全一样，他们挑选的建材和家具也差不多，开工期间那个1202的户主自然也来现场看过，他们当然看不出有什么问题。

如果一定要说这里边有差错，差错就发生在开始的某一天，某一个项目经理在小区门口迎接户主的时候，问他，您是1202的，您姓吴？姓吴的户主说，我是。

只是现在也已经搞不清，是两个经理中的哪一个先跨出的这一步，要追责的话，两个人得同时被追。虽然两套1202装修得一模一样，但毕竟装修公司是有误在先的，所以他们和老吴谈了判，商定共同将大事化小，小事化了，瞒着老吴老婆和另一个1202户主，公司主动提出赔偿老吴一笔损失，老吴倒有些不好意思，说，都一模一样，其实没有什么损失嘛。可公司说，那是精神损失，一定要赔的。既然人家这么讲信誉，老吴也就不客气地收下了那笔赔偿金，纳入自己的小金库。

老吴老婆回来验收，老吴带着老婆进入12幢，老婆朝不远处的17幢望望，似乎有些不确定，说，不是那一幢吗？老吴把合同随身带着，这会儿拿出来给老婆看，说，你怎么啦，我们买的就是这一幢嘛，12幢嘛。

上楼，开门，进屋，老婆验收，一切满意，超满意，活儿干得实在太漂亮太完美，甚至把搞错颜色的地砖都换回了原来他们看中的那款颜色，真是一家讲究信誉、讲究品质的家装公司。

老吴到穿衣镜前再看看镜子的质量，却在镜子里看到了一个和他长得一模一样的人，高矮胖瘦完全一样，戴着的眼镜是一样的，衣服的颜色是一样的，皮鞋是同一款，手里拿着苹果6，腕上带着欧米伽。

老吴惊慌失措，喊老婆，你快来看，你快来看，镜子里的是谁？

老婆才不会过来看，只是在那一边骂道，神经病，你还指望人家给装一面照妖镜呢。

老吴自嘲地笑了，朝着镜子里的人说，你和我长得真像哎。

死要面子活受罪

老头走了，老太就成了遗孀。

遗孀乡下人听不懂，但是政策条文上就是写的这两个字，要给乡下人解释的话，遗孀就是寡妇。

可是要说寡妇也不太对头，乡下人听了会笑的，寡妇门前是非多，这是乡下人对寡妇的认识，可老太都这么老了，还能有啥是非。

老太还有残疾，不能走路，所以，她现在只有唯一的一件事可做，就是等着去和老头集合。那日子就是一潭死水，不会有什么波澜。

可是谁知道呢，有时候风吹过来，也会起一点小小的波澜。

比如现在，她的孙子来了，他站在她面前，朝她伸出一只手，说，老太，给我几钱。

老太哪有钱。老头在的时候，他种一点蔬菜挑到集镇上去卖，他们有一点生活来源，可是这一点生活来源现在跟着老头一起走了。

她的孙子也知道她没有钱，但他实在是走投无路了，才会到她这儿来试试运气。

可惜他的运气和她的运气一样的坏。

孙子该走了,可是他不甘心呀,他走出去又走了回来,说,老太,你总归要给我一点钱,你总归要想办法给我一点钱,否则的话,我的血就要流光了,我的九条命都没有了,我的什么什么什么。

她听不懂孙子在说什么,什么什么什么。她的命够背的,不光死了老头,不光瘫了痪,她的耳朵也背了,她的脑袋也不太灵光了,她很想听明白孙子说什么,可她实在是听不明白。

孙子知道彻底歇菜了。

孙子本来是要往网吧去的,可是因为没有钱,他只能朝另一个方向走,改变方向让他心里难过得哭了起来,他一路哭着一路在村里走动。

他没想到他一哭他的运气就来了。他们村里有一个上面派来的大学生村干部,大家喊他张村官,张村官看到一个小孩子在路上哭,他关心地问他,你怎么哭啦,你有什么事?

孙子使了一点心计,说,我爷爷死了,我奶奶病了,她没有钱。

张村官正从乡镇开会回来,他依稀记得会上说到的事情,似乎可以和眼前这个哭泣的孩子联系起来,张村官赶紧掏出记录本,翻过几页,赫然看到"低保金"三个字。

张村官赶快安慰那孙子说,你别哭了,你奶奶这样的情况,可以去乡民政领低保。

那孙子不知道什么叫低保,但他听到一个"领"字,就已经领悟到了,孙子兴奋地说,怎么领,怎么领,我去领行吗,我现在就去领。

张村官也不知道该怎么领,开会时上面只说了新的政策规定哪些人可以领低保,但没有交代怎么领,但是如果他对孙子说他不知道该怎么领,那会显得他太无知，太没有水平，而且，对农民的生活太不关心，所以他先含糊了一下，说，你奶奶叫什么名字，我记下来。

这个问题把孙子问住了，奶奶有名字吗，孙子从来没有听说奶奶有什么名字，奶奶倒是有各种不同的称呼，"老太""老太婆""老糊涂""老东西""老死人"，可孙子知道这些都不是人的姓名，虽然也有人姓"老"，老子就姓"老"，可奶奶肯定不姓"老"。孙子着急地问张村官，没有名字不行吗，没有名字不能领吗？张村官笑了起来，说，那当然，没有名字什么也不行。比如，你要是没有名字，你能上学吗？

张村官着急回村部传达会议精神，他对那孙子说，你先回去问一下你奶奶的名字，回头有时间我再来找你核实。

那孙子又往老太家里走，不过走到一半孙子就明白过来了，老太这么老了，她什么事情都不记得了，她能记得自己的名字吗，孙子放弃了去问老太名字的打算，直接回家了。

那孙子一到家就急急地问，爸，老太叫什么名字？那老子奇怪说，老太婆的名字怎么啦，你要她的名字干什么？那孙子还想守住这个秘密，以便，以便——反正孙子是有想法的，所以他说，你别管我干什么，你快告诉我老太叫什么名字。那老子挠了挠头，说，咦，你倒是难住我了，老太婆的名字，你让我想想，我想想——咦，就在嘴边的，怎么想不起来了？那孙子提醒他说，姓陈。孙子的推理是正确的，他爷爷姓陈，老太也会姓陈。可那老子又挠头，说，是姓陈，不过本来肯定不是姓陈，老太婆是外村嫁过来的，她娘家那村姓什么呢，忘了，反正姓陈是不错的，可叫个陈什么呢？那孙子对老子很不满，批评说，你把自己老娘的名字都忘记了，你是个不孝子。那老子倒不服了，说，你个做孙子的，你就是个贤孙，你怎么也忘记呢？那孙子理直气壮地说，我不是忘记了，我是从来就不知道，打我懂事起，我就听你们喊她姓"老"。那老子笑了起来，一笑，把他的脑洞笑开了，他想起来了，赶紧说，知道了，知道了，叫个陈玲娣。

那孙子大喜，赶紧从书包里取出纸笔，要那老子把陈玲娣三个字记下，那老子边念叨边写，耳东陈，王字旁的玲，女字旁的——还没写全了，就被他老婆当头浇了一盆冷水，她在一边冷笑说，你真有两下子。那老子迟疑了一下，有些吃不准了，说，不对吗，不是陈玲娣？那老婆说，明明叫个领弟，想领出个弟弟来，结果领出七八个丫头，这就是你家那老东西的命。

孙子总算得到了老太的名字，他急着去找张村官，可是他妈不让他走，非要他说出为什么，那孙子脑子还灵，立刻说谎说，老师布置作文，要写我的奶奶。他妈不服气说，什么老师，人家都是布置写我的妈妈，至少也是写我的爸爸，你们这老师，吃错药了。

虽然妈妈不满意，但孙子满意了，他拿到了老太的名字，他可以去找张村官，去领老太的低保。

那孙子径直往村里去，村干部正在开会，那孙子在外面探头探脑的，村主任不知道他怎么回事，说要赶他走，张村官认得出孙子，说，他是找我的，我出去一下。

张村官出来和那孙子说话，那孙子告诉张村官，奶奶的名字找到了，把写着老太名字的纸条交给张村官看，说，你领我去乡上吧，我们去领。张村官接了纸条，让那孙子在外面等着，他要进去了解一下，毕竟他是外来的村干部，真正的村干部都没发话呢。

他进去说到这件事情，并把那老太的名字报了出来，村主任想了想，吃不准地说，陈领弟？陈领弟吗？我们村好像没这个人。那张村官说，是个老太太，老头不久前死了。村主任又想了想，还是吃不准，说，死了老头的老太也没有叫陈领弟的。

那孙子在窗外听见了，就在外面着急着喊，我家老太叫陈领弟，我奶奶就叫陈领弟。村主任朝外看看，没认出这孙子是谁。张村官说，他就是陈领弟的孙子。村主任来气说，张村官你怎么这么轴，连陈领弟都没有，哪来陈领弟的孙子，若不是他年纪小，我就认定他是骗子。

虽然村主任糊涂，但总算村支书还清醒，他认出那孙子来了，说，是孙子，没错，是陈本金的孙子。村主任却又不服，说，就算他是真孙子，可陈本金的老太婆哪里叫陈领弟，没有的事。张村官觉得像是自己犯了错似的，但又觉得自己没有错，嘀咕着说，不能查查村民登记册么。

村干部都不吱声，村支书和村主任脸色不大好看，张村官虽然到村里有一段时间了，但他还是很不了解农村的情况，他到底是个城里人。

没有人接张村官的话头，张村官也知道自己说了外行话，但他不知道怎么下台阶，还是村主任给他下了台阶，说，要不，等开完会，你陪那孙子到陈本金家去一下，看看陈本金的户口本不就知道了么，这有什么难的。

张村官顿时红了脸，一件这么简单的事情，让他想复杂了。

村干部继续开会，那孙子坐在门口的台阶上等，等到张村官开完会出来，他们一起往老太家去。

老太家并不大，家具也不多，户口本无论藏在哪儿，都不难找出来，可是他们没有找到，那张村官倒有些着急了，问那孙子，要是这样子，就更麻烦了，连你爷爷叫什么都不知道了？如果连爷爷的名字都不知道，那更不可能领到低保金了。那孙子也急了，我爷爷叫陈本金，我爷爷明明叫陈本金，村支书、村主任他们都认得。张村官说，可是写在哪里呢？哪里有陈本金的名字呢。户口本都没有，登记册也不看，哪里看得见你爷爷的名字呢？

张村官的急，和那孙子的急还不大一样，那孙子是真急呀，都急出汗来了。结果他急中生智，想起来了。

陈本金的名字，刻在他的墓碑上呢。

张村官跟着那孙子到了墓地，阴森森的，觉得自己怪晦气，看到一个小孩在路上哭，哭就哭罢，多什么事啥，现在连累到自己甚至还要跑到别人的墓地来，前两周过清明节，他忙于工作，自己娘的坟都没来得及去上。又想，也好，在这儿托他们捎个信罢，那地方的人，应该都认得吧。

墓地蛮大，那孙子迷了路，引着张村官转了半天，也没找到爷爷的坟，只得请张村官用手机打他老子的手机，那老子接到张村官的电话，吓了一跳，问为什么要到墓地去。张村官觉得自己也说不清，他把手机交给那孙子，那孙子对着手机哭着说，我要找爷爷的名字，我要找爷爷的名字。

那老子说，你要找爷爷的名字你问我不就得了，哪有到墓地去找，你傻了是不是？那孙子说，你说了不算，嘴里的不算，我要看见名字，我看不见陈本金三个字，就不算数。那老子不知道儿子犯了什么症，又担心儿子在坟堆里中邪，赶紧告诉他爷爷的墓在哪个区第几排第几号。

那孙子这才找到了爷爷的墓碑，朝着张村官叫了起来，瞧，瞧，陈本金，是陈本金。

何止是陈本金，连陈本金老婆的名字也刻在上面呢。本来墓地都是给两个老人备的，一个先走了，另一个的名字也会刻上去，生的和死的，只是用不同的描漆颜色区别，死了的那个，就是红色字，还没死的那个，是金色字。等没死的那个也死了，就换成一样的红色字了。

老太的金色名字赫然在目。

先母陈林地。

那孙子大喜过望,在墓地里就大声地笑起来,惊动了几只乌鸦,飞了起来,倒把那张村官吓了一大跳。

现在好了,不仅有了爷爷的名字,连奶奶的名字都找到了,那孙子追着张村官说,我们这就到乡上去吧。

这肯定是不行的,没见过小孩去替老人办低保的,乡民政应该没那么好对付。张村官想到给一个老太办个低保还没开始就这么麻烦,悔得不行,要打退堂鼓了,可是这孙子粘着他,缠着他,张村官甩不掉他,只好去找这孙子的老子。

陈富生听张村官说要替他妈去办低保,他立刻生气了,说,为什么,老太婆绝子绝孙啦,她又不是没得吃喝,她又不是五保户。

张村官耐心跟那老子解释说,你娘这种情况,虽不属于五保户,但是新政策中有她,农村达到一定年纪的遗孀,可是领取低保。那老子听到"遗孀"两字,因为从前并未听过,所以没太听清,他只知道遗产、遗嘱之类,所以他问了一遍,什么遗什么?那村干部说,遗孀。那老子听清楚了,撇了撇嘴说,我不管是遗双还是遗单,那什么金我不能领。张村官想不通,问为什么,那儿子说,我领了,人家会骂我的,恶人我不做的。

张村官想不通,给母亲办低保,怎么是恶人呢,人家凭什么要骂他呢,张村官想不通,情绪就低落下来,因为他是怀满着建设社会主义新农村的激情来当村干部的,可是他到现在连农民怎么想的他都想不通,他还当什么村干部,建设什么新农村呢。

张村官从陈富生家退了出来,他决定不再管这个低保金的事情了,村里要管的事多得去了,何况人家当事人自己都不愿意,他不管,也不算对工作不负责任。

可是那孙子怎会放过他呢，他已经得知张村官在自己的父亲那里碰了钉子，他赶紧上前拉住张村官说，我爷爷还有一个儿子，就是我叔。

他们来到陈本金的二儿子家，陈贵生外出打工，他媳妇在家，那媳妇先问有多少钱，张村官说，钱是不多，但好歹也是政府的关心嘛。那媳妇儿说，"关心"是什么，要来干什么，能派什么用场？张村官说，所以嘛，现在关心变成钱了嘛，钱是货真价实的，是能派很多用场的。那媳妇想了想，还是摇头，我才不去呢，她说。张村官问为什么，那媳妇说，忙来忙去，钱也拿不到几个，还要分给兄弟姐妹，凭什么叫我跑腿。

张村官又想不通了，低保金是办给老太的，这媳妇怎么说要分给兄弟姐妹几个呢，农民的思路，他怎么永远也跟不上、永远也顺不到一块去呢。他想不通，就更生气了，气得对那孙子说，你们家的人就这样，你这个贤孙，就算了吧。那孙子早想好了，说，我还有个姑姑，她会去领的。他姑姑嫁在隔壁村，好在不算太远，张村官无奈，起个早，跟着那孙子到了他姑姑家，那姑姑正忙活，她从灶上忙到猪圈，又从猪圈忙到院场，听说要她去给老娘领低保，那姑姑说，村干部，你不看见我忙得恨不得两只脚都抬起来帮忙，我哪有时间去乡上。那张村官说，你们要是都不去，你娘的低保就不领了吧，没法领。那姑姑说，要不等我空一点去帮她办？其实，我娘虽然没有生活来源，虽然还瘫在床上，但我哥伺候她吃喝，有病我们会给她看的，她就算有了钱，她那钱也花不着呀。

张村官说，花得着花不着是一回事，政策是另一回事，既然符合政策，为什么不去办呢？那孙子现在真急了，原来他有三个希望，现在第三个希望都快破灭了，他急得说了真话，姑姑，你就帮帮我吧，是我急着要用钱。

然后他又说了假话，学校的书费涨了，我爸不相信，不给我钱，再不交钱，就没得上学了。

那姑姑哪里不知道这侄子说谎的脾性呢，只是女人总归是心软，经不起磨，答应去乡民政帮老娘办低保。

现在好了，他们终于到了乡民政，递上申请报告，说了陈林地的情况。乡民政不爱听陈林地的情况，先问，陈本金死了？这边说，死了。乡民政说，你说死了就死了，谁知道他死没死，你得证明呀。这边问，怎么证明？那乡民政气得笑起来，死亡怎么证明，用死亡证明来证明罢。

这才知道白跑了一趟，回去吧，先得把死人的死亡证明找出来。那孙子在回去的路上就提心吊胆了，这一番折腾已经搞得他像惊弓之鸟，一步一步往前走，不知到哪里又被挡住了，爷爷的死亡证明，家里谁会藏着呢，藏着这东西有什么用呢。

这事情张村官不能再管了，他十分肯定地对那孙子说，你搞到你爷爷的死亡证明后，再找你姑姑去吧。

那孙子有点心机的，他心里想着，我找到死亡证明后，还是会来找你的，先不告诉你。

那孙子就回家去找爷爷的死亡证明，那老子原不想理睬那孙子，但又觉奇异，这孙子最近是着了什么魔道，一会儿要名字，一会儿去坟头，一会儿又要死亡证明，不是会那死去的老东西附体吧，想着真骇人，赶紧把死亡证明找出来给他吧，可是翻来翻去又没有翻着，那孙子一听爷爷死亡证明又没有，急得一头栽到墙上，那老子心疼儿子，赶紧跑到村里去，叫村主任开死亡证明。

村主任挠着脑袋，想了想，奇怪说，陈本金的，记得开过了嘛。可这老子硬说没开，村主任吃不透他是想干什么，那老子就赶紧开导村主任说，村主任，你想想，这东西，又不是钱，甚至连纸钱都不如，如果是纸钱，我还能烧给先人，求他们保个佑，这死亡证明，就是一张废纸，我多要一张有什么用，再说了，我家明明死了一个人，我要两张死亡证明，不是自讨晦气么。这一开导，村主任信了，说，好好，没开就开一张吧，陈本金，几时没的。那老子报上日期说，是去年八月十六。村主任随即开出了陈本金的死亡证明，那老子赶紧拿回家交到那孙子手上，那孙子倒是做足了思想准备拿不到的，没想到这么轻易就到手了，喜出望外。

那老子看到孙子高兴，也就高兴了，可他老婆在旁边看了一眼死亡证明，又冷笑说，错了，不是这个日子。那老子不想再去开第三张死亡证明，赶紧说，没错，就是八月十六，我记得很清楚，老东西是熬过八月半走的。那老婆说，你说的是阴历，这上面填写的是阳历。那孙子急得要哭，还是那老子机灵，说，没所谓的，我们只说八月十六，外人又搞不清我家老东西到底是阴历还是阳历。

这才又二次到了乡民政，乡民政才承认爷爷陈本金死亡了。接着的事情又是疑问，你们证明陈本金死亡了，要为遗孀陈林地办低保，但是你们没有证明证明陈林地还活着。

这回别说那姑姑和那孙子，连张村官也恼了，说，人活着，一个大活人，还需要证明，什么证明，活着的证明？没听说过啊。乡民政却不生气，和气地说，那是当然，我们又没有看见陈林地，你们提供的材料里也没有提供有力的证明，证明陈林地还活着。张村官还想争辩，乡民政已抢先说了，你别说没有这样的事，拿个死人名字来冒领什么什么金的，还真有过，这可不是我特意要为难你们，更不是我自己想象出来的古怪事情，是我吃过亏、上过当，才这么顶真，我可不是专门针对陈林地的。

那孙子不想张村官和他们没完没了地论证，着急问，那要怎么才能证明陈林地活着呢。乡民政又气得笑了，说，你们真是不懂事，很简单嘛，人和身份证对齐，就算对上了么。

也就是说，只有用身份证才能将一个活人和他的身份对齐了，可是老太哪里有身份证，从前倒是有的，后来更换二代的时候，都懒得换，说了，人都老了，还要身份证干什么用，说得也有道理，所以，旧的也作废了，新的也没有办，那就是不存在。

幸亏那姑姑还有点思想，让张村官到村里开一张证明，村委会也是一级组织，从来组织都是相信组织的，村里开了证明，证明陈林地活着，乡上不会不认。

张村官去找村主任开证明，村主任说，你要开什么证明？张村官说，证明陈林地是活人。村主任就给他开证明，但村主任不知道陈林地是哪三个字，让张村官自己写，张村官写下后，村主任一边找公章盖章，一边说，陈林地？咱们村有这个人吗？张村官急得说，有的，有的，我去她家看过她。村主任笑道，你去她家看过，她就一定是陈林地吗？张村官实在是怕了，怕又生出什么意外，赶紧说，就是的，就是的，抓了证明就跑，村主任在办公室里跟别人说，城里人的想法到底跟乡下人的想法不一样的。

大家都笑。

就这样张村官他们又一次到了乡上，也不再多话，直接交上村里的证明，张村官和那孙子都看着乡民政，他们心想，这下子你们该没话可说了吧。

怎么就没话可说呢，可说的话还是很多哦，乡民政把村委会的证明左看右看，还举起来对着光亮照来照去，就是不发话。张村官奇怪说，我们上次来交陈本金的死亡证明,你没有这么看来看去,为什么我们交陈林地活着的证明,你要这么看来看去?那乡民政说,我这才叫火眼金睛嘛,证明一个人死了,要比证明一个人活着,更简单嘛,更容易识破嘛,只要那个死人从此不再出现,就说明他真的死了,可是如果活人造假,那可太难辨别了,天下之大,人口之多,谁知道谁是谁呀。他一边说,一边还戳了戳那张证明。张村官一听,又恼了,说,你能看出来这是假造的?那乡民政说,你是大学生村干部,你不认得我,你也不知道乡下的事情,更不知道我的悲惨遭遇,有一次我好心帮一个农民办残疾证,也有证明,也来了一个瘸子站在我的面前,人证两齐,我当然是相信的,我不信也得信呀,假如我不信,不给他办,那就是不为老百姓做事,他们投诉我,我就完蛋了,所以我就给他办了,报送到县上,也批了,结果被人举报,那是假的,那证明上的图章是偷盖的,那个瘸子也是从隔壁村上借来的,害得我降职处分,本来我都已经当上副镇长了,所以你也别怪我,我决不能让你们再次蒙混过关的。

张村官听了,倒同情他了,还对他说,这回你放心,这回是村里的证明,是一级组织的,公章也是真的,不会害你。那乡民政说,村里的证明就信得吗?有个村子,有两个同名同姓的人,明明是两个人,村里却开个证明,证明这两人是一个人,你看看,活活的,一张纸就把一个人弄没了。

张村官笑了起来,说,这么荒唐的事,我们村不会做的。乡民政也笑了起来,说,你还五十步笑一百步,我告诉你,你们村上次就来蒙骗我,开个证明说,某某某上个月死了,可是那个某某某,十年前就死了,我倒要问问你,一个人怎么能死两次呢?

说得张村官脸上红一阵白一阵,他真是个认真负责的好村干部,他把别人做的错事，也都当成自己做的了。

其实那孙子倒是有不同的想法，他觉得这事情也不见得就很错误很荒唐，就拿他爷爷来说，他爷爷现在就是死过两次的，一次是阴历的八月十六，一次是阳历的八月十六，不过那孙子并没有说出来，他年纪虽然小，但他已经看出来了，一旦说出真实情况来，事情就办不成了。

乡民政现在更加得理不饶人了，嚷嚷说，你们自己看看，到现在，这个陈林地，按你们的说法，是个老太，老太就老太，身份证没有，户口本总有吧，户口本也没有，你们什么都拿不出来，她陈林地的名字在哪里，难道哪里都没有她的名字，我们就能给她办低保金？

那孙子急得说，有名字，老太有名字，名字在她的墓碑上。乡民政终于笑了起来，说，瞧，露馅了吧，名字都刻在墓碑上，还说硬她活着。其实乡民政对农民是十分了解的，他知道接下来他们会告诉他，活人的名字也会刻在墓碑上，等死后再换成一样的颜色，这是当地的风俗习惯，等等，但他已经懒得和他们多说了，因为无论他们怎么说，他们都不能证明陈林地的真实情况，他真心不是有意刁难他们，所以他最后给他们出主意说，你们最好是把户口本去找出来，那是比较过硬的证明。

这绕了一大圈，又回到原来的起点了，孙子的那滴血早已经流尽了，但是为了复活，他还在坚持着，他若坚持，张村官和姑姑就不能不坚持，因为这孙子十分执着，他们拗不过他的。

那孙子几乎差不多已经走火入魔了，那老子看在眼里，急在心头，夜里悄悄跟他老婆说，你就把老太婆的户口本拿出来吧，再藏下去，我们家儿子不知要得什么病了。

那老婆虽然贪心，却也是担心儿子出怪，只好坦白出来，原来陈本金的户口本早被儿媳妇卖掉了，他们又一起去找到买主，买主又给卖给了新的买主，转了几次手以后，他们终于追到了陈本金的户口本，翻出来一看，呆掉了，本子上面竟然挂了十几个人的名字，可哪一个是老太呢？

一起研究了半天，最后终于确定了一个和老太的真实情况最接近的人，叫陈灵递。可是陈林地怎么变成了陈灵递呢，一个人的名字，是这么容易变来变去，你说叫什么就叫什么吗？乡民政仍然是会不相信的，只是现在张村官已经基本搞清楚这些事情的来龙去脉了，不会再贸然跑到乡民政那里去请求他的相信了，他已经知道，只有用荒唐的办法，才能解决这孙子的难题，张村官联系了派出所一个熟悉的警官，警官又把他介绍给另一个熟悉的管户口的警官，张村官把事情一说，这户口的警官说，小事一桩，名字错了，改回来就是了。

只需分把钟时间，户口本上的陈灵递就变成了陈林地。

张村官还残存着一点正常的想法，他想，我也是被逼得无奈，只好做出自己本来不可能做的事情。

现在好了，他们再次找到乡民政，这回应该是万无一失了，谁料乡民政的幺蛾子比他们想象的要多得多，他指着户口本上的陈林地的名字说，陈林地，对吧，陈林地要领低保对吧，材料都对上了，可是她到底几岁，你们知道吗？

那孙子也像张村官一样，在战斗中学习战斗，聪明多了，说，户口本上几岁就几岁。

乡民政说，你们都没看看户口本，只知道改名字，不知道改年龄，还是不成。

张村官终于急得跳了起来，嚷道，不改了，不改了，你到底办不办吧，

死要面子活受罪

你不办我投诉你。

乡民政倒笑了，说，我不怕你投诉，因为你理亏而不我理亏，拿一个明明已经不存在的人，来骗低保，你还投诉我？

张村官气得拔腿就跑，那孙子和那姑姑追在他身后说，张村官，张村官，你不管我们啦？

张村官气愤地说，我要管，我管到底了。他已经想到更好的办法了。张村官的办法真绝了，请了人，把老太抬到乡民政去了。

抬了人来又怎样，乡民政看了看躺在担架上的老太，叹息了一声，说，你们以为抬了来就是真的了？你们以为抬了来我们就会相信你们？我们是干什么吃的，每天对付你们这样的人多了去啦。不过，话说是这么说，他毕竟是吃这碗饭的，毕竟还是认真的，他走上，俯下身子问老太，喂，老太，你是陈林地吗？

老太眼睛闭着，没有动静，他们赶紧告诉乡民政，老太瘫了，又痴呆，既听不见，也不会说话。

乡民政又一次笑了起来，说，一看就是装的，瘫了，还傻了，还又聋又哑，能有那么巧吗？

他们终于还是以失败告终了。

那姑姑跑了几趟乡上，把自己家的活都给耽误了，她的婆婆很生气，可是那姑姑也很冤呀，她本来是个温和的人，现在倒跑出火气来，我还就不信了，我还非得去跑下来。她那婆婆听了这个过程，说，抬了去的不相信？要不，弄个走得去的，兴许就相信了。那姑姑说，谁走得去呢？她婆婆说，我借给你用用。

这回他们都仔细想周全了，先到办假证的地方，用那婆婆的照片，办

047

个假身份证，再带那婆婆到乡上，对乡民政承认说，上次我们的确是骗你，我们以为抬了来的，你们心一软，就容易相信，现在我们知道弄假的不对，现在我们真的来了。

那乡民政仔细看了那婆婆的样子，再对照材料上的年龄，对照假身份上的照片，最后终于点了头了，他说，这就对了嘛，明明是真的事情，为什么要弄假呢，弄假是没有好结果的——又朝那婆婆做工作说，老太，你虽然没有瘫痪，但是按政策你的情况是可以办低保的，我们是讲政策的，肯定会给你办的，用个瘫痪痴呆聋哑老人来骗人，那是不行的，那叫弄巧成拙。

一年的低保金总共是480元，扣除他们三人多次往返乡镇的交通费，还有一些手续费，以及他们在乡上吃饭喝水用掉的钱，还有抬陈林地到乡上的人工费，等等，差不多刚好这个数。

张村官看到那姑姑有些沮丧，就安慰她说，没事的，这只是第一年的低保金嘛，今年的抵掉了，明年还有，后年还有，年年都有的，以后政府的条件更好了，说不定还增加呢。

可惜的是，没到明年，老太去世了。

大家都白忙活了。

说起来，最郁闷的该是那孙子，他才真正是竹篮打水一场空呢。

其实有些事情也是难以预料的。

他在"杀死僵尸"被僵尸所杀，失去了数条命，流尽了最后的血，他已经没有钱再去玩游戏，但是电脑的诱惑实在是太大了，他坐在电脑前不肯离去，他在吧里看着大家炫耀战绩，他实在没有什么可说的，两根脑神经一搭，就把自己怎么痴迷游戏、又没有钱、然后想用老太的低保、然后怎么给老太办低保的事情，一五一十地写了出来，竟然在吧里迅速地火了起来，甚至传到了整个网络上，竟有了无数的追捧，大家天天等着看连载。

那孙子倍受鼓舞，就继续在网上发表，他把村里的许多事情都写了进去，那村子里的事情，说起来可真是滔滔不绝。

现在这孙子坐在电脑前，不仅不要花钱，还可以挣到钱，甚至还有好多不认得他的人寄钱给他。

范小青·我们聚会吧

我们聚会吧

校庆的时候，许多年不见的同学重新又见面了，先是参加校庆大会，然后各年级各班级分头活动，那叫一个热闹，那叫一个激动，差不多就是失散多年的亲人团聚那样子。

我和大家的情况略有不同，我是转学来的，转来时上五年级，到了该上六年级的时候，学校停课了，大家散了，后来就不知道了。所以我其实只在这所小学上了一年学。

可一年的时间也是时间呀，一年的同学也是同学呀，一年的时间里同学之间可以发生很多事情呢，何况五年级同学已不同于小同学，我们已经开始长大了。

我至今还记得我们班上的头面人物，一个叫刘国庆，一个叫王小兰，一男一女，两个人物，用现在的话说，那是两个魔头，专找同学的茬，连老师也敢欺负，老师也拿他们没有办法，只好用了招安收买的办法，叫他们一个当班长，一个当副班长。

人物也好，魔头也好，他们倒没有欺生，没有和我过不去，不知道是因为我这个人向来低调，不惹事，还是他们另有心思，没工夫和我计较。

这一说就好多年过去了。我听说母校校庆有纪念活动，我就来了。可奇怪的是，我没有找到我当年所在的五年级（五）班的同学，我在大操场的人群中挤来挤去，想看看有没有熟悉的面孔。可是我又想，怎么会是熟悉的面孔呢，我和他们只同了一年学，本来记忆就不够深刻，何况已经过去几十年了，那本来就不深刻的记忆，恐怕早已经淡出了。至于那两个人物，我虽然记得清楚，但记忆中的他们，还都是小孩模样，谁知道后来他们都长成什么样子了。

所以我猜想可能他们都来了，但是我认不出他们，他们也一样认不出我。

好在大会之后还有小聚会，一旦回到自己的班级，总会勾起一些沉没了的回忆。我只要找到我们班的活动地点就行。

这也不难，母校考虑得十分周到，在操场的入口和出口处，都竖起了巨大的指示图，从指示图上，可以找到自己所在班级的活动场所在哪里。

那许许多多的班级，被写在一个又一个的小框框里，由许许多多的线条牵扯着，很像一棵大树无数的树枝上，结了很多的果子，虽然有些凌乱，但毕竟是同根生的。

一开始我还是有点奇怪，为什么标明的班级都要用小框框起来呢，后来很快就发现了，写在框框里，让寻找的人注意力更集中，更便于发现。

我沿着这些线索，逐一认真搜索，一个又一个的框框从我眼下滑过去，因为指示图的高大，我必须得仰着脖子。

奇怪的是，我找了又找，却没有找到我的班级，五年级（五）班。

我停下来揉了揉又酸又胀的脖子，再耐下心来，沿着各条线索重新再找一遍，又找一遍，直找得眼花缭乱，头晕目眩，始终没有看到我的班级。

我忍不住问旁边的一个校友，他看起来和我年纪也差不多，他也在寻找他的班级，我说，怎么没有五年级（五）班。他朝我笑了笑，说，五年级（五）班？你这个说法不准确的，应该先找到年份，每一年都有五年级（五）班，你是哪一年的五年级（五）班呢，你看看这里，还有1951年的呢，如果是1951年上五年级？那是几岁？看起来你还没那么老呢。

我被他说得有点难为情，但也醍醐灌顶了，我赶紧搜索我的那个年代，果然有啊，五年级从一班到四班都赫然在榜，但是偏偏没有我所在的五班。

旁边那个陌生而热情的校友指了指大图，对我说，这些框框，都是由各个班级的同学中的牵头人牵出来的，如果同学中没有牵头人和校方联系，校方哪里考虑得到那么多届那么多班那么多同学，一百年了呢，好多班级肯定是全班覆灭了。

我又听明白了，也就是说，如果我们的班级没有出现的指示图上，就说明我们班没有人站出来做牵头人，没有和校方联系上。

这是群龙无首。难怪我在人群中找不到我的同班同学，他们不知道散落在哪个角落呢。

那个校友已经找到了他的班级，他高高兴兴地准备走了，可是看到我仍然傻傻地站在图前，一筹莫展，他又好心了，告诉我说，校方为了方便同学联系，特地建了网站，你可以到网上去发帖子，寻找自己的同班同学，有好多人，都是这样联系上的，也有是老师出面的，像班主任之类，总之，毕竟是母校，无论多少年过去，大家还是有感情的。他意犹未尽，临走时还说，你还可以在那里边建一个吧，这样就更方便，只要是你班上的，看到了，有人会到吧里来的。

校庆这一天,我没有碰到我的五年级(五)班的同学,也许他们都在场,也许我们擦肩而过,但是我没有和他们接上头。我回去以后,按照那个校友的指点,我是上了母校的网站,发了帖子,并且建了一个某某年五年级(五)班吧。

没等多久,我同学已经来了。

第一个进来的同学网名叫"吧里横",按照他的自我介绍,因为经常出入各种贴吧,不是楼主就是沙发,有瘾,不抢会难受,这一次在同学中也依然抢了沙发。

我问他真名是什么,他还跟我调皮,说叫"李猜"。

他大概知道我想不起来班上有"李猜"这个人,才又说,李猜就是叫你猜罢。然后他反过来问我叫什么。

我才停顿了片刻,他那边已经有反应了,不愧是"吧里横",速度够快,他说,你应该回答我,你叫李一猜,就是你也猜。既然我让你猜,你也得让我猜猜是不是?

我不觉得这样有意思,你猜我我猜你,这是要哪样,同学之间还捉迷藏?我直接告诉了他我的名字,我叫周子恒。

他立刻"哈哈"起来,原来是你小子,你小子那时候就是个人物,专门欺负女同学。

我有点疑惑,他说的是我吗,我只在那个班里待了一年,我有那么霸道吗?

我又想,我还是别瞎怀疑了,好不容易联系上一个同学,可别因为已经很久远的那一丝丝一点点的不确切,把人家给吓跑了,我赶紧承认说,嘿嘿,那时候,就那样,嘿嘿——

就这样，隔三岔五，就有同学进来，过了不多久，在我五（五）班吧里，已经有十来个同学了，同学集中了，就自然会想起老师，我同学说（五）班班主任是俞老师，叫俞敏秀。

紧接着出现了令我们十分欣喜的事情，俞老师真的来了。我虽然暂时还没有想起我班主任到底是姓俞还是姓什么，但是看到我同学都欢欣鼓舞，我也就毫无疑问地跟着我同学一起认了班主任。

对了，说到这儿，我记得的那两个人物还没有出场，我在吧里把这个事情牵了出来，为了唤醒大家可能已经沉睡的记忆，为了调动大家对于刘国庆和王小兰的兴趣，我把我所记得的他们的事迹夸了张后写出来，简直就是一篇乡愁美文。

我同学看了我的回忆录，认为我写得很传神，写活了那两个人，并且因为这两个同学的活灵活现，让大家重新回到了小学五年级时的情景之中。当然在某些细节上，我同学也会出现分歧，比如我一个同学说，我记得王小兰，别人都扎两条小辫，就她披头散发，像个鬼。

我另一个同学就不同意，说，不对吧，你记错了吧，我记忆中的王小兰才不像鬼。

再比如关于刘国庆的身高，有同学记得他长得很高，也有同学说他是个矮个子。

虽然出现几个不同的版本，但都是鸡毛蒜皮的小问题，所以我必须说，这都正常，很正常。

难道不是吗。

我相信关于刘国庆和王小兰的回忆，以后还会继续下去，因为他们两个始终没有出现在吧里。

我五（五）班吧并不是专门为他们两个开设的，他们不出现，自有其他同学出现，现在同学已经聚了一些，班主任老师也来了，很快我们就互相加了微信，而且肯定是要建个群的，为了取个不同于一般的群名，大家都很费思量，想了许多个，结果越多越觉得没有合适的，越多越觉得显示不出个性特点，有人提议用母校所在的地名，有人提议用母校的一棵树的名字，有人提议就用班级名，更多的同学想出很多成语，比如"情深似海"，比如"情同手足"，比如"情投意合"，等等，虽然情意浓浓，但水平实在一般。

最后还是老师胜我们一筹，俞老师建议叫"野渡无人"。

我同学很崇拜老师，他们也许并不太清楚用"野渡无人"做群名到底是什么意思，几个意思，但他们都无条件纷纷点赞。其实我心里明白，这个群名好像是我老师从我的名字中衍生出来的，我叫周子恒，和"舟自横"谐音，野渡无人舟自横。

虽然人数还不够多，但已经是一个像模像样的组织了，我觉得时机差不多了，可以向母校报到了，下次校庆的时候，在指示图上，也会有我们的一个小框框了。

母校网站的首页上有"联系我们"这个栏目，我发贴上去，说我们五年级（五）班找到组织了，向母校报个到，今后母校有什么活动，可以直接和联系人我联系，附上了我的邮箱和手机号。

接下来的事情，就是相约聚会了。我同学热情高涨，都说可以ＡＡ制，但我说我的经济条件还可以，何况我是牵头人，所以最后由我订了饭店，发了通知。

虽然相逢不相识，但毕竟有隔不断的同学之情，我们像真正的老同学一样热烈拥抱。都见上面了，也不穿马甲了，真姓大名都坦白出来了，果然有时代特色,建国、卫国、爱国、爱民、爱平之类,我问他们哪个是让我猜的"李猜",就是"吧里横",却没有人肯认,都说不是自己,我也没跟他们计较。

女生的名字则是另一种样子,普通,而且带个"小"字的特别多,小萍、小燕、小红、小什么。

那时候做家长才懒惰,哪像现在的家长,为孩子取个名,都要把最难认的字找出来。

据说有一个孩子叫壑䨴

还一个叫赟蒽

关我何事?

我还是关心我同学聚会吧。我同学纷纷回忆和诉说当年发生在班上的故事,一个同学想起了他把前排女同学的辫子绑在椅背上的事情,另一个同学又想起了用弹弓打了老师的脸,还有一个同学说她那时候已经知道暗恋,恋的就是班长刘国庆。

我同学嗓子都说哑了,眼眶也说红了,他们越来越投入,越来越像真的,我的眼睛却渐渐地模糊起来,心里也渐渐的疑虑起来,我在旁边细细观察,我一个同学的年纪似乎不太对,他比我们都年轻,脸上皱纹很少,难道他拉了皮?怪恐怖的。还有一个同学,他说他叫李小丽,能够吗,这不明明是个女生的名字吗?再一个更有古怪,我注意到他一进门就很心虚,用慌乱的眼光对着每一个同学瞄来瞄去,不知道这又是几个意思。另一个女生也挺有意思,她端坐的姿势和她的眼神,不像是参加同学聚会,倒像是警察来查案,或者至少也是巡视组来巡视观察的。

就在我思想开小差的时候,不知道是谁起的头,我同学已经开始共同回忆当年发生的一个重大事件。

　　回忆总会有误差的，但是在刘国庆和王小兰打死俞老师的这个事情上，大家似乎都记得很清楚，差不多得出了完全一致的结论。

　　我同学一发而不可收了，我却成了旁观者，但毕竟旁观者清，我感觉他们记错事情了，这差错太大了，如果打死的是俞老师，俞老师怎么还会出现在我们群里，我们的群名"野渡无人"还是她给取的呢。

　　我小心提醒我同学，你们是不是记错误，被打死的是俞老师吗？

　　我同学异口同声地说，不会记错的，打死的就是俞老师。

　　我魂飞魄散了，赶紧躲到一边，用手机登上母校网站，向维护管理网站的老师求助，那老师说，这位同学，你怎么又来了，请你别开玩笑了，我只是兼职维护网站，维护网站也没有减少我的课时，我没有多余的时间和你们乱开玩笑。

　　我又奇了怪，向组织报到是乱开玩笑吗？

　　我老师跟我说，你怎么不是乱开玩笑，我们学校，你的那个年级，根本就没有五班，总共招了四个班，哪来的五年级（五）班？

　　我晕了一会，慢慢清醒过来，不能够啊，难道我上的是一个不存在的班级，老师您可不带这么玩的，我理直气壮地说，老师，您一定是记错了，要不您再认真核查一遍，难道一个班级会平白无故地消失了吗？我怕我老师又用什么话来堵我，赶紧又换了个思路以攻为守，我说，老师，如果真没有的话，那我是谁呢？我明明上的是五年级（五）班，五班却不存在？

　　我老师说，同学，我又看不见你，我怎么知道你是谁，反正你那个年级就是没有五班，这是历史的真实，这是铁的事实，谁也无法改变的。

　　我必须强词夺理，我说，老师，据我所知，我母校每一个年级招生都是五个班，为什么到我们那一年，就只招四个班呢？

我老师有备而来，才不会被我问住，他回复我说，他早就去请教过学校的老校友，老校友告诉他，那一年闹饥荒，饿死了好多孩子，招不满五个班，所以只有四个班，你刚才说得不错，每一年都是招五个班，但是你们这个年级，恰好是我们学校这么多年唯一的一个例外。

我好像听到"嗖"的一声，难道是我的灵魂出窍了？难道我们五（五）班的同学都是饿死鬼吗？

我赶紧说，老师，不对的，不对的，我们都好好地活着，我们不是鬼。

我虽然看不见我老师，但我知道我老师真生气了，我赶紧抬出另一个老师来缓和气氛，我说，老师，您别着急，我们五（五）班，不仅有同学，还有老师，俞老师，她也和我们在一起，难不成老师还会骗人吗。

我老师立刻反问我，你说俞老师？哪个俞老师？

我更加理直气壮，俞老师，俞敏秀老师，我们当年的班主任。

页面上立刻出现了一个惊悚的骷髅头，同学，你吓死本宝宝了，俞敏秀老师？俞敏秀老师早就去世了，是被同学打死的。

幸好我已经习惯了我老师的一惊一乍，我沉着地追问，老师，你说俞老师早已经去世，那是什么时候，老师你查到了吗？

我老师说，这事情还需要要查吗，你自己想想，就知道那是什么时候。

谁打的？

据说一个叫刘国庆，一个叫王小兰。

我又赶紧问，那，这两个同学被枪毙了吗？

枪毙？开什么玩笑。据说那是很混乱的时候，很多小孩子一起围上去打一个老师，打死老师后，大家都散了回家吃晚饭，谁也没法追究。

现在我越来越镇定了，我说，老师，关于刘国庆、王小兰打死俞老师的事情，你的说法和我同学的回忆是一致的，这说明什么，这说明我同学是存在的，我五班也是存在的。

我老师简直像是百度百科，永远都可以对答如流，他很快回答我说，这也不一定，我曾经在微信圈里看到过类似的故事，就是小学生打死老师的故事，所以我们现在说的这件事情，也可能发生在别的学校。

我又立刻顶上去说，老师，你只要查一查学生名册，有没有刘国庆、王小兰，就知道了。

我老师说，同学，你这是存心为难我，你让我怎么查，连你们这个班都没有，哪来的学生名册——最后我老师终于怕了我的纠缠，他干脆到学校档案室，找出了那一年的班级名册，拍成图片发给了我。

有图有真相也还是击不垮我重回母校怀抱的坚定意志，我说，老师，如果你坚持说没有五（五）班，那我呢，我到底是哪个班的？

我老师毫不客气地说，如果你坚持你是五班的，那么我得出的结论就是：你并不存在。

我这才相信了吗？

我相信没有我们这个班吗？

我相信没有我这个人吗？

我回到同学聚会的场景中，我再一次细细看着他们的脸，我发现他们有破绽，却没有发现他们都是鬼。

我要毫不留情地揭穿他们，我上前大喝一声，呔，你们别造了，根本就没有这个班，没有五（五）班，你们都是不存在的，坦白吧，你们到底是谁？

我预测我同学都吓尿了，都吓得坐地上了。

可是没有。

我同学都很淡定,他们是淡定哥淡定姐,他们还说了淡定的话,看庭前花开花落,望天空云卷云舒,等等。

我却是上蹿下跳,狂风暴雨,我说,你们别跟我开玩笑,小心我让你们笑不出来。

我同学都笑出来了。

然后,然后,出乎我的意料,他们竟然挨着个儿,一个一个的,真的开始坦白了。

一个同学先说,我叫李小丽。

我立刻说,你明明是个男生,怎么叫个女生的名字?

李小丽说,李小丽不是我的名字,是我太太的名字,我太太死了,学校不知道,前几天还给她发了校庆的请柬,我很想替她参加校庆,可那天有事没去成,我就到她母校的网站上看看,看到了你五班——

我急切打断他说,李小丽说过她是五班的吗?

李小丽说,没有,我不知道她是几班的,因为你五班正在谈论刘国庆、王小兰,我记得在哪里知道过他们的名字,但他们不是我的同学,想来就是我太太的同学了。

我继续追问,你既然进来了,你为什么要扮成高冷比,一言不发?

李小丽说,我是代表我太太进来的,我太太是个孤独的人,尤其不喜欢和熟人打交道,所以我只看看,不说话,这样,她就算死了,也会很安心的。

李小丽说过之后,纪爱民说了,我坦白,我是四班的。

我气急败坏说,你是四班的,那你明明知道没有五班是不是,你还冒充五班的进来捣乱?

纪爱民说，我不是来捣乱的，我是来寻找存在感的，我在四班混得不行，人家一个吃鸡塞了牙缝，另一个人便秘了，都被狂赞，可我的信息永远石沉大海，无人理睬，在那个四班，我根本就不存在。

我尖刻地说，那你就干脆找一个不存在的班。

纪爱民说，可是我找了不存在的班以后，我存在了呀，我现在是"野渡无人"里的群红，难道不是吗？我不是你们的灵魂人物吗？

他是。

接着有一个叫杨卫国的坦白说，我记性不好，我不记得我是哪个班的，那四个班我都去认过，可他们都是说我不是他们班的，那只有到五班来了，我不是来看热闹的，我是来认祖归宗的。

我嘲讽他说，结果认了个空。

杨卫国无所谓说，认空就认空，反正我已经在这里了。

又一个女生说话了，她就是那个开始一直端坐着观察大家的同学，只是她现在完全改变了刚进来时的姿势，放低了姿态，她说，我承认我不是五班的，其实是不是五班我才不在乎，是几班我也不在乎，我在闺蜜群里，被闺蜜卖了，我在辣妈群里，被辣妈骗了，我进到同事群里，直接影响我升职了，所以我想到一个陌生的地方来看看。

这也可以算是一条逻辑。

可我不能服了他们这样的逻辑，虽然我同学个个振振有词，把一个明明不存在的事情造得那么有存在感，幸好我还有一个不知死活的老师呢，我得赶紧把她抛出来，我说，那俞老师呢，她早就被打死了，难怪她今天没来，但是她怎么会在我们群里呢，难道现在鬼也能入群了吗？

奇怪的事情发生了，那个脸上没有褶子的年轻的同学站了起来，沉沉稳稳地说，谁说我是鬼，谁说我死了，谁说我没来？

好像他就是俞老师似的。

冒充谁不好，要去冒充一个死人？

而且他都没有男扮女装？

我的年轻的同学把身份证拿了出来，说，我是路人甲，你们可以看看我的身份证。

其实他一开口，我就听出他的口音，不过并没等我戳穿他，他已经抢先说了，我从外地来。

真是闻所未闻，大开眼界，我说，你特地从外地赶来冒充俞老师？

我的年轻的同学说，我没有冒充，本来就没有俞老师，何来的冒充——接着他也和大家一样坦白了，他是输错了网址错误地进入了我母校网站，又误打误撞进入了五（五）班，发现我同学在吧里找俞老师，而且这个班上还有刘国庆和王小兰，他就直接用"俞老师"的名字进来了。

我追问他，你既然是路人甲，和我们完全无关，你进来干什么？

俞老师说，我认得刘国庆、王小兰和俞老师。

我气得大声叫嚷起来，你胡说，连五班都没有，怎么会有五班的同学和老师？你怎么会认得他们？

俞老师说，他们是我创造出来的，换句话说，就是我瞎编出来的，我是个作家，我写过一篇小说，小说题目就叫《五（五）班》，班上有刘国庆和王小兰，他们小时候打死了俞敏秀老师——我就知道，原来艺术和生活是完全重叠的——所以我当然要到你们这里来，你们这里的东西，就是小说嘛。

我同学兴奋起来，纷纷向俞老师请教胡编乱造的经验，我可着急了。

我怎能不着急，现在他们一个一个地露出了原形，只剩下我了。

我是谁呢，我怎么会出现在这个不存在的五班呢？

想到我，你们难道没有毛骨悚然么？

我是一个不存在的人？

我是一个鬼魂？

我是一个精神病患者？

我是一个穿越而来的古代人、未来人、外星人？

或者——

我是这个学校的学生？

我不是这个学校的学生？

我是五年级？

我不是五年级？

也或者——

我是刘国庆，我老婆叫王小兰？

我是刘国庆和王小兰的儿子？

我是俞敏秀老师的女儿？

我就是俞敏秀老师？

我问了自己无数个问题，可我发现我同学根本不关心我是谁，我忍不住责问他们，你们都知道自己是谁，你们难道不想知道我是谁吗？

我同学异口同声说，我们怎么会不知道你，你是群主嘛，"野渡无人"的群主。

我赶紧解释，我指的不是群里的我，而是真实的我，现实中的我，你们不想知道吗？即使你们不想知道，可我自己很想知道，你们不能帮助我把自己找出来吗?

我同学和我老师七嘴八舌：

你是谁不重要；

重要的是我们不知道你是谁；

更重要的是我们聚会了。

或者，我同学再进一步开导我，听说过一句话吧，不要和熟人打交道。

我说，我只听说过不要和陌生人说话。

我同学说，你那是旧社会的想法了。

总之吧，我同学我老师他们都不想知道我是谁，而且也不想让我知道我是谁，其实我很想知道我是谁，但是大家不这么认为，我也就从众了吧。

其实后来我也想通了，我到底是谁，确实不那么重要了，大家就不要追究了，我自己也不追究了。

重要的是我们聚会了。

更重要的是聚会成为我班的新的里程碑。

聚会以后，我们同学老师间的感情渐渐地深厚，互相间的了解也渐渐地深入，后来我们甚至越来越熟悉，越来越亲热，我们每天晚上睡觉前，都会狂聊一通，谁去上个厕所回来，至少又多了几百条，每天早晨大家都抢着升群旗，唱群歌，互祝早上好，互祝新一天好，在马桶上要坐一个小时，多人长了痔疮。

后来，我们真的成了像亲人一样的熟人了。

于是，再后来，就和许许多多的群一样，我们就渐渐地，疏远了，渐渐地，没有声音了。

过了不多久，"野渡无人"就真的无人了。

李木的每一天

　　李木从小就听说苏州出美女，但是即便早有这样的思想准备，第一眼看到孙芸香时，李木仍然觉得先前的准备是不充分的，孙芸香的美，既不是单纯的大家闺秀，也不是典型的小家碧玉，李木几乎无法形容他对她的第一感觉、第一印象，那一瞬间冒出来的，就是那句经典的"丁香一样的姑娘"，那时候，他真的把自己当成了那个撑着油纸伞的文艺青年了。

　　李木才不是什么文艺青年，名牌大学工科男，如假包换的 IT 精英。李木也并非来自贫困山区或者边远乡村，要论所在城市，他的家还在省城呢，家境也不差，但那没用，在孙芸香面前，省城算什么，帝都魔都都失色。

　　那一天是公司的十周年庆，场面很有派头，有专业表演，请评弹学堂的学生来唱，结果学生被拉去赶别的场子，只好老师自己来了。

　　老师就是孙芸香，喝的是弹词开篇《杜十娘》，李木一句没听懂，却跌了进去，再也爬不出来。

　　接下来就是追求，得手，结婚，生子。

我们聚会吧 · 范小青

和许多普通的故事一样,婚后的孙芸香渐渐脱掉了女神的外衣,等到有了孩子之后,孙芸香就正式地升华成了一位标准的女神经。

丁香花成了喇叭花,整天哇啦哇啦,叽叽喳喳。

李木有时候蛮有情调,想听孙芸香唱,孙芸香却说,我天天在学堂里教学生子唱,回来还要给你唱,烦都烦死了。李木说,可是我当初就是被你唱服的呀。孙芸香说,都已经服了,还唱什么唱。李木退而求其次说,要不,我们在家不讲普通话,讲苏州话吧,苏州人讲话就像唱歌。孙芸香说,现在苏州人都讲普通话,你倒过来要讲苏州话,你活转去了,你out了,你什么什么,哇啦哇啦,叽叽喳喳。

如果只有孙芸香一只大喇叭,李木估计自己还是能够应付的,可自打孙芸香怀上了孩子,还没等生下来,家里已经又多出了另一只大喇叭,就是他的丈母娘王桂芬。

王桂芬也是个美女,要不她也生不出个孙美女来,现在虽然上了点年纪,但风韵犹存,那一口正宗吴侬软语,简直就不是人话,比鸟语还好听哇,直叫人骨头酥软,感觉是腌在蜜罐子里了。

只是这蜜罐子多少也有点美中不足,和许许多多的普通的故事一样,是美女都会有一点傲娇,一个美女傲娇挺美好,两个美女一起傲娇,就会闹不和,哪怕是母女之间,一边"囡囡、囡囡""姆妈、姆妈"分分钟挂在嘴边,嗲得就怕别人不知道她们是嫡亲的,但与此同时,两美女却对许多事情都各执己见,寸步不让,都认为自己是正确的。

宝宝还没有生下来的时候,就暴发过一次母女大战,那一天李木下班回来发现家里气氛异常,等到两只高音喇叭"叽叽叽"乱放一阵后,他才搞清楚了争吵原因是为了尿布,差一点当场就笑尿了。不过他没有笑出声来，他是有教养的人，不作兴当面嘲笑他人，何况这两个，一是心爱的老婆，一是尊敬的丈母娘。

有时候母女俩一起出门，走到街上就吵起来，邻居和居委会干部上来劝架说，哎呀，婆婆和媳妇，都是一家人，有话好好说。

两美女如此不可开交，肯定是要李木来做裁判的。

李木起先是想好好做人的，他是认真的，他是负责任的，对于母女间任何的纠纷，他愿意站在公正的立场，处理好矛盾，他甚至还有一种参加维和部队的自豪感。

比如这会儿，两美女为买矿泉水又争执起来。

王桂芬说，小李，你说，哪一种好？

孙芸香说，李木，你说，哪一个牌子的好？

李木赶紧和稀泥说，其实，这两种都不错的，都好。

可他话音未落，两只喇叭立刻响了起来，一个用标准的苏州话，一个用苏州普通话：

奈啥名堂？

你什么意思？

李木赶紧解释，我没什么名堂，我没什么意思，我就是说，可以这两种都不买，品牌矿泉水那么多，干吗非买这两种呢。

这种貌似中立的裁判，两美女可不满意，很不满意，非常不满意。

一个说，你调花腔。

另一个说，你玩花招。

两美女在瞬间已经调转了枪口，一致对外了。

李木哑口无言，笑笑吧，还能怎样。

这可真是身在丛中笑呵。

等到李木的女儿出生，又多了一个美女。好在她现在还太小，只是个美女胚子，还没长成美女，否则，嘿嘿。

李木薪水高，工作稳定，有规律，不加班——不是工作不忙，而是他的工作能力强，根本不需要加班，凭他的智商和能力，能干更多的活，但是他得悠着点，匀着点，这不是偷奸耍滑，这是人生，人生不是由一个人组成的，一个人的人生还得配合许多人的人生呢。

李木铁打的早九晚五工作规律，对于家庭，本来实在是利好，至少早晚两头，他是可以帮助两美女干不少家务事的，可是他很快就发现，这里没他的位置。

有一回他主动拖地板，王桂芬立刻说他偷懒，连拖把都没有湿透，等于白拖，而孙芸香的意见恰好相反，嫌他拖把太潮了，老半天水也干不了，搞了一地的鞋印，等于白拖。

还没等他为自己辩护，这辩护已经不需要了，因为两美女已经发生了纠纷，分歧很大，最后，因为李木拖了地板，引起了母女间的一场战争，一晚上也没有平息下来。

又一次，他洗碗，老婆要他多放洗洁精，丈母娘要他少放洗洁精，结果仍然是以两美女翻脸而告终的。

奈这个人做事抓手抓脚，在这里碍手碍脚。

你走开吧，你走开吧，该干什么干什么去。

李木又不傻，乐得当甩手掌柜，吃完饭，碗一推，躲进书房打游戏去。

两美女在她们各自的战场，搞卫生的搞卫生，哄孩子的哄孩子，累成了狗，才发现太便宜了李木，不约而同冲进书房，仍然一个用苏州话，一个用苏州普通话，同时说出一句话：

奈当奈是肚老爷啊？

你以为你是谁啊？

李木赶紧起身往厨房去，想看看有没有什么可干的事，两美女又紧随其后。

你算是搭台，还是拆台？

你六指头帮助，越帮越忙？

李木赶紧又退回书房，听到母女在外面用家乡话嘀咕。

母：伊到底听得懂听勿懂？

女：啥人晓得，你自己问他呀。

母：伊到底是木知木觉，还是假痴假呆。

女：你眼睛凶，你看呢？

母：照我看伊是木知木觉，叫也叫个木，哪有好好的人取个名字叫木的。

女：（扑哧一声笑出来）。

母：囡囡，你是聪明面孔笨肚肠，千挑万选，选了个猪头瞎眼

女：姆妈，当初啥人最起劲？外头人家都晓得，李木是丈母娘先相中的，那辰光你一听说人家工资高，人马上酥脱。

母：我酥脱也是为你——算了算了，弄了个阿木林。

女：嘻嘻。

母：伊晓不晓得阿木林啥意思？

女：我不晓得他晓不晓得的。

母：我看这个"阿木林"伊是不晓得的。

于是李木就得了个"阿木林"的绰号。

从此以后，两美女当着面说他坏话也不回避，反正他听不懂。

李木怎么会听不懂呢，他每天开车上下班路上，都打开收音机听苏州评弹，评弹的唱词有些连正宗苏州人也听不太懂的，他都已经能听懂了，只不过他是会听不会说，因为苏州话实在难学，他也曾学着开过口，两美女一听就嘲笑说，江北驴子学马叫。尤其是要尖着舌头说的那些关键的词语，他的舌头怎么也尖不起来，就像有人学俄语，舌头卷不起来，声音不能打着转滚出来，那是学不好的。

现在一方面到处说要抢救方言，另一方面大家见了面即使是嫡亲老乡也不说方言，即便一个人在自己的家乡，也已经搞不清谁是本地人，谁是外地人，这倒也好，大家适应了，也就不存在看得起看不起的问题了。

好在李木是个工科男，木讷是他的强项，无论是真的木讷还是装的木讷，反正他是头闷驴，对于两美女的叽叽喳喳、哇啦哇啦，他一概装作不懂。有时候孙芸香说，我都要被自己的亲娘气死了，你为什么不帮我说句话？他正好就说，你们说的什么，我听不太懂。

反过来，如果丈母娘向他求助，他也一样回答。

真是个好办法。

有时候，调皮的心念一起，他还可以在其中煽风点火，果然是"轻轻一拨扇，炉火又起焰"。但这种事情是不作兴的，他不会多做，偶尔为之。

在家里什么事也插不上手，什么事也轮不着他插手。如果母女有一方说他懒，他也不用出面争辩，因为自有另一方替他争辩，而且她们经常转换角色，乐此不疲。

李木完全没有了存在感。

他基本上就是一张工资卡了。

李木的每一天

但他并不仅仅是一张工资卡,他还是一只垃圾筒,两美女天天往里边倒脏。

我们忙成这样,赤佬一动不动。

我们做牛做马,猪头三享清福。

外地人到底茄门相的。

外地人到底拎不清的。

面皮老老,肚皮饱饱。

吃吃白相相,混世大魔王。

然后,她们再互问一声,他听得懂听不懂?

不晓得。

慢慢地,李木下班后习惯在单位里多磨蹭一会,磨到差不多了,到外面吃一碗面再回家,就说单位效益下降,以后要加班了。

两美女自然是不高兴的,会异口同声批评指责他,当然,最后的结果,肯定是两美女又互呛起来。反正他已经知道,她们是以此为乐的。

李木假装加班,李木的同事紧张了,求他说,你的业绩已经甩我们几个世纪了,你再加班,还让不让我们活了。

李木说,我没有加班呀,我在这里玩游戏嘛。可同事怎肯相信,李木不下班,他也不下班,陪着他玩游戏,最后耗不过了,向李木诉苦求饶,我现在这点收入,虽然也不算太少,可我家境和你不能比,我家什么什么什么。

所以李木也不能留在单位瞎磨蹭。

总算有一天,有个大学同学从国外回来了,班长牵头,同学聚会,大家要好喝一顿,一律不开车。

我们聚会吧

范小青

这是李木第一次使用优步,在约定的时间地点,一辆宝马七系无声地滑到他跟前,司机眼神挺凶,都没使接头暗号,已认准要车的就是他。

李木眼神也不差,看到车牌号,很牛,3个7,1个8,司机下车,是个很有派头的中年男人,微笑得体,动作麻利,还很细心,他注意到李木的眼神看的是前门,赶紧快步走到右侧,问,先生,您坐前面?

李木一点头,司机已经打开车门,做了个请的手势,李木上车,司机已经迅速回到驾驶座,导航已经设置好了,李木有些担心,说,你不认得路?

司机笑道,你不喜欢导航,那就关掉。又说,有的乘客赶时间,有的怕绕路,喜欢开着导航。又说,看起来你平时是自己开车的。又说,有两种走法,是走距离近的,还是走路上畅通些的。不等李木回答,他自己又说,肯定是走路上畅通的。又说,你到某某某是聚餐吧。又说,是同学聚会,还是群友碰头,看样子好像是同学聚会。你不奇怪我怎么猜的吧,我看你没有把手机一直拿在手里,而且手机也没有一直响。

李木一句话也没来得及搭上,因为司机说了好多层意思,他得想一想该先回答哪一句,其实司机并不需要他的回答,因为他又说了,你好像不太喜欢说话,闷骚款的。又说,你要是不想说话,我就不说了。有人天生喜欢安静,嫌司机唠叨。

李木这才搭上一句,你开宝马七系,做优步司机。

司机说,哦,很多的,沃尔沃,奔驰,奥迪,都有。又说,你是不是关心,开豪车的人为什么做优步司机,其实每个人的出发点各不相同,像我,你应该能够看出来,我喜欢在这个城市里兜风,据说这是排解压力的一种方式。又说,当然,解解厌气只是一方面,另一方面,因为我是做投资的,如果碰到合适的人,我一边开车一边就可能获得有关行业的信息,比如你这样的 IT 精英，如果你愿意和我聊聊，说不定对你对我都有用处。

李木这才搭上了一句，你都能看出来乘客是干什么的，你做了多长时间优步？

司机说，一个多月，你别觉得我很神，这只是正常的了解而已，在特定的地点，接到的人，一般都是可以猜测或者预计的。又说，哦，对了，我这儿有充电宝，你手机需不需要充电？又说，你渴不渴，今天天气有点热了。又说，其实应该是我渴了，我说了这么多话，不过我刚才喝过水了，现在不渴。又说，你是不是觉得我话痨，其实也不一定，其实，我在公司上班，话很少的，几乎全天沉默，第二，我做优步司机，说话多不多，也要看上什么样的乘客，昨天接了一个女的，就没我说话的份了，一上车就跟打了鸡血式的，全程启动吐槽，骂她婆婆，￥%#@*&*&*$$$%##@@……￥￥@#&&*#$$——此处省略一万个字。

好了，到了。

还说人家是全程吐槽，他这才是全程轰炸，不过李木被他这一程轰炸下来，并没有什么厌烦的感觉，反而开了脑洞。

所以聚会结束回去时，他又打了个优步。

这个司机更年轻一点，说话语速也更快，喝酒了吧你，不会吐吧，要吐也不要紧，你尽管吐，我有塑料袋。

你放心，你听得出我口音的，我是正宗苏州人，我路很熟的，一会就到你家了。

看你出汗了，你热吗？喝了酒是会热的，要不要开空调，虽然还没到开空调的季节，不过你要是想开，我马上开。

你在看我的手臂，你是看我手臂上的刺青吧，嘿嘿，你放心，没事的，

073

刺青的不一定是坏人，其实我挺好的，白天做网店，晚上开优步。

车子到了李木家小区门口，李木下车，司机也追了下来，硬塞给李木矿泉水，说，你漱漱口，减掉点酒气，我再给你口腔清新剂喷一下，回去蒙混过关。

李木终于忍不住"扑"的一声笑了出来，司机说，哦，原来你会笑啊。

你既然笑了，你会给我五颗星吧？

李木回家，还真没被两美女闻出酒味，直接进书房坐到电脑前，似乎和平时不太一样，打了两回优步，感觉有点兴奋，干脆上网了解一下优步司机都是些什么情况，那真叫"不看不知道，一看笑笑笑"，李木简直就笑出声来了，而且声音大了一点，结果被两美女听到了，她们愤愤不平。

我忙得脚也掮起来了，奈在这里独笑。

我累得腰都断掉了，你在这里瞎笑。

奈这个人良心算是被狗吃掉了。

你这个人，你这个人，你这个人。

￥%#@*&*&*$$$%##@@……￥￥@#&*#$$——此处省略一万个字。

第二天李木找了个借口，没有开车上班，要了个优步，还想再体验一把，却不料这回给整惨了，开车的大姐完全不认路，连导航说的话她也听不懂，导航说，前方五百米右转，她立刻就慌了，急得问李木，五百米是多长，五百米在哪里，五百米有多远，五百米，五百米，正念念叨叨五百米呢，导航又说了，你已偏离方向，请直行一千米调头，这回她不敢再问李木了，慌慌张张地自言自语，一千米，一千米，前面那个红绿灯有一千米吗？

李木说，我上班要迟到了。那大姐更着急说，我上班也要迟到了。又自语说，这是在往哪个方向，哎呀呀，不好了，这是西北方向了，越走越远了，

李木的每一天

我单位在东南方向啊,我只是想顺路捎一个的,怎么会这样,怎么会这样。

李木没想计较什么,只是让她在路边停车,那大姐却吓得要哭了,说,你,你是要投诉我吗?求你不要投诉我吧,已经扣钱了,我会退给你的。李木说,你有这么好的车,你自己车技又不好,还是个路盲,你还要赶着上班,你就这么差钱吗?

那大姐一听,沮丧之色一扫而光,两眼放光,嚷嚷说,哎哟喂,这位大哥,这你就不懂了,嘿嘿,这你就不懂了,嘿嘿。

李木也"嘿嘿"了两声,那一瞬间他心里做出了一个决定。

李木和孙芸香商量,说想去开优步,孙芸香也没听清楚他说干什么,赶紧就同意,行行行,你干什么去都行,反正你在家什么也不干,又什么也不说,等于没有你这个人。李木顺利过了一关,还担心着第二关,既然孙芸香同意,那王桂芬肯定是要反对的。那孙芸香有斗争经验,一锤定音说,那就不告诉她,说单位加班。李木说,那以后恐怕天天要加班了,孙芸香说,那就告诉她,这叫新常态。

李木加入了优步的队伍,一切手续网上搞定,非常简单,审核也十分顺利,第二天他就被激活了,两天以后,他就是一个优步司机了。

李木接上的第一位客人,是个女的,一上来就夸他说,还是你这位司机大哥有素质,上次坐车,一上车那司机就说看得出我是有孩子的人,弄得我一头黑线。

李木配合地笑了笑,说,有些人是比较自以为是的,明明没眼力,假装有眼力。

这女的却又说,别说,那家伙还蛮有眼力的,我的确是有孩子了,我二胎都生了。

075

有孩子还不许人家说有孩子，这是什么新规矩啊。

然后继续说，还有一个司机吧，客人上车他就打电话，开口几十万、几百万，掼派头做生意，单只手开车，吓死宝宝了，我怕了他，中途就下车了，我后来投诉他的——反正不像你，低调，稳重。

然后换了一个乘客，又是女的，坐在后座偏右的角落里，像个受气的小媳妇。车子开了半天，她在后面假咳了一声，轻轻地说，你怎么不说话？李木说，有的乘客不爱听司机说话，嫌烦。那女的说，但也没有像你这样一言不发的，夜里怪吓人的，你甚至都没有从后视镜里看过我一眼。

李木就从后视镜里看了她一眼，她立刻活跃起来，把头勾到前面来，下巴抵在前排座位的靠背上，说，你会不会向我要电话，我喜欢优步，优步司机会跟我要电话，不过我是不会给的。

然后又碰到一个奇葩，不仅自己说一口完全听不懂的方言，连李木很标准的普通话他也一句听不懂，搞了半天，他怪李木说的苏州方言太难懂，害他找不到上车地点，耽误了事情。

又有一次乘客上车，李木一看，是自己的一个同事，说，知道你在做优步，捧你生意。

还有一个女同事，平时对李木蛮有意思，只可惜李木是众所周知"养家指数高，出轨率低"之工科男，很难撬得动，现在有机会了，上他的车，聊天。

不长时间，李木已经总结出数种不同乘客的习性和风格，倾诉型的、一言不发型的、问一句答一句被动型的、上车就发问主动型的、旁若无人打电话型的、嘻嘻哈哈型的、怒气冲冲型的，等等。

这不，又上来一女客，一上车就冲着他，嗨，又是你。又说，我坐你

李木的每一天

三次车了,你都没认出我来。李木不是没认出,是根本没认、没想认。不过他不会说出来的。女客却是不折不挠的,再说,我上车时,你好像在听评弹哦。

这话题让李木有了兴趣,赶紧接住说,是的,是的,是《杜十娘怒沉百宝箱》。那女客"咦"了一声,巧了,是在唱我的故事哦。

李木这才回头看了她一眼,天黑光线不够,并没看太清楚,但他感兴趣地说,哦,你是评弹演员哦。那女客笑了,说,我就知道你会这么说,不过,你搞错了,我不是演员,我就是那里边唱的那个杜十娘。

李木碰到过幽默的乘客,但如此和他乱开玩笑的还不多,只好"呵呵"。女客说,你呵呵什么,杜十娘是绰号,我的大名叫杜嬡。

虽然杜十娘的评弹李木听得蛮多,但杜十娘的大名是什么,他倒未曾留意过,评弹里似乎也没有交代过,李木跟着一念,杜 měi?美丽的美?那女客笑道,不是美丽的美。李木想了想,还有什么字念这个音,难道是每天的每?女客又说,也不是每天的每,就是女字旁的那个字。知道你不信,不信也无所谓,反正就是这样啦。

李木自然不会相信有什么时空倒错,历史穿越,这女客不会真是杜十娘,但对杜 mei 这个名字却有点耿耿于怀,就想着回家记得上网查一查。那女客又说话了,你方向是不是搞错了?

李木稍一愣怔,很快确认没错,你不是到瓜洲大酒店么,没错。女客说,我就知道你会搞错,我不到瓜洲大酒店,我到瓜洲。不等李木反应过来,女客又说,瓜洲你不知道吧,你别开导航,导航导不出来的。

李木还真不知道除了瓜洲大酒店,还有个叫瓜洲的地方,车子放慢了速度,犹犹豫豫,不知该朝哪里开了。

077

女客从后座上递过来一张残破发黄的旧地图，借着昏暗的灯光，李木看到地图上划了一条鲜明的红线，直指一个红圈，红圈里就是瓜洲两字。

李木及时调整了方向，后面的女客再也没有声音了，估计是累了。

李木沿着旧地图的指点，终于到了一个地方，停车细看，似曾相识，不就是杜十娘怒沉百宝箱的那个瓜洲吗。可再一想，又觉奇怪，我怎么会认得这地方呢，《杜十娘怒沉百宝箱》弹词中并没有对这个地方的周边情景有特别详细的描述，只有"江风大作，彤云密布，狂雪飞舞"一些气候之词，为什么我能认出这个地方来？

再细一看，更觉惊异，瓜洲沿江两岸，怎会是这样的景象，这么多年，难道这里从来没有拆迁，没有挪移，没有变化？

难道时空真的已经转换了？

李木喊女客到了，后面没有声音，回头一看，车上根本就没有人，李木顿时吓出一身冷汗，再细想想，这是在做梦吧？

李木赶紧醒醒神，重新回到城里大街上来了，优步生意真不错，很快又接了一单，开到接头处，上来又是一女的，这回李木留个小心，认真一看，竟看出来是孙芸香。

李木立刻说，不对呀，订单的怎么不是你的手机号码？孙芸香说，谁说不是我的手机，我单位最近发的一个新手机，包流量包话费，不用白不用，我早告诉你了，让你存，你说存了，其实根本没有存。孙芸香一眼看到李木扔在前边仪表台上的旧地图，伸手一抓，奇怪说，咦，这是我的地图，怎么在你车上？

李木也颇觉奇异，你的地图？你怎么会有这种旧地图？孙芸香说，这有什么大惊小怪，从前我们跑码头，到乡镇演出，经常找不到地方，不用

李木的每一天

地图怎么办,现在都导航了,你倒拿着它干什么?

李木说,先不说旧地图吧,这么晚了,你怎么还在外面跑路?孙芸香道,咦,你怎么忘了,我明明告诉过你,今天是上市公司十周年庆,搞晚会,老板喜欢听《杜十娘》,要叫我去唱,我是杜十娘专唱嘛。

李木听了,似乎有些发愣,又似乎明白了一点,哦,原来是一帮杜十娘的粉丝。孙芸香"嘻"了一声说,我才算不上什么粉丝,要说杜十娘,我妈才是铁杆,从前我妈嫌我爸不和她说话,半夜里跑出来打了黑车要到瓜洲去,那黑车司机倒是想劫财劫色的,结果听说我妈要去找杜十娘,反被吓坏了,扔下车子就逃了,嘻嘻。

李木想,难不成刚才拉的那个不存在的女客是丈母娘王桂芬,可是我并没有逃走呀,开什么玩笑。

孙芸香朝他看了一眼,你今天失魂落魄的,碰着什么鬼了——算了算了,我帮你回回神吧——她今天心情真不错,居然开口唱了起来,这可是结婚以来,她头一回在李木面前开金口:

> 窈窕风流杜十娘,
> 自怜身落在平康,
> 她是落花无主随风舞,
> 飞絮飘零泪数行
> ……

他们回家时,王桂芬正侧身躺在床上,和熟睡的外孙女唠叨,似唱似说,听得乡音心欢乐,吴侬软语是苏州——

079

一听到女儿女婿的声音了，王桂芬立刻爬起来指责李木说，奈自己加班不算，还要叫芸香加班，奈把我当老奴啊？

孙芸香立刻反驳说，姆妈，话不能这么讲，我们加班也是为了过日子——

王桂香跳了起来，芸香，我告诉奈，什么什么什么。

因为小美女睡着了，这两美女的吵闹声是压低了的，不过压低声音并不妨碍她们无休无止地将战斗进行到底。

这时候的李木已经是不存在了。他走进书房，打开电脑，上网查了一下，还真是，杜十娘的名字，叫杜媺。这个字，音同美，或，同每。每一天的每。

长平的车站

那一天,父亲对他说,长平,有件事情要交给你去办了。

父亲说的这件事情,对于才满十岁的长平,确实不是一件容易的事情。

他要去火车站接一个人。

可是火车站在哪里,怎么才能去到火车站,到了火车站怎么接人,长平完全不知道。有生以来最远的一次出行,他只走到市中心的百货公司,还是父母亲带着他去的。

现在他要去火车站。

他要一个人去火车站。

在这之前,长平根本就没有听说过火车站。他无法想象出火车站是什么样子的,好像连小人书里也没有看到过。他拼命地想啊想啊,最多只想出似乎有一本小人书里画了一个火车头,黑乎乎的一个大家伙,头上有一个烟囱冒着白烟。但是那个冒白烟的大家伙和火车站有什么关系呢。

长平是个胆小的孩子,他是无论如何也做不成这件事的。

可是他又是必须去做的。

父亲是认真的，而且很细心，他给长平画了一张图，详细地标出了长平去往火车站的路线：出家门，走到巷口，右拐，上大街，沿大街走五分钟，就是1路公共汽车的一个站点，叫红旗桥站，长平从红旗桥站上车，买三分钱的车票，坐五站，到胜利街站下，然后走到这条马路的斜对面，那里有2路公共汽车的站台，站名叫胜利街西，从这里上2路公共汽车，买五分钱的车票，坐到终点站。终点站就是火车站。长平下了公共汽车，应该找一个人打听一下，火车站的出口处在什么地方，因为父亲也不太清楚那个出口处离2路公共汽车的终点站有多远。但是父亲说，路在嘴上，你一问，肯定会有人告诉你的。

这几乎就是让长平在纸上已经走了一遍，长平已经抵达火车站了，长平再没有任何理由拒绝父亲的安排。

但是长平还是有理由的，爸爸，你为什么不去？妈妈为什么不去？

父亲说，我和你妈妈，另外有重要的事情，我们去不了，才会让你去的。

长平虽然胆小，但他还是懂事的，他相信爸爸妈妈肯定是有重要的事情去不了，但是长平仍然不想去火车站接人，他不敢去。所以长平拖拖拉拉的，他想拖延时间，看看会不会发生什么变化，于是他又问了一个问题。

爸，我要去接什么人呀？

长平的爸爸停顿了一下，似乎在想着该怎么回答。只是，十岁的长平是不知道的，回答接什么人，难道还要想一想吗？

一个亲戚，一个熟人，一个——父亲说，反正，你接到了，就会认识他的。

长平终于发现了一个漏洞，爸爸，可是我现在还不认得他呀，长平说，我不认得他，我怎么接他呢？

父亲笑了一笑，他早就知道长平会提这个问题，父亲指了指墙上的一

长平的车站

张照片,照片是一直挂在墙上的,几乎从长平记得事情开始,他就记住了这张照片,三个人的合影,自己的父亲母亲和另一个男人。

长平现在知道了,父亲要他去接的,就是那第三个人,这个人的脸,他早已经记熟了,他闭上眼睛也能想出那个人的脸来。

现在长平还能有什么推托的理由呢,他原本对火车站、对火车都是完全没有印象的,他无法从那种无印象中寻找出可能产生的印象来,可是父亲是有的,父亲说,长平,还有个情况得和你事先说一下,火车很可能会晚点的,现在的火车晚点的很多。

晚点是什么?

晚点就是到了火车应该到的时候,还没有到。

那怎么办?

那你就等吧。火车总归会到的,人总归会从火车上下来的。所以,长平,你要做好准备,爸爸会给你钱,你要是饿了,自己去买个烧饼吃吧。

最后,父亲说,你接到了他,你就带他回来,你记得住去火车站的路,你们就按原路返回。

父亲还把长平当个小小孩,怕他听不懂什么叫"原路返回",父亲又指了指他画的那个张图,说,就是按照这条线,反过来走。

长平已经点头了,他知道了。

可是父亲还是不放心,又说,或者,你就把这张纸交给你接到的人,让他带你回来。

现在长平的胆子渐渐大起来了,因为无论是去往火车站的路途,还是火车站的各种情形,已经在父亲的反复叮嘱中渐渐明确和清晰起来了,所以他反而觉得父亲太过啰唆了。父亲平时并不是一个絮絮叨叨的人。

父亲和他说话的时候，母亲始终没在旁边，母亲在里屋收拾东西，从长平记得事情开始，母亲就经常在里屋收拾东西，因为经常会有人冲进他们家，乱翻一通，再砸一通，然后他们走了，母亲就开始收拾东西。

今天虽然没有人来过，但母亲收拾东西的习惯已经养成了。

父亲把钱分作两份，分别放在长平的两个裤兜里，一份是买公共汽车票的，另一份是万一火车晚点，长平可以买烧饼吃。

长平出门的时候，母亲从里屋出来了，母亲站在父亲身边，朝长平挥挥手，她张了张嘴，好像想说什么，但是并没有说出来。母亲平时话就不多，和父亲一样，只是今天父亲显得有些唠叨，而母亲没有。

长平出了门，走了几步，他就遇见巷子里的小伙伴了。

长平你到哪里去？

长平略有些紧张，也有些兴奋，他的两只手伸在两个裤兜里，紧紧地攥着那几个零碎的纸币，手心都渗出汗来了。

我要到火车站去，我要去接一个人。

小伙伴咽了一口唾沫，他羡慕地目送长平走出了小巷。

长平把一路的顺利归结于父亲的图画得仔细，画得准确，这是毫无疑问的，长平只是严格按照那张图的规定，没有出丝毫的差错，他就到达了。

现在长平已经站在火车站的出口处了。他问了人，确定这就是接人的地方。他就站定了。一直站在那里。长平是个老实胆小的孩子，不会偷奸耍滑，比如既然火车还没到，不如先跑到哪里去玩一玩再来。长平不会这样做。他才十岁，在一个两眼一抹黑的乱糟糟的地方，他偷奸耍滑会把自己耍没了的。

火车并没有如父亲估计的那样晚点，它准点到达了。

长平一下子就蒙了，黑压压的人群从里边长长的通道中走了出来，不，不是走，简直就不是走，是什么，像什么一样，长平形容不出来，长平没见过这样的阵势，长平慌了，他只有一双眼睛，他怎么来得及看过这么多张脸。

长平急得冒汗了，他瞪大眼睛，想盯住每一个人的脸，想从这里边找出那张挂在家里墙上的熟悉的脸来。

没有。

没有。

没有。

黑压压的人群在出口处验过票，就四散了，里边过道里的人越来越少了，长平急得快要哭了。

旁边有个大人关心到长平了，他和蔼地向长平询问，喂，小孩，你在这里干什么呢？

长平带着哭腔说，我接人。

你接谁呢？

长平又慌张起来，好不容易有人关心他，可能会给他帮助，他却不能告诉人家他是来接谁的，他不知道他接的这个人他该怎么称呼他，墙上照片里的人，这么说的话，别人肯定是听不懂的。

长平急中生智了，说，我接我爸爸。

旁边的人都笑起来了。

你爸爸要你接吗？

你爸爸是大人，你是小孩子，难道大人是需要小孩接的吗？

呵呵呵呵。

长平窘得要命，但他还是希望有人能够帮助到他，所以他只好红着脸坚持说，反正，他和爸爸差不多。

这是实话，照片上的这个人，和父亲年纪差不多，至于长相，小孩子本来就对长相不怎么敏感，可能在长平看来，中年的男人都长得差不多的。

下火车的人走得差不多了，出站的那条过道里，几乎已经空空荡荡了，旁边的一个大人说，这趟车的，差不多都出来了。

长平一听，顿时悲从心底起，他"哇"的一声大哭了起来。

按说长平是不需要哭的。来火车站接人，本来是应该是大人做的事情，父亲让他来接，本来就是父亲的不对，就算接不到，父亲也不会怪他的，更不会责打他，从小到大，父亲和母亲都没有骂过他一声，不像邻居家的孩子，三天两头被父母揍得吱吱鬼叫。

可是长平还是哭了，他不知道自己为什么哭，但是反正他就是想哭，他控制不住要哭，他必须哭出来。

大人们面面相觑，不知道他哭的什么。

一个大人说，小孩你别哭呀，说不定后面还会有人的。

另一个大人说，是的，有的人天生就是慢性子，总是拖拖拉拉的，动作慢，也不怕接他的人等得着急。

还有一个大人说，也可能，你要接的人没有上这趟车，所以你就接不到他了。

他们正在议论，又有一个人高声喊了起来，哎哟，果然还有人。

咦，真的，后面又来三个。

长平泪眼婆娑地放眼往里边一看，果然有三个人在过道的那一头出现了，远远的，走过来了。

长平的车站

　　三个人是并排走着的，姿势很奇怪，两边的两个人和中间的这个人靠得很紧，好像是夹着他在走。

　　这种异乎寻常的姿势，长平是看不出来的，他还太小，他只是急迫地希望他们快快地走近，好让他看清楚三个人中间有没有他熟悉的那张脸。

　　他们走得很慢，长平甚至感觉时间都停滞了，当然，对于这种停滞的感觉，才十岁的长平，还不知道算是什么感觉，他只是觉得心焦。

　　旁边的大人骚动起来了。

　　哎呀，是铐着的，中间那个是铐着的。

　　不好了，是抓犯人的。

　　是在外地抓的，坐了火车押回来。

　　也可能是在火车上抓到的。

　　在他们惶恐不安的议论声中，三个人走近了，越来越近了，近到长平已经看到了，他一眼看到了那副手铐。

　　不知为什么，他不敢沿着手铐往上看，不敢看那个戴着手铐的人的脸。为什么他不敢看，难道那张脸就是他熟悉的脸？难道这个戴着手铐的人，就是他要接的人？

　　长平不知道。

　　他始终没敢抬起头来看他。

　　他还小，他不知道这种情绪叫作第六感。

　　围着的大人四散开去了，他们远远地看着这三人组合，不敢靠得太近，虽然那两个人看起来也很普通，穿着深蓝色的衣服，没有什么特别的地方，但他们身上有一股很凛厉的风格，在他俩的目光的扫射下，害得大家都有点心虚了，都要躲得远一点才安心。

只有长平仍然站在出口处的正中央,因为他是来接人的,他还没接到人呢。现在他只知道,有一个人戴着手铐,被另外两个人夹在中间。

长平很害怕,其实他还是想认一认这张脸的,他还是想确认这就是一直挂在墙上的那张熟悉的脸,但是他的目光完全不听他的指挥,它无论如何也投不到那张脸上去。

长平的心怦怦乱跳,两条腿也哆嗦起来,他想赶紧逃开,可是脚步也和目光一样,不听使唤,他定在了那里,一动也不会动。

现在火车站的出口处,除了一个小孩,再无别人。押人的两个人停了下来。那两个人中的一个,对着被他们押着的人说,发给你的电报上说有人来接你,人呢?

他摇了摇头。

那两个人看不懂他摇头的意思,是没有人来接,还是不知道有没有人来接,还是接的人没有来,或者还有别的什么意思。

这两个人还四处张望,确实看不到来接他的人。一个人就抓住了长平的肩,孩子,是你吗?你是来接他的吗?

另一个人说,怎么会,这是个小孩子嘛。

长平哆哆嗦嗦,什么话也说不出来,他既不敢承认,又不敢否认。

那两个人不会和一个小孩计较,他们放过了长平,又去问他,是不是接你的人已经来了,你们是不是使用过暗号了,所以他就不出现了?

他仍然摇了摇头。

那两个人不再纠缠了,算了算了,抓到你了,还愁挖不出更多的某某某。

他说的肯定不是某某某,但是长平听不懂他说的是什么,只能听出是某某某。

长平的车站

另一个人说，可能是他看见你被抓了，害怕了，不敢露面了。

他们押着他往前走了。

长平想上前去，他想去说，就是我，我来接他的。但是他的全身上下没有一处是听使唤的，他只能继续一动不动地站在出口处的正中央。

两个人押着一个人往前走了，广场上有一辆吉普车在等他们。不过长平并不知道，长平只是盯着他们的背影，他希望那个人能够回过头来看他一下。

可是没有。

那个人头也不回地一直往前走掉了。

许多年以后，长平回忆起这一幕，他一直在想，那个人当时说的那三个字，他没听懂的三个字，某某某，到底是什么？

长平原路返回了。

因为父亲的图画得准确而且仔细，返回的路上同样顺利，长平是个懂事的孩子，他饿了，但是他没有花掉父亲给他买烧饼的钱。他的一只手还始终插在裤兜里攥着那几分钱。

可是长平没有想到，他不仅没有接到该接回来的人，连本来应该等待他回家的人，也不见了。他到家的时候，父母亲都已经不在这个家里了。

他们家的外间，本来又小又简陋，只有一张饭桌，家里的东西一般都搁在里间，现在长平知道了，早晨他出门的时候，母亲在收拾这些东西，然后父母亲将它们席卷走了。

桌子上有一只火柴盒，火柴盒旁边有一封信，是父亲写的。

父亲告诉他，他今天接到的人，才是他真正的父亲，是他的亲生父亲。而父亲和母亲，只是他的养父母，现在养父母有了麻烦，他们要到很远很远的地方，靠种田才能养活自己，所以他们不能带着他一起，那样会害了他。他们不是不喜欢他。好在现在他的亲生父亲回来了，他以后就跟着亲生父亲过日子。

父亲考虑问题非常周到，写完这一段，交代完所有的事情，他又加了一段，他说，万一长平没有接到父亲，他们也已经替他安排了一个人家，是一个远亲，父亲写上了那个远亲的详细地址和姓名，长平要去跟他们一起住，好让他亲生父亲来的时候，容易找到他。

这就是长平十岁那年发生的事情。

长平到远亲家住下后的一个晚上，从前的邻居家的孩子跑了很远的路来找他了，他们在远亲家的门口喊长平，长平，长平，我们一起去玩吧。

长平走了出来，我们玩什么呢？

从前的邻居孩子说，我们到体育场去吧，今天晚上体育场公判大会。

另一个孩子说，长平，你去不去呀？

长平其实并不知道"公判"是什么意思，他的小伙伴也不知道的，但是长平还是问了，公判谁呀？

小伙伴说，是一个坏人，名字叫刘什么，前几天抓到的。

另一个小伙伴说，我爸说，听名字就不像个好人。

长平摇了摇头，我不去了，阿姨不许我去的。

阿姨就是长平家的远亲，后来长平听阿姨说，有一个人在体育场公判后，就被枪毙了。只是阿姨并不知道那个人叫刘什么。后来阿姨见长平一直闷闷不乐，还给长平打气说，快了快了，你爸爸快回来了。

长平的车站

其实那时候阿姨并没有住在家里,她和许多同事集中在某一个地方住着,阿姨在那里干什么,长平是不知道的,他只知道阿姨隔一两个星期会回来一趟,替他买一点吃的,然后在抽屉里放一点钱,那是长平的伙食费和零花钱。

阿姨有时候会跟他讲起姨父,可是长平从来没有看到过姨父,他在另外的一个什么地方,长平也同样不知道他在干什么,只是偶尔会看到阿姨收到姨父的来信。

可是后来阿姨过了很长时间也没有再回来,长平的伙食费已经所剩无几的时候,阿姨的一个同事来找他了,她告诉长平,他的阿姨今天要坐火车回来,他到火车站去可以见阿姨一面。

这是长平第二次到火车站,他已经有点熟悉了,阿姨乘坐的火车到得很准时,长平看得清清楚楚,阿姨从长长的出口通道出来了。

现在长平看到的阿姨,已经和原来的阿姨完全不一样了,她披头散发,眼睛发直,手里拿着一本书,一直在翻,不停地翻,翻得书页都快掉下来了,她奇怪地说,咦,我的密码就藏这本书里的,咦,怎么找不到了,怎么找不到了?

阿姨的同事把长平推到她面前,冯同志,你看看谁来了?

阿姨看了看长平,摇了摇头说,不是你,不是他。她继续翻书,她的动作越来越剧烈,把书掀得哗哗响,不得了了,不得了了,她着急地说,我找不到密码,无法完成接头任务,不得了了,不得了了——

阿姨没有回家,她直接被送到医院去了,阿姨的同事替长平担心,你以后怎么办呢,她说,你家里没有大人了。

长平想了想,说,我家里有大人的,我有姨父。

阿姨的同事生气说,你还提你姨父呢,就是他害了你阿姨,他把你阿姨写给他的信，给别人看了。

长平并不知道什么叫"害了"。阿姨住院后，长平也试图到医院去看阿姨，但他还是一个小孩子，那样的医院，小孩子独自一个人是不允许进去的。

不过长平的生活来源却并没有切断，不久后他就收到了一张汇款单，汇款人就是那个从来没见过面的姨父。在后来的日子里，姨父的汇款每月准时到达，长平曾经按照姨父的汇款地址给姨父写信，但是没有回信，长平从前的邻居，知道长平找不到姨父，帮他去查了，才发现汇款地址是假的，从那个假地址，找不到他的姨父。

现在的火车很少晚点了。尤其是高铁，几乎准得可以用分用秒来计算。

刘长平穿过长长的出站通道，现在他已经站在出口处了，不过没有人会来接他。

他的养父养母，经历了漫长的乡村生活，最后终于要回来了。

长平记得那是他第三次去火车站，那天火车晚点了，长平一直等到半夜，那列火车才到站，可是车上并没有养父养母。一直到大半年以后，他接到一封几经辗转的信，收信人是养父的名字，发信人的地址和名字都已经模糊了。信上说，下放在他们那儿的一对夫妻，在回城的路上因拖拉机侧翻，去世了，这已经是大半年前的事情了，后来从他们的遗物中发现了这个地址，所以寄了这封信。

因为看不清发信人的地址，长平无法回信，无法得到更多的消息。

现在刘长平站在火车站的出口处，他无须四处张望，不会有人来接他的。

长平的车站

但是他却在出口处看到了一块高高举起的牌子，牌子上写着他的名字。刘长平有些奇怪，也有些犹豫，但他还是朝着那块牌子走过去，这时候他更奇怪了，在这块牌子的旁边，还有一块牌子，上面也同样写着他的名字。

举牌子的这两个人，分别侧对着对方，所以他们好像并没有发现他们要接的是同一个人，或者说，是同一个名字。刘长平正在想着要不要上前询问一下，也许他们接的是一个同名同姓的别人，忽然旁边又出来了一个人，这个人没有举牌子，但他上前就拉住了刘长平的衣袖。

这个人是个小孩子。他拉住了刘长平的衣袖说，我是来接你的。

你怎么知道你是接我的，刘长平说，你认得我吗，我们见过吗？

小孩子说，我家里有你的照片，我天天看你的照片，我记得住你的样子。

刘长平摇了摇头，他无法接受这个说法，他离开的时候，还不到二十岁，二十岁之前他很少拍照片，就算有一两张，但是今天的他，怎么还会是当年的长相呢，这个小孩子，怎么可能对得上号呢。

可是这小孩子是认定他了，他扯住他的衣袖不放开，刘长平也没有想掰开他的手，他只是说，谁让你来接我的呢？

是我爸爸，小孩子说，本来我爸爸要来接你的，可是我爸爸今天有重要的事情，他就让我来了。

小孩子知道刘长平不相信他，他从口袋里拿出一张纸，递给刘长平看，刘长平看到了一张线路图，是从城市的某一个起点，到达火车站的线路，每一个节点，都标得清清楚楚，仔仔细细。

孩子，你叫什么名字？

我叫长平。

093

你爸爸叫什么名字。

我爸爸叫刘似非。

刘长平蹲了下来，让自己的眼睛和小孩子的眼睛对视着，他说，这么说起来，你就是我啦。

小孩子有些纳闷，什么你就是我，我是来接你的，我叫长平。

刘长平说，那我叫什么呢？

小孩子说，我爸爸说了，我接到了你，就知道了。

旁边的声音大了起来，原来是那两个举牌子的人，争吵起来了。

一个人气愤地说，骗子，你是骗子，你刚才手里明明没有牌子，看到我的牌子，你就去做了一张同样的牌子，你想冒充，你想拐人？

另一个人是个小哥，不服气地说，明明是我先到的，你后到的，是你冒充了我。

刘长平任随小孩子牵着他的衣袖，站在一边，看他们吵架，小孩子这才看到了牌子上的字，他激动地喊起来，是长平，是长平！

那两路人马并没有听信小孩子的话，但是他们看准了刘长平，他们知道他就是刘长平。

小哥动作快，抢先过来对着刘长平一迭连声说，唉哟，终于接到你了，唉哟，你不知道我都忙死了，我还得来接你，你都这把年纪了，又不是小朋友，还要人接吗？你不认得字吗，你不会问路吗？你不会上出租车吗？

刘长平说，那谁让你来接我了呢？你可以不来接我的。

小哥却又说，咦，我怎么可以不来接你——你真的不认得我了，我就是长脚呀。

刘长平朝他的短腿看了看，说，你是长脚吗，你的脚很长吗？

小哥道，我小的时候脚很长的，长大了反而变短了——嘻嘻，被你戳穿了，其实我是考验考验你的，我承认你眼睛还蛮凶的，我不是长脚，是我小癫痫，你认出来了吧。

刘长平说，癫痫？你的头发这么多，癫什么痫呢，再说了，小癫痫是和我同年的，你觉得你现在和我同年吗？

小哥说，我长得嫩相，我年纪看轻的——嘻嘻，又被你看出来了——

另一个人就把这小哥拨拉到一边去，他的眼睛直愣愣地瞪着刘长平，说，你别听他的，他是骗子，他根本就不认得你，他是冒充来接你的。

刘长平笑了起来，他冒充谁来接我？

他冒充你的家人、亲戚或者朋友什么的，反正，他是冒充的。

可是这里没有我的家人亲戚或朋友，没有人会来接我的。

这个人说，我不管，反正他是假的，我才是真来接你的。

刘长平说，那你又是谁呢，你是小什么呢？

这个人说，我不是小什么，我就是来接你的，我不能不来接你，有人一直在指挥我，让我来接你。

长平说，他是谁，他在哪里呢？

他指了指自己的耳朵，他在这里呢，你听，他又说话了，他老是和我说话，要我来接你。

大家哄笑。

他们不嘲笑这个人，却嘲笑刘长平，他是个傻子，你也相信他？

刘长平在心里问了问自己，你相信他了吗？

又有两个人早就想参与进来了，只是他们一直被挡在后面，其中一个人有点不耐烦了，说，算了算了，直接问他吧。

另一个人点点头，就上前直接问他了，货带来了吗？

这两个人长得有喜感，刘长平跟他们开玩笑说，我又不认得你们，要想取货，得有接头暗号啊。

那两个喜感的人迅速核对了一下眼神，一起上前迅速地扯住了刘长平。

我们是警察。

便衣警察。

刘长平说，哎哟哟，你们抓错人了。

小孩子也在旁边喊，他不是你们要抓的人，他是我要接的人，我爸爸让我来接他的。

便衣警察不会听小孩子的话，他们拿出照片核对了一下，顿时泄了气，一个就想要放开刘长平，另一个怀疑说，会不会整容了？

那小孩子又喊了起来，你们搞错了，他不是刘长平，我才是刘长平。

几乎没有人把小孩子的话当一回事，甚至好像完全没有听见。

但是他们即便是有整容的怀疑，也不能把一个长得完全不一样的人带走，他们放开刘长平，去盯着别的出站的旅客了。

前面那两个要接刘长平的人，虽然被便衣警察吓跑了，但刘长平却想不明白他们到底是谁。

他们怎么会来接我？

他们怎么知道我的名字？

其实刘长平的这个疑问，在出站口这里做各种事、干各种活的人，都是知道的，因为有一个人，每天都带着一块写有"刘长平"名字的牌子来接人。起先他是带了牌子来，接不到人，又带上牌子走，第二天再带来，然后再带走，后来他大概也嫌烦了，牌子也不带来带去了，每天回去的时候，就把牌子搁在一个角落里，第二天来了再捡起来，像上班一样的准时和认真。

只是今天这个人没有来。别人就把他的牌子举起来了。

一个拉客住店的妇女悄悄走到刘长平身边，低声说，你不要听他们瞎说，他们根本不认得你。

刘长平仍然奇怪呀，那他们怎么会知道我的名字。

妇女说，你住店吗？你住店我就告诉你。

可是我不需要住店。

妇女想了想，说，好吧，你不住店我也告诉你，就是有一个人，天天举着你的名字来接你的，可是天天都接不到，今天没来，所以他们就把他的牌子举起来了骗人了。

刘长平真是奇怪了，有人来接我，他长什么样子，多大年纪？

妇女说，他是一个老人，老男人。

旁边的人立刻纠正说，你搞错了，哪里老，是个年轻人，最多有二十几岁。

妇女哪里服气，说，你才搞错了，你根本就没看清楚。

又有另一个人说，你们都搞错了，不是男的，是个女的，有点青年妇女的样子，也有点中年妇女的样子。

再一个人说，明明是两个人，一男一女，四十来岁吧。

刘长平已经很不可思议了，咦，你们这是要干什么呢，你们商量好了来蒙我呢？

他们说，我要蒙你干什么，你又不住店。

你又不要一日游。

你也不要去足疗店。

你连一张地图也不买，我们拿你没怎么样的。

那为什么你们每个人说的都不一样，难道没有事实真相的吗？

他们说，这有什么稀罕，你真是大惊小怪，现在接来车站人的，什么情况都有，有冒充儿子的。

有装孙子的。

快递公司的业务扩大了，不仅递货，连人也代递代接。

别说是人，妖精也照递的。

呵呵。

嘻嘻。

他们一直在七嘴八舌，有情有调，反正这趟车的旅客已经散光了，下一趟车还没有到来，眼下没有生意，瞎聊聊也有趣的，有一个人开导刘长平说，也许有好几个人都是来接你的呢。

是呀，也说不定他们都是代别人来接你的。

刘长平仍然是不可思议的，那别人又是谁呢？

他们都笑了，这个要问你自己了，我又不是刘长平。

然后他们几个又齐声说，是呀，我们又不是刘长平。

一直被所有人忽视的小孩子又说话了，我是刘长平。

但是没人理睬他。

后来又有一趟火车到站了，大家走开了，迎过去了，只是小孩子一直没有走开，他又从裤兜里掏出一件东西，递到刘长平面前，刘长平看到一只火柴盒，盒子上的图案是一台绿色的拖拉机。

孩子拉着刘长平的衣袖说，我接到你了，我们回去吧。

孩子拿出一个手机，打通了电话，孩子高兴地说，爸爸，火车没有晚点，我接到人了。

王曼曾经来过

因为第二天要出差，下午刘芸提前一点下了班，到家时钟点工已经打扫完卫生，正在择菜，饭已经煮在电饭煲里了，一切都很正常。

刘芸不是有意提前回来查岗的，小许已在她家做了三年，基本上满足了挑剔的雇主的要求。再说了，保姆偷没偷懒，根本不用抓现场，平时稍留心一点就能察觉，比如随手往窗台上一抹，看看手上脏不脏，或者把马桶的坐垫板掀起来看看反面污不污，这都是一目了然的。当然这种方法也有不灵的时候，早几年刘芸曾经用过一个刚从农村出来的保姆，她会认为那种地方根本用不着清洁，你叮嘱吩咐，她嘴上答应，一转身就忘了。刘芸还记得她头一天来家的时候，看到地上有水，不用拖把和抹布去擦，却将簸箕里的垃圾倒在水上拌一拌，你看，干了，她高高兴兴地说。

刘芸只坚持了三天，就请她走了。

还有小许前面的那一个，到她家后就老看电视，而且她自己并不以为那是不对的，刘芸下班回家，她也仍然看电视，一点也不偷偷摸摸。刘芸问她，你在看电视？她说是呀，事情都做好了，电视蛮好看的。刘芸就拿

我们聚会吧 · 范小青

手往窗台上抹了一下，一手的灰，伸到她面前，她也没有觉得这是给她看的，还笑了起来，是呀是呀，你们这个地方，看起来树蛮多，蛮干净，其实灰还是蛮大的。她说是这么说，但并没有觉得应该去拿抹布来擦。刘芸也就打消了跟她谈一谈的念头，这是教不会的。所以她又换了一个。不过刘芸还是比较照顾别人自尊心的，趁那位保姆请假回家的时候，换了小许，然后打电话给她，让她不用再来上班了，她在电话里一迭连声地问，为什么，为什么，我哪里做得不好？你可以说呀。她后来还专门来了一趟，刘芸不在家，她问小许，你是她们家的亲戚吗？小许说不是，她就很奇怪，反复说，那为什么要换呢，那为什么要换呢？

这会儿小许看到刘芸回来了，从厨房里走了出来，站在刘芸面前，有些尴尬，她犹豫了一下，下决心说，师母，我跟你说一下，我不做了。

刘芸一时有点懵，过了一会才反应过来，你、你不做了？为什么？

小许停顿，她似乎想要说出个理由来，但最后并没有说出来。

刘芸不想勉强她，但是小许的辞职来得太突然，所以刘芸还是勉强自己勉强了她一下，试探说，那你，打算做完这个月？

不做了，小许的口气坚决起来，我明天就不来了。

这让刘芸有点措手不及。她是个有条有理、凡事预则立的人，按说少个钟点工，也不至于有多严重，无非家里的事情马虎一点罢了。可刘芸的个性是不允许马虎的，无论是工作还是家庭，她都认真严谨，要做到尽善尽美的，更何况，目前她自己正处在事业的重要转折关头，正处长调走了，要在五位副处长中提拔一人，这个人就是她。前些时候已经经过了民主推荐、考察和单位公示这三关，情况报告表也已经填过上报了，大家都知道非她莫属了，但是只要任命文件一天不下来，事情都是不能保证的。何况，这后面也还有许多步要走呢，情况表上报后，需要核查，核查无误后，班子先开会通气，然后再报上级开会研究，通过后，再公示，等等，步骤还不少，压力仍很大，但是再难，也得一步一步走过去。

这一阵的工作尤其马虎不得，所以她有些着急，希望小许坚持一下，至少再留几天，至少等到她出差回来。可是小许已经没有商量的余地了。刘芸回想了一下，前面小许也曾提出过一次，刘芸心比较细，当时她仔细分析了小许的态度，又侧面了解了一下，才发现原来小许是有加薪的要求，因为当时市场上出台了一个家政工资标准，可能小许对照后觉得自己的薪水还有空间，但她又不好意思直接提出来，就采取了这样的方法。刘芸并没有责怪小许，觉得可以理解，就加了薪，问题就解决了。

小许虽然忠厚，但也不笨，她知道刘芸在想什么，赶紧抢在前面说，师母，跟工资没关系，这次跟工资没有关系，她的脸都红了，真的不是为钱，我是、我是——她终究还是没有说出理由来。

既然小许决心已下，而且如此决绝，刘芸也不会强留她的，她会重新再去物色人选，只是刘芸多少有些奇怪，有些怀疑，小许忙晚饭时，刘芸进房间关上门，把上了锁的抽屉和橱柜都一一打开来，仔细清点家中的细软，并没有缺少。

刘芸赶紧给家政公司打电话，急需一名五十出头的钟点工，最好当天就能到位。那经理说，这个年龄档次的，不太好找，问她为什么不要年轻一点的。刘芸没有回答，那经理还记得小许，说，你前面那个不是蛮年轻的吗？刘芸仍然没有明说，前面这个小许，是她亲自到场当面挑的，她一向自信自己的眼光是锐利的，是识人的，只是现在急着要人，来不及去家政公司当面挑选，唯一的办法就是年龄往上提一点。经理还跟她开了个玩笑，是不是你觉得年纪稍大的保险一点。经理还是很快就找到了合适的人选，当天晚上就可以见面。

晚上刘芸跑了一趟家政公司，见到了那个新保姆，感觉挺干净利索，问了几个问题，答得都靠谱，加上旁边家政经理一再推荐，说刘芸是老客户了，才把最理想的人推荐给她。

刘芸就和这位名叫王曼的保姆签了协约，家政公司自然也是要参与的，三方签字，这是有保障的。第二天早上刘芸出差前，王曼先到她家，由刘芸交代任务和交递钥匙，一切进行都十分顺利，王曼收好刘芸家的钥匙，接下来她将和小许一样，每天下午三点钟来，先打扫卫生，再准备晚饭。

交代完毕，同事接她上火车站的车也到了，刘芸和王曼一起从家里出来，两人分头而去。

上了车，同事问她王曼是谁，刘芸说是刚请的钟点工，原来的那个，做得好好的，说走就走，让人无语。

同事"哦"了一声。

刘芸朝她看看，说，你"哦"什么，什么意思？

同事笑道，喔哟，刘处，你好顶真，我就是随便"哦"一下罢了，还能有什么意思。

刘芸才不信，她可是有经验的，别说是同事的声音，别说是同事的眼神和脸色，即便是同事的一个背影，她都能看出今天和昨天的区别来。刘芸立刻说，不对，你是"哦"中有"哦"的，我听得出来。

同事说，刘处，你厉害，你厉害，我服的——我就是觉得，刘处做事一向超严谨，思维超严密，可怎么会在出差的这一天请新保姆呢？

刘芸说，你是不是看出她有什么情况？

同事说，那倒没有，人哪那么容易被看出问题来。

刘芸立刻说，问题？你觉得有什么问题吗？

一直到他们到了火车站，快检票了，同事见刘芸还没有放下心思，劝她说，你这样确实有点仓促了，你要是放心不下，这趟差你就别去了，我和小李可以的。

刘芸一听，忽然有些警觉，朝同事看了看，没有说话。

同事被她一看，立刻被闷住了，知道自己多嘴了，赶紧把舌头收回去。

三个人一起上了火车，坐定了，刘芸自言自语说，有第三方，家政公司会担保的。又说，这家公司我跟他们好多年的关系了。

火车开起来，虽然女同事闭了嘴，但是男同事小李并不知情，他只是感觉今天刘芸神色不太对劲，不过他也没必要打探，发现女同事在朝他使眼色，也看不懂是几个意思，正要琢磨一下，刘芸已经说话了，你们干什么呢，用眼睛在私底下议论我哦。

两个同事都笑，一个说，哎哟，刘处，你做事那么严谨，有什么可议论的哦。

另一个配合说，呵呵，刘处向来滴水不漏的，我们想议论也不知道该议论你什么呢。

这两人话一出口，刘芸像是被点着了，忽地站了起来，不行，不行，她急切地说，我不能出差了，我得回去。

二话不说，赶紧掏出手机网购车票，却被告知无法购买，同一个人的身份证，不能购买同一时段的两张票，她必须把手中的票先退了，才能再购买，但是手中的票已经用过，是不可能再退票的，也就是说，刘芸想立刻返回，坐火车是比较困难的了。

看着刘芸火急火燎的样子，女同事又忍不住了，建议说，那只有去坐长途大巴车了。

刘芸瞥了她一眼，你好像很希望我回去哦——这话她都用不着说出来，她的眼神已经说了。

火车到了前面一站，刘芸真的下车了，坐出租车赶到长途汽车站，遇上出行高峰，排了半天队，总算买了票，等到坐上车，感觉肚子饿了，才知道已经是中午了。

折腾到家，已快到下午两点了。刘芸开门进去，一个人影迎了出来，正是王曼。刘芸有些吃惊，说，你怎么这么早就来了，不是说好下午三点吗？

王曼说，今天第一天，我情况不熟悉，怕摸不着头脑，耽误事情，所以还是早一点来吧。又说，我还以为是先生回来了呢，原来是师母，师母你不是出差吗，这么快就回来了？

刘芸说，今天不出差了，改时间了。

王曼笑着说，师母是不大放心我吧，其实你尽管放心好了，我虽然到你家是第一天，可是我做保姆不是第一天了，我有经验的，不会搞砸的。

刘芸勉强地笑了一下，到几个房间四处看看，其实她也看不出什么，只是觉得心里十分不踏实，但又捉摸不着到底是哪里不踏实，是王曼有什么不对劲的地方吗？似乎也没有。她是几证齐全的，身份证、健康证、居住证，都提供给刘芸看过，还有什么没注意到的呢。

王曼开始打扫卫生，程序很规范，一看就是训练有素的，抹灰、扫地、拖地板，刘芸看着她的身姿和动作，忽然明白到底是什么让她不踏实了。

刘芸随意和王曼闲聊说，王曼，你看起来很年轻啊，要不是你自己说你有五十二岁了，哪里看得出来，你很会保养哦。

王曼抬起身子，冲她一笑，说，哪里哦，你们城里人才保养得好呢，我们乡下人，哪里知道什么叫保养。

刘芸说，可是你真不像五十出头了，你比我还大四岁，但是看起来你比我小多了。

王曼说，师母，我真的五十二了，你不相信你可以看我的身份证。她一边说，一边真的到包包里把身份证拿了出来。

刘芸说，我是随便说说的，身份证昨天不是都看过了吗，协议书上也填了，不用再看的。

但王曼还是把身份证递到刘芸眼前，说，师母，你看看，我的照片，土鳖吧，我们乡下人，就是土鳖呀。

刘芸笑了笑说，你还知道网络语言哦。

王曼说，我不知道的，我一点也不懂什么网络的，我们乡下人，不懂那些的，那个土鳖是我女儿说我的，我也不知道是什么意思，嘿嘿。

很明显，王曼一口一个乡下人，一口一个不懂、不知道，恨不得自己低到地底下去，刘芸觉得她完全没有必要这样，可没等刘芸再说什么，王曼又主动告诉她，她女儿今年上大学了。

刘芸又有些隐隐约约的感觉，不由脱口说，你女儿今年上大学，大一？十八岁？十九岁？

王曼说，十九岁，乡下小孩，读书晚。

刘芸犹豫了一下，忍不住说，我是觉得，我生孩子就已经算很晚的了，我三十一岁生了我女儿，大家都觉得我太迟了，没想到你比我还晚，你是三十三岁才生的吗。

王曼说，是呀是呀，不信你看我的身份证，上面我的出生年月，和我

105

女儿的出生年月，就是差三十三年。

刘芸说，以前都以为，结婚生孩子，农村人要比城里人早的，你反倒比城里人还晚。

王曼说，哎呀，我这个人，命苦的，唉，幸亏我女儿蛮争气的，考上了大学，是蛮好的大学，现代科技大学。

刘芸愣了一愣，说，现代科技大学？有这么个大学吗，我怎么从来没有听说过。

王曼有些不好意思，脸红了一下，说，哦，我可能又说错了，我老是说不准她的学校，反正她那个学校蛮拗口，我一直说不准。唉，我们乡下人，没有文化，连孩子上的学校都说不清，真是丢人。

刘芸真是有一种哑口无言的感觉。

王曼又把随身带着的包包拿过来，一边翻一边说，有我女儿的录取通知书，我没有文化，我不识字，给师母看一看，你就知道是哪个学校了。

刘芸更觉奇怪，录取通知书，难道新生报到的时候学校没收走吗？王曼怎么会留在身边呢？再说了，她把女儿的录取通知书给她看，算是哪回事呢，有这个必要吗？又再想，自从她们聊开后，王曼三番几次要让她看身份证，这会儿又是女儿的录取通知书，什么意思呢？

刘芸赶紧说，别看了别看了，时间不早了，你得做事了。

王曼"哎"了一声，赶紧打水拖地板，刘芸留心了一下，拖把的水分绞得不干不湿，恰到好处，确实是个有经验的保姆。

刘芸回到自己的卧室，过了一会，王曼敲了敲门，得到允许后，她进来拖地了，她一边干活，一边又主动说，其实师母啊，其实，我还有更丢人的事情呢，我都不好意思说，是我老公，不学好，先是赌博，后来是养小三，再后来，人都不见了。

失踪了？一个大活人失踪了，可是在王曼口中，似乎没怎么当回事，刘芸不由得说，你老公失踪了，那你怎么办？

王曼说，还能怎么办，只能耗着，我们乡下人，和城里不一样的。

刘芸说，你真是乡下人吗，我怎么记得你的身份证上的地址，好像是一个什么镇。

王曼说，是乡下，不过，也可以说不算太乡下，是乡镇，其实乡镇就是乡下。

刘芸说，乡镇不是乡下，是镇，有的镇子很大，抵得上县城呢。

王曼说，是呀，我们那个镇也蛮大的。

刘芸说，原来你不是乡下的。

王曼说，嘿嘿，基本上就是乡下的。

在她们问问答答的过程中，王曼把该干的活都干妥了，时间也到了下晚，刘芸家的两父女都到家了。

王曼进厨房炒菜，怕油烟出来，关上了厨房门，那父女俩一个德行，进门先往客厅的沙发上一倒，女儿说，老妈，你又换钟点工啦？

刘芸说，什么叫我又换，又不是我要换的，再说了，家里有个什么事情，你们两个会出面吗？还不是得由我来烦神。

那父亲赶紧朝女儿使眼色，女儿闭嘴，由刘芸继续说话，刘芸确实有话要说，有的保姆，可不是来做保姆的，是来钓鱼的。

女儿"扑哧"一笑，钓什么鱼？

刘芸还没说话，那父亲已经说了，钓男主人罢。

女儿又笑，老爸，你是一条鱼哦。

那父女俩只管傻笑，刘芸有点来气，说，你们笑得出来，要是真钓上了，就麻烦大了，不是家破人亡，就是身败名裂。她想说说自己对王曼的年龄的怀疑，还有其他的一些怀疑，一时却又不太好说出口，眼看着脸色就严峻起来，做父亲的感觉快要引火烧身了，有点不自在了，轻声说，嘿，当着孩子的面别说这些啦，难听不难听。

刘芸说，孩子？还孩子？都高三啦，有什么她不懂的？回头对着女儿问道，对了，我转给你的那些微信，你都看了没有？

女儿说，没看，我才不要看。

刘芸说，你为什么不看，这都是让你提高警惕的，现在社会上太乱了，一切都值得怀疑，你要是没有一点防范心，那可不得了。

女儿笑道，老妈哎，首先，你转给我的那些东西才是最值得怀疑的、最需要防范的。又说，还有自打耳光的特别多，今天这么说，明天那么说，到底信谁的，到底要防范谁哦。

刘芸说，反正，你得看，多看看对你有好处。

女儿懒得和她争辩，说，好吧好吧，等我有空会看的。

那做父亲的说，嘿，比我还懒。

女儿笑道，老爸，你别和我比懒，我懒得和你比。

王曼做的菜，得到两父女一致的好评，吃得嘴巴叭啦叭啦响，从打扫卫生和下厨这两项来看，王曼确实是个合格的保姆，刘芸总算暂时打消了再继续盘问王曼的想法。

第二天刘芸去上班，一到单位，同事的另一位副处长老关就奇怪地说，咦，你出差回来了？

刘芸说，我家里有点事，小李他们两个人可以办好的，我就没去。

老关怀疑地盯着她看了看，说，你什么意思，你听到什么风声了，知道具体时间了？

刘芸知道老关什么意思，虽然正处长的人选已经没有悬念，但是老关也还没有到最后放弃的时候嘛，所以不免有些反常。刘芸不想和他提这个话题，老关偏揪住不放，穷追猛打说，是不是班子会的时间确定了，你知道了，今天？明天？所以你连出差都不出了。他见刘芸不接嘴，又说，你想多了，班子通气会，只是走过场嘛，你人在不在，有什么关系嘛。

刘芸盯着老关叭啦叭啦的那张嘴，忽然心里一动，说，哎，我想起来了，老关，你是江东人吧？

老关被她没头没脑的一问，顿时紧张起来，说，什么意思，你这时候问我是哪里人，想干什么？

刘芸说，老关，你才想多了，我家新找了个钟点工，我有些奇怪，她说是江东人，江东那不是和你老乡嘛，是江东渔湾镇的，可是我听她口音，好像不太像，我听过你跟你们老乡说家乡话，不是她那种口音。

老关说，就算是江东人，江东地方的方言也是各不相同的，乡镇和乡镇之间，都有区别，这有什么奇怪的——算了算了，我还不知道你，你是想转移话题罢。

刘芸要回避这个话题，老关却不依不饶，好像非要找出她的破绽，刘芸不由有些毛躁和焦虑起来，急着说，老关，我怎么转移话题啦，我真的请了个新保姆嘛。

老关笑道，嘿嘿，转移话题这样一点小心计，对你来说，还不是小菜一碟——他看刘芸有些着恼，赶紧又说，喔哟，你别紧张嘛，用点小心计怎么啦，用心计又不算是错误，连缺点都算不上，说不定可以算是优点呢。

考察你的时候，我可没说你用心计，我要是那样说，他们会笑话我不懂规矩的。

老关见刘芸不接招，再又招惹她，嘻嘻哈哈道，刘处，你平时可是样样顶真，事事计较的，今天你左躲右闪，你失常了哦。

刘芸坐机关早已经坐出泰山崩于前而色不变的水平了，可今天不知怎么的，被老关一纠缠，居然惶惶不安起来，找了个理由，跑到别的办公室打岔去了。

等到下班回家，王曼已经在做家务了，有条有理，但是刘芸心里仍然是没着没落的不安，想了想，想出题目来了，跟王曼说，那天我看了一眼你的身份证，你好像是江东渔湾镇的。王曼说，是呀是呀，就是那个江东渔湾镇。刘芸说，恰好我单位有个同事，也是江东人，和你是老乡，但我听口音，却和你不一样，好像差别还蛮大的呢。王曼说，哦，其实我老家不是那儿的，我是后来嫁到那里去的，那是我婆家，所以我的口音不是江东口音，还是自己老家的口音，乡音未改鬓毛衰，呵呵。

刘芸愣了一愣，说，你会背古诗词，你蛮有文化的哦。

王曼难为情地笑了起来，师母，你抬举我了，我哪有什么文化，我连字都不认得几个，那是小时候听大人背的，就记住了。

其实从王曼的谈吐之间，刘芸早就发现，王曼并不像她自己说的那样，没文化、乡下人、什么也不懂之类，越回想越觉得王曼说得每一件事情，似乎都值得怀疑，想到协议书上是留下了双方身份证号码的，刘芸赶紧进房间开电脑登录身份证查询网，联系客服充值后，输入王曼身份证的号码，结果显示出来，此身份证不存在。

假的。

王曼曾经来过

刘芸一直悬着的那颗心，忽然就放下来了，反而踏实了，自己的疑心并不是多余的。她从房间出来，没有直接问王曼，只是说，王曼，你的身份证，是丢失后补办的吗？王曼也不慌张，坦白说，师母，对不起，我的身份证是假的。

不等刘芸回过神来，王曼就告诉她，她曾经被骗入传销，一进去身份证就被强行收走了，后来她设法逃了出来，但是身份证拿不到了，重办身份证必须回老家去办，很麻烦，有个老乡告诉她，在城里做事，弄个假的就行。她就弄了个假的，这几年，一直是用这张假身份证的。

刘芸气得一迭连声地追问，那，那你也不叫王曼是吧，那你的真名的名字叫什么？那你到底是哪里人？那你家里到底是什么情况？那你的丈夫真的离家出走了吗？那你的女儿真的是大学生吗？那你——

看着王曼的微笑着的脸，她停住了。

连身份证都是假的，其他这些是真是假又有什么意义呢？

刘芸感觉被一个保姆玩了一把，虽然没有出什么大问题，但似乎有点咽不下这口气，于是气呼呼地说，你身份证是假的，你怎么一点不心虚，还老是要拿出来让我看，你拿着假身份证倒很硬气，你是欺我看不出真假？

王曼又笑了起来，师母，其实我知道的，你们城里人，是相信身份证的，我在前面的人家做，他们只要看到我有身份证，就相信我了，家政公司也是的——当然，如果反过来说，如果不相信身份证，那相信什么呢，只能相信我说的了，可是我说的话，你们是不会相信的呀。

刘芸一一回想她对王曼产生的所有的怀疑，又忍不住说，难怪我感觉你年龄不对，你的年龄也是假的吧？王曼说，师母，你放心，我虽然冒充了年龄，但是我没有坏心思，因为你跟家政公司说，需要五十出头的，我

111

就说我五十出头，如果别人家需要四十出头，我也可以说我四十出头，其实年龄不重要的，重要的是我干活干得你们满意不满意，对吗，师母？

刘芸明明很生气，却又觉得完全无话可说，王曼说得有错吗？你请钟点工，不就是让她来干活的吗？她如果干活干得不错，又不做什么坏事，你还能说她什么呢？

但刘芸还是咽不下这口气，哪有拿着一张假身份证却如此理直气壮的，刘芸呛她说，那你的口袋里，恐怕有好几张身份证吧？

话一出口，才发现自己真的很傻很天真，几张身份证，一堆身份证，对他们这些人来说，不是很简单很正常的事情吗？

王曼说，师母，我知道你一开始就不太相信我，现在知道我的身份证是假的，你会更加怀疑的，那这样好不好，我把我的真实姓名、地址、联系方式都写下来，你可以去核对一下。

刘芸没再说话，她实在是没什么可说的了，身份证都可以是假的，其他还有什么可说的。王曼肯定是不能留了，尽管看起来她还是蛮真诚，而且很适合做家务活，但是留下她来实在太冒险了，安全第一，这是刘芸永远牢记的宗旨。

王曼很机灵，她也知道自己留不下来了，爽快地交了钥匙，只是略有些遗憾地说，师母，其实我没有问题的，我不是坏人，我只是身份证没有来得及补办。

最后她走了。

那两父女回家时还问，保姆人呢？刘芸告诉他们，王曼是个假的，不能用了，走。又说，好险，所幸我眼睛凶，警惕性高，盘问出真相来了。

反正家里一切都是任由刘芸做主的，走人还是留人，那父女俩完全没意见，只是关心明天回家晚饭怎么办。刘芸说，明天再去家政公司吧。

第二天一大早，刘芸本想打个电话去请半天假，结果领导的电话已经先到了，让她立刻去单位，要谈话。

根据领导的急切的口气推测，刘芸感觉是提拔正处的事情有进展了，情况报告表交上去有一段时间了，现在估计是审核过了，那就是铁板钉钉的事情了。

刘芸尽量保持平静的神态进了领导办公室，从副处到正处，她整整熬了十年，更何况这一回是五人争抢一个位置，容易吗？看着领导微笑的脸，她差一点就提前把感谢的话说了出来。

可是领导微微一笑之后，脸色却有些暧昧起来，说话也不那么直接了，转弯抹角的，但是刘芸太机敏了，机敏的她一下子就听出来，领导这是在让她做好思想准备，这个正处的位置，暂时不能考虑她了。

刘芸顿时急了眼，急得说，为什么，为什么，哪里出问题了？不都已经——难道因为那天出差途中我回来了吗？既然刘芸已经领悟到了，领导也就不再遮遮掩掩了，直截了当地说，跟你出差不出差没关系，是你填的表出了问题，我再三跟你们说，今后填表，一定要如实填写，一点都不能有差错，无论你家有多少房，多少钱，无论你家的人是干什么的，无论你有过什么样的经历，只要没有发现你违法违纪，组织上都不会找你麻烦的，但是如果你不如实填，就是对组织不忠诚，组织就不相信你了，你就OUT了，你看看，是你自己误了自己吧。

刘芸冤啊，急得说，我都是如实填写的，没有一项是虚假的，我保证，我向组织保证——你们觉得哪一项有问题，我可以说清楚。

领导哀叹了一声说，不是哪一项有问题，是好多项都有问题，而且都

113

是关键性的大问题。领导见刘芸完全愣住了，又说，这么说吧，就是你这一回填的情况报告表，和你的实际情况、也就是你档案里的情况相差很大，相差太大，我们帮你说话也没有用，上面不认。

刘芸整个懵了，怎么可能，她从来没有想在填表的时候向组织上隐瞒什么，怎么会和档案里的内容不符合呢，刘芸急得脱口说，有人改了我的档案？

领导反而笑了起来，说，你想多了，这怎么可能，你自己也做过人事工作，你觉得别人随随便便就能改你的档案吗？私改档案可不是一般的问题，搞不好触犯法律的，谁敢？

刘芸急着想解释，可是领导朝她摆了摆手，现在的话语权，在领导那里。

你的年龄，前后居然差了四岁，人家说了，有差一两岁的，组织上虽然不能认同，但多少还是可以理解的，可能是阴历阳历搞混了，差四岁，没见过，他们说，搞了这么多年干部工作，还是头一回见，你也太荒唐了，改年龄怎么一下子改四岁呢？

还有，你的家乡明明是江东，你明明是江东渔湾镇人，你为什么要填长平？我现在想起来，以前单位就有人议论，说你的口音像是江东人哎——你以为你普通话说得很标准，其实江东口音是很难藏起来的。

还有，配偶这一栏，也很滑稽，你自己难道不知道你老公是干什么的吗？——你看看，这些内容，是作为一名干部——哦，哪怕不是干部，哪怕是个普通群众，也是最基本最起码的信息，这都搞错了，你这个人还值得信赖吗？你觉得冤枉吗？但是你说得清楚吗？你必须得说清楚呀，不光要说清楚，还得有人证物证来证明你说的是事实，所以说，这一次，恐怕是来不及了，肯定是来不及了，讨论人事的会议今天下午开，你只有小半天时间，确切地说，还有三个多小时，你来得及把这些都证明了吗？

领导真是恨铁不成钢啊，领导说，你的优点，大家都知道，也都承认，无论对人对己都严肃认真，一丝不苟，不允许差错，哪里想到，到头来你把自己都差错成了另一个人。

刘芸一直张着嘴，她是想说什么的，但却什么也说不出来了。

最后领导长叹一声说，真是老话说得好，知人知面不知心啊，我和你同事都二十多年了，我还不知道你有过曾用名呢。

刘芸说，我哪有什么曾用名，我一直就叫刘芸呀。

领导说，可是你档案里的第一份材料，也就是你的入团志愿书，那上面，你填的名字叫王曼，三横王，曼妙的曼。

美兰回家

站台上响起了哨子声,火车快要进站了,她朝东边张望了一下,一束耀眼的光已经出现了,她一手拐着几个沉重的包,一手抱着两岁的女儿,手机不适时宜地响了起来。但这是她一直在焦急地等待着的电话,不能不接,可是那几个包的包带紧紧勒在她的臂弯里,像嵌进了骨肉,根本就放不下去,只得将女儿放下来,用双腿夹住她,赶紧接电话,女儿却一下子从她的腿中间溜了出去,旁边一个候车的女人一把扯住小女孩,将她拉回到她身边,斥责说,火车来了,要不要命了。

她心里猛地一抖,真的好险,万一、万一——她不敢想下去,赶紧拉住女儿,手机滑到地上,"啪"的一声,手机摔成了两块,电板掉了出来。

这个电话太要紧了,他到底来不来火车站,他到底能不能和她们娘俩一起走,他最后能不能出现在她的家人面前,所有的一切,都系在这个电话上,可是电话跌坏了,把唯一的希望也跌掉了,她哭了起来,火车到了,车门开了,旅客往车上涌,她不知道是该上车还是不上车,被后面的人连拥带挤上了车,她大喊我要下去、我要下去,可是没有人理睬她。

美兰回家

她被挤到车厢的中央,她已经无法再下车回到站台了。

找到座位后,她仍惊魂未定,赶紧把女儿安顿下来,把包塞到行李架上,又手忙脚乱地把手机的电板安装起来,两条手臂有一种脱了力的虚弱,哆嗦着勉强把电池塞进去,电板盖却怎么也盖不上。

旁边有个男人,一直沉重地皱着眉头,似乎并没有看她,却忽然"咻"了一声,装反了。

她红着脸谢了一谢,把电池重新装好,盖了电板,赶紧拨打那个要紧的电话,那边却没人接听。

再拨,仍然没人接听。

一直没人接听。

火车开动了,各自坐定或站定了的旅客,有的开始打瞌睡,有的看手机,有的茫然四顾,或者目光乱射,也有凑几个人打牌的,乘警举着喇叭过来了,口中念念有词:各位乘客,乘车请注意安全,守好你的钱财,看好你的孩子,管好你的嘴巴——

乘客哄笑。

一人说,管好嘴巴干什么。

一人答:不随便吃陌生人的东西吧。

乘警朝这人笑了笑,竖了一下拇指,他继续往前走,继续念叨:乘客同志请注意,上车留心看周围,小心小偷和骗子,小心拐掉你孩子——

焦美兰下意识地搂紧了女儿,又一次拨打电话。

电话仍然没有人接。

那个皱眉的男人,又"咻"了起来,打这么多遍也不接,还打,烦不烦。

其他无聊的乘客也开始说话。

117

可能手机没带在身边。

要不就是不想接。

人家不想接，还打还打？

不接、不想接、不肯接，她都得打，她必须得打通了，否则，她就是那个被男人抛弃了的带着私生女的母亲，她有脸回家吗？何况她要去面对的，是刚刚去世的父亲。

她继续拨打，这一次对方有了反应，但并不是接她的电话，而是掐掉了电话。那一瞬间，她的心就往下沉，眼泪涌了上来，她拼命忍住了。

皱着眉头的那个男人都懒得再"哧"了，干脆别过脸去不看她了。

她无助地看着男人的半个背脊，好像那是她可以依靠的地方。

根本不是。

在嘈杂的车厢里，手机铃声此起彼伏，每听到"叮"一声，她就赶紧看自己的手机。

可惜不是。

车身一阵摇晃，一个包包从行李架上掉了下来，"咔"的一声，差点砸到对面的乘客头上，他又惊慌又生气地跳了起来，谁的，谁的东西，要砸死人啊？

她的注意力始终在手机上，包掉下来砸人都没有察觉，直到有人大声嚷嚷，咦，咦，这是什么东西？她才惊醒过来，赶紧去看地上的包，包的拉链不知怎么拉开了，包里的东西滚了出来，摊了一地，其中就有那个人喊出来的"什么东西"。

什么东西是一本书，书名《表演系》。大家勾着头看地上的东西时，

美兰回家

又有人奇怪了，咦，表演系？表演系不是那个什么吗？

另一个人说，表演系是一个系科哎，是学校的一个专业吧，怎么会是一本书？

再一个人更是奇怪到怀疑起来，他盯着她的脸看了看，说，这是你的包吗？

旁边那个老是发出"哧"声的男人替她证明说，是她的包，我看她塞上去的，一个女人，抱个孩子，还带这么多东西，哧。

她弯腰把那本书捡起来，封面上的三个字在她眼前恍恍惚惚的，坐在她膝上的女儿忽然推了推她，指了指手机，女儿先天聋哑，却十分机敏，她低头一看，短信来了。

短信来了！

短信终于来了！

原来，他去车站的路上堵了，没赶上火车，现在他签了下一趟的车，让她在前面的坞山站下车，改签和他同一趟车，然后上车汇合。

终于松了一口气，正想回复短信，他的第二封短信又来了，说，因为她不停地打他的手机，电都快打没了，发了这个短信后，他得关机了，省下最后一格电，要留在汇合的时候用。

他关机了。

但是至少他出现了。

她一直强忍着眼泪，终于掉出来了。

餐车过来了，女儿饿了，她买了一份盒饭，十五块钱，打开来一看，她有些发愣。

119

旁边的人回过身看了一眼，又"哧"，这是米饭？

当然是米饭，只不过是一团毛毛糙糙、硬生生的米饭，还有一摊黑乎乎几乎看不清是什么菜的菜，还有一个干瘪的煎鸡蛋。

有人凑过来说，这个煎鸡蛋，看起来像是出土文物了。

乘客都哄笑。

她的脸红红的，但是心情已经和刚才完全不一样了，大家的调侃，她甚至觉得很亲切、很温馨。

有人生气地说，不要吃，不要吃，还给他们。

她笑了笑，女儿已经开吃了，一口咬掉了半个鸡蛋。

有人去车厢接头处打了水来，喝了一口，发现水是凉的，抱怨起来。

别人劝他说，这种火车，就这样的。

那一个并不服气，什么叫就这样，就不应该这样。

那应该怎样呢？

应该像高铁那样吗？

是呀，听说高铁上什么都有，什么都是最好的。

高铁上确实什么都有，也挺好，可是有一样东西你没有。

什么东西？

钱。

大家又笑。

那个内行的人又说，高铁上的盒饭，便宜的四十块，贵的七八十，你吃吗？

大家乱笑。

吃不起，笑笑总可以。

美兰回家

列车的广播响了起来：请旅客配合，列车员要过来查票了。

列车员果然已经过来了，懒懒的向大家伸着手，既然广播里已经播了，她也不用再说话了。

那个计较的人说，什么狗屁服务，还查票，我没有票。

他明明是有票的，就捏在手里，偏不给列车员看。

列车员也不着急，态度也蛮好，只是她坚持着不走开，服务好不好，跟我查票没关系。

他们在她耳边吵吵嚷嚷，她的心却安定下来了，她想起了五年前，她家乡所在的县城还没有通火车，她是搭乘一辆拉沙土的货车离开家乡的，货车把她带到另一个通了火车的县城。

她在坞山站下车，到签票的时候才知道，这两趟火车相差七个小时，她得在这个陌生的地方等着他乘坐的那趟车到达。

但是无论多长时间，她也会等的，总比独自一人带着女儿回家要强得多。

她出站的时候，被几个拉客住店的人挡住了。

起先是好几个人围着她，后来他们不知怎么商量了一下，其他人退开了，只留下一个妇女盯住她。

我不住店，她说，她有些害怕，紧紧抱着女儿。

妇女说，你住店吧。

我还要坐下一趟火车，我不住店。

你要坐哪一趟？

她报出了那一趟车的车次。

妇女十分熟悉，那还得有七个钟头，她说，这么长时间，你到哪里去呢？

121

我，我就在这里。

妇女立刻摇了摇头，抱着个孩子，还这么多东西，你太辛苦了。

没事的。

妇女又说，你不仅辛苦，你还很危险，你太危险了——我可是警告你哦，这地方什么人都有，你要是一打瞌睡，人贩子就会拐走你的孩子。

她浑身一哆嗦，我不打瞌睡，我会紧紧抱住她的。

妇女又摇头，你太没有经验了，你可以不打瞌睡，可是人贩子他们有迷魂药的，他们要是盯上你，你搞不过他们的，你还是住店吧，住店就安全了。

可是，可是，我不要住店，那趟车下午就到了。

那你可以开个钟点房，没多少钱的，你在外面等七个钟头，真的太辛苦，太危险，我不骗你，这种事情不是没有发生过，经常有的哦。

她犹豫了起来，想着躺到旅店的床上，又安全，又放松，她终于点了点头。

这就对了，不该省的钱不能省，那妇女说，走吧走吧，跟我走吧。

"咔"的一声，房门开了。

焦小姐，焦小姐，你醒醒，你醒醒。

她睁开眼睛，看到助理站在她床前，正冲着她笑呢。

焦小姐，你睡过头了，你说开闹钟的，闹钟没响吗？

她赶紧把手机拿过来看看，意识还没有完全苏醒，明明是设了叫醒时间的，不知道为什么手机没响起来。

助理说，不着急，火车还有好几小时才开，但是我想你还得吃点东西，要化妆，面谈的内容也需要准备一下，这样算起来，时间也不算太宽裕了——

她已经清醒过来了，记得还需要办一些手续，填几张表，助理早已经拿在手里了，笔也替她准备好了，她提笔写下自己的名字和其他一些情况，在填入"学历"的时候，她恍惚了一下。

细心的助理注意到她的犹豫，勾过头来看了一下，说，哦，这个不用填的，还有，这个，这个，这些都可以不填，只是履行一个手续，有你的名字和银行账号就行，是他们公司入账时用的，基本信息就可以了，谁还不知道你哎——

她仍然有些恍惚，但还是听从了助理的意见，既然只要有名字就行，其他的内容也许都无所谓了。

助理说，我先去传真，回头来帮你整理东西。助理小心地收起表格，退了出去。

她去卫生间用冷水拍了拍脸，然后打电话订了客房送餐，点餐单上品种丰富，中式西式、大菜小点、饮料酒水齐全，她咽了一口唾沫，不敢多吃，只点了一份土豆沙拉和一份水果。

二十分钟后客房用餐到了，服务员托着精致的餐盘进来，她弯腰将餐盘放到茶几上，起身的时候，看了她一眼，顿时惊喜万分，差一点叫喊起来，咦咦，是您？您是、您是焦、焦？

她微微笑一下，和通常一样，没有其他特别的表示。

服务员也许会要求和她合影，或者拿一张纸请她签名，这都是可以的，她一般不会拒绝。

这位服务员暂时没有这样做，她还没有从惊喜中反应过来，她只是喃

123

我们聚会吧 范小青

喃道,咦,咦,哦,哦,我太高兴了,我太高兴了!

她常常会碰到这样的事情,所以并不意外,她只是希望服务员不要打扰到自己的工作,更糟糕的场面,就是一个人又去喊来了许多人,那就麻烦了。不是她要摆什么架子,实在是没有时间,因为接下来她要赶火车到另一个城市,那里有一场十分重要的会面。

她的手机适时地响了起来,是经济人方姐打来的,告诉她改签了前一趟的火车,因为对方希望能够尽快确认她的态度和最后的方案,提出约见的时间要提前一点。

她乘机把"提前"两字咬得重一点,又重复了一遍。

提前?

提前?

马上就得走?

服务员很知趣,赶紧说,您有事情要忙,我不打扰了。

她退了出去,随手带上了房门。

她听到轻轻的一声"咔"。

她赶上了约定的那趟火车站,上车很顺利,可是在约定的车厢里,在他所说的那个座位上,并没有见到他本人。她拨打电话,他说过的,省下电来就是为了在这个时候通电话的,可是打不通,关机,一直关机。

她抱着女儿着急地四处走动张望,然后又回到这个确定的座位旁,她看了看座位上坐着上的男人,不认得。

她恨不得他就是他,但确实不是。

她只能和这个陌生人说话了,你坐这个位子的时候,位子上有人吗?

美兰回家

有呀，他走开了，我就坐了。

是一个男的吗，个子，个子差不多这样。

没注意。

他到哪里去了？

不知道。

她急得手足无措，不知如何是好。

是你男人吗？

不、不是我男人。

男朋友？

也不是。

那他是谁？

他是我、是我的同事，是我请他帮忙、陪我回家——

哦，原来。

他们的对话，被"咔"的一声打断了——

那一瞬间，有个旅客大声喊起来，哎哟，是焦美兰，是焦美兰，焦美兰哎！

车厢里几乎所有的乘客都兴奋起来，纷纷过来围观，前面的呵着嘴，后面的踮起脚。

有人在车厢接头处举着打板喊：第五场第一次，开始——

摄像机就架在过道上。

焦美兰困了，趴在小桌上。

旅客纷纷加入进来。

125

我们聚会吧 · 范小青

她怎么演这么个角色？

呵呵，背着蛇皮袋、拖着小孩的邋遢妇女。

你不懂的，这是为了艺术，自毁形象。

她演的是什么？

看不出来，不过，以她的名气，肯定是女一，最差也应该是女二。

要不就反角女一。

受气的农村妇女？

不像。

假装好人的人贩子？

那她抱的这个女孩，是拐来的？

不像。

我看是一个被抛弃的女人，带着私生女回家。

这样有点像。

嘿嘿。

嘻嘻。

难怪说她是年轻的演技派，演得真赞，你看那表情，那眼神——

也可以叫实力偶像派。

呵呵。

嘻嘻。

焦美兰趴在小桌上，有人过来摇动她，喊她的名字，焦美兰，焦美兰，你睡着了？

焦美兰抬头，看看喊她的人，又茫然四顾，绿皮火车车厢里混乱，嘈杂。她有些愣怔。

美兰回家

你不记得我了？你同学，你高中同学呀——你真不记得我了？不过没等焦美兰解释什么，他又说，焦美兰，你父亲去世了，我听说——

"咔"。

一条过。

火车终于到达她的家乡了。

下车的时候，她发现母亲在站台上等候她，母亲看到她时，神色又惊又喜。

焦美兰却有些奇怪，妈，你怎么知道我是这趟车。

母亲笑了起来，我女婿打电话来的呀，要不我怎么知道，我又不是神仙，我猜不到的。

你女婿？你女婿在哪里？

母亲从她手里接过女儿，朝她看了一眼，别瞎说了，你精神很好，你病也好了——瞧我说的这废话，能一个人带着孩子回家，病怎么会没好？

她仍然奇怪地看着母亲，我有病吗？

母亲赶紧扯了开去，不说你了，不说你了，你好好的，有什么好说的——

焦美兰心里一阵疼痛，妈，爸爸他怎么会、怎么会说走就走了？

母亲愣了愣，开始躲闪她的注视，母亲说，三年是个关口，三年以后，新坟就成旧坟了，所以今年的坟，你知道是要回来上的。

我是回来上坟的？我不是回来奔丧的？焦美兰意识有些模糊了，妈，我爸什么时候走的？

三年前你不是回来奔丧的吗，你难道忘了——唉，美兰，你要是累了，就不说话，跟妈回家吧。

127

她们随着出站的人流往外走，焦美兰不明白母亲的意思，她只是想搞搞清楚，妈，是不我以前得过什么病，你们瞒着我的？

母亲不说话，只是急急地往前走。

妈，你得告诉我，我是什么病？

母亲停了下来，她年纪大了，抱个孩子，又走得急，她有些喘了，什、什么病，反正是说不清的。

焦美兰挠头了，难道自己得过病，自己都不知道，或者这个病很奇怪，会让人忘记自己的病？

说不清？有病都说不清？神经病啊？她生气地、赌气地说。

母亲分明是慌了，又强调说，好都好了，不说了，不说了。

她们继续往前走，可是焦美兰的心情变得十分沮丧，一个连自己生过的病都能忘记的人，算什么人呢？

焦美兰停下了，她不肯往前走了，妈，你要是不说清楚，我就不走了，我不回家，我回家有什么意义？

母亲的目光，从惊喜渐渐变成了惊恐，她支支吾吾，吞吞吐吐，美兰，你别生气，是从前你们班主任说的呀，我们是没有承认，我们从来不承认的，但是大家都指指戳戳——

什么？

所以，后来你才离开的呀——不说了不说了，好在你现在身体好了。

她们到了车站出口处，检票，那个年轻的检票员问母亲，你票呢？

母亲摸出一张皱巴巴的小纸片，检票员接过去看了看，这是什么？

站台票，母亲说，我买了站台票进去接我女儿和外孙女的。

出口处的栏杆挡了下来，她们被挡住了。

检票员笑起来，站台票？你开什么玩笑，早就没有站台票了，你哪来的站台票？

她的一个同事说，真是的，两个大人还带个孩子，只买一张票？

我真不是坐火车来的，我是来接我女儿的，我女儿什么什么什么。母亲说。

检票员中间有一个年长一点的同事朝焦美兰看了看，似乎有些奇怪，又似乎在想着什么，后来她说，算了算了。她对两个年轻的同事说，打开吧打开吧，让她们走吧。

焦美兰想，我一定要到学校去问清楚。

出口处的栏杆抬起来了。

模糊的意识中，她听到"咔"的一声。

校长办公室仍然是当年那间办公室，但是校长已经不是当年的校长，现在的校长正在和一位老师谈话，老师年纪蛮大了，她的脸侧对着焦美兰，她不能确定自己是不是认得这位老师。

老师很激动，语气呛人，我的退休工资，比一样工龄的同事，少了这么多，不公平，不公平，凭什么这样对待我？

校长年纪不算大，看起来脾气很好，她笑眯眯地说，老师，你已经来过好几次了，理由都跟你说过了呀，在你退休前的几年里，你有连续两年年终考评不合格，所以会扣工资，这是上面的政策，不是学校的规定，我们也没有办法的，就算我们帮你原样报上去，上面也不会批的。

不可能的，老师涨红了脸说，我年年都是先进，不可能有不合格。

校长说，但是你的档案里是这么记载的，我们只能认档案，任何事情

我们聚会吧 · 范小青

口说无凭的。

是谁在我档案里乱写的,我要求你们查笔迹。

老师,你知道的,没有笔迹,都是电子的,都是从电脑里出来的,除非电脑会说话。

那你可以找我的同事去问,去了解,去调查。

老师,其实我们对你很负责的,退休工资上报前,我们就找过了,可是人家都不记得,也是的,现在谁会记得别人的事呢。

老师是固执的,不肯让步,她坚持说,这个档案是错的,知错必改,你们要帮我改过来。

校长很为难,校长说,老师,这个,你也是有知识有水平的,你应该知道的,档案是不能改的,改档案是违法的。

那,那就任由一个不真实的档案害人吗?老师愤愤地说。

校长始终是和气的,她说,老师,其实多扣的那点钱,应该不算什么大事,其实我倒是听说,当年有个班主任,给学生写评语的时候,也害了人家呢。

老师说,我也当过班主任,老师怎么会害学生呢?

校长说,可我听说那个班主任就是您呀——所以,老师,我说得不好听,您别生气,这看起来倒像是因果——她到底还是把"报应"两个字咽下去了。

老师沉默了。

校长又说,因为你毕业评语中的一句话害得人家高考落榜,人家还是考的艺术学院,若不是因为你的评语,说不定已经是大明星了。

老师仍然沉默,她似乎在想这件事,但又想不太清楚了。我写的吗?我写的什么呢?

美兰回家

校长说，老师，你写的什么你忘记了吗，当时我还没来，我后来听他们说的，你好像写的"能带病坚持学习和参加体育活动"，老师，是不是你不喜欢那个女生，才这么写的？

现在老师想起来了，一想起来，她的脸都气白了，不是，绝对不是，一个班主任，要写五十几个人的评语，优点缺点还不能写得一样，后来实在写不出来，就挖空心思，想到同学有一次感冒了，或者是痛经还是别的什么不舒服，还在坚持上课，就写了她这一条，我既没有瞎说，更没有害她，我是算她优点的。

校长也沉默了一会，后来她说，但是，结果搞得大家都认为她有病。

老师说，不对吧，我记得后来是有人来问过我，我也跟他们说清楚了，他们也相信了，后来不是招进去了吗？

校长摇了摇头，老师，你记错了，没有招进去，大家都说是你害的，因为你说不出她是什么病，凡是说不清的病，都不是好病，最后人家都说她是精神病。

老师气得说，精神病？谁精神病？神经病啊？

校长说，是呀，大家可能认为，如果是一种说不清的病，那就是精神病了。

老师也有点疑惑了，那，后来，那个学生，她怎么样了，没被大学录取吗？生活正常吗？

校长说，有那种病的人，怎么可能正常，后来听说到大城市去治病了，反正混得不好。

焦美兰终于忍不住了，推门进去，气呼呼说，我没有出去看病，我是出去工作了。

131

校长和老师都十分惊讶，异口同声说，你是谁？

问过以后，校长立刻蹙眉思索起来，她似乎对她是有印象的，可是那时候校长并不在这个学校，她怎么会对她有印象呢？这印象是从哪里来的呢？

焦美兰气愤地说，我就是你们说的那个精神病，老师，你是我的班主任，你的评语进了我的档案，我被你害惨了。

老师说，别开玩笑了，同学，我写你带病上课有什么错，你看看我呢，就凭从电脑里出来的一张纸，他们把我从优秀教师搞成什么不合格，被害惨的人是我呀。

校长终于认出她来了，校长喊了起来，哎呀呀，哎哟哟，我认出来了，你是，你是焦美兰哎——不过校长又有些疑惑，只是，只是，你怎么会是这身打扮，会不会是在拍戏噢？

你的位子在哪里

六点差五分钟。

办公室只剩我一个人,想溜的都提前溜了,我也想溜,可我不溜,因小失大的事情我也做过,可是吃一堑长一智,我的智就是这么长起来的。

我们主任最擅长的就是突击查岗,在你不防备的时候,他就来了。有一次查岗的电话就在下班前一分钟打过来,那时候我刚关上门到走廊上,隐约听到办公室电话铃响,我还是蛮小心的,赶紧回进来,电话已经挂断了,我还谨慎地看了一下来电显示,是个陌生号码,就没有回拨过去。

这就给逮住了。

我还是嫩了。

后来主任说,你可别说你是提前一分钟离开的,反正我没看见,我也不会相信你,我只相信事实,事实就是当时你不在办公室。

我又不笨,学得乖,下班不贪那几分钟的便宜,但是同样还是会有漏洞的,比如有一次主任生病住院,我前脚去医院看过他,后脚出了医院我就拐到朋友的茶室去了。

刚刚坐定，茶还没泡开，手机响了，是办公室来的电话，一接，居然是主任他老人家的声音，我大惑不解，一下子对时间和空间起了疑心，我说，主任，你什么意思？

没什么意思。

只是因为我去医院看望主任的时候，主任已经办了出院手续，但他没有告诉我。等我一走，他就出院回到单位去了。

事情就是这么简单和正常，没有变异，没有时间错乱，也没有另外的空间。

但是我又被逮住了。

其实在单位里我算是比较安分守己的，至少表面上是这样，这都被逮了几回。冤吗？不冤的。被逮住后，主任是不会客气的，他当着其他部下的面，直接给我"上药"。我这人虽然不算太爱面子，但我好歹是个副主任，毕竟脸上有些挂不住。以后我就常提个小心了，常捉摸主任的心理，会在什么时候突击查岗，至少我知道，就下班前这几分钟，必定是最危险的时间段。

这两天主任陪着局长出差在外，那是山中无大王、也无二王了，小猢狲纷纷逃走，但我不会逃的。我时刻准备着。

这么想着，我又下意识地瞄了一下墙上的钟，六点差三分。

电话响了起来。

电话果然响了起来。

事先我早想好了，我接了主任的电话，我会说是呀，小张、小王、小李、小什么什么都走了。我干嘛不卖他们一下。

我真庆幸自己没有提前几分钟离开，赶紧提起话筒，却不是主任，是

你的位子在哪里

一个很刻板的声音，只有三个字，接传真。

我摁下传真键，嘎嘎嘎传真件就来了，取来一看，顿时头皮一麻。

明天上午重要会议，要求各单位一把手参加，不得请假，下班前报名。我又看了一眼钟，六点差两分，下班前报名？还有两分钟？这是什么节奏？我心里一嘻，差点笑出声来。我虽然觉得有点可笑，但我的思路还是清晰的，赶紧给主任打电话，电话叫了半天，主任才接了，听得出来主任很不高兴，说，你不知道我今天在干吗吗？有多急的事非要这时候打来？

我赶紧说事情是很急的，只剩一分钟了，可不敢耽误，尽量简洁地汇报，明天大会，要一把手正局长参加，不得请假，今天下班前报名。

那头主任愣了一下，爆了粗口，说，现在几点了？今天下班前报名？

我赶紧捧他说，对的主任，是今天，是今天，还有半分钟。

主任一愣之后忽然笑了起来，他又反过来问我说，你觉得局长能赶回去参加明天的会吗？

当然不能，局长今天陪着首长在基层搞调研，那个基层是真正的基层，十分偏远，是首长亲自指定的，真正的下基层，而不是到近郊走马观花一下。

就算一夜不睡，驱车赶回来，但总不能把首长抛在基层吧，所以局长是无论如何不可能参加明天的会议的。

我请教说，那怎么办呢？那么主任你呢，你能赶回来吗？

主任气得说，你说呢？亏你问得出口，我把局长一个人扔下我回来？

主任都没有办法，我能有什么办法，只好给那边的值班室打电话，替局长请假，理由是局长陪同上级领导在基层搞调研，那边只听了"请假"两字，立刻问，请假？你局长去的那个基层，是在国外吗？

我哪敢说谎，老实报告，不在国外。

135

那边说，只要不在国外，都必须赶回来参加，不允许请假。

电话挂断，我又能怎么办，重新再打主任，再问怎么办，主任说，还能怎么办，替会吧。

我才当上副主任不久，还没机会处理过替会这样的事情，得问清楚，替会？谁替？

主任说，还能有谁，副局长吧，你找找看，哪个明天空着的，哪个替。

我遵命，一一找了副局长，结果是四个副局长三个没空，唯一一个空着的，却是个老油条，还老资格，不买局长的账，打官腔说，嗯，现在是不允许替会的哦，要不就报我的名字，否则我不替会。

但是办公厅值班室那边不要他的名字，只要一把手局长的名字。

问题再一次抛给主任，主任候在首长和局长身边，应该是紧紧闭嘴、无声服务的，偏偏我不停地打他电话，好像显得他比局长和首长还忙似的，主任火冒三丈了，说，没人去，你去！

火冒虽然火冒，但事情还是要关照到位的，否则会出纰漏，所以又补充说，报局长的名，你去。不等我有什么反应，他又再吩咐，记住，到会场不要和别人说话，低头、低声、低调，现在替会抓到了是要处分的。

替会处分，也处分不到我，所以我有心情跟主任调侃，我说，我可以低头、低声、低调，低什么都可以，但是我的脸长在这里，我又不能戴面具，万一有人认出我来怎么办？

主任失声一笑，说，会场那里都是各单位一把手，你觉得他们会认得你吗？

可是我还有疑问，我说，但是他们应该认得孙局长呀，坐在那里不是孙局长，他们会不会——

你的位子在哪里

主任打断了我说，你想多了。

事已至此，我当然得接受事实了，赶紧打电话报名，再看一眼墙上的钟，早已经过了下班时间，当然那边值班室并没有下班，他们正等着各单位报名呢，接到我的电话，听到了"孙子涵"三个字，没半句废话，电话就挂断了。

可能是因为主任的一再强调，替会的事情倒成了我心里的一团疙瘩，晚上也许还做了梦，梦见自己找不到会场，迟到了，本来替会这事情就见不得人，我却在那么多人的注视下走进会场——无论我有没有做这样一个梦，反正我醒来的时候，感觉心脏在怦怦乱跳。

因为怕迟到，早早出了门，结果到得太早了，我先依着别人的样子，先到报到桌那儿领取了会议须知和座位表，却没敢先进会场去，躲在外面一个角落，假装打电话，一边装出一副很忙很着急的样子，一边将座位表看仔细了，直到第一遍铃声响起，才匆匆进会场，迅速找到自己的位子，刚要落座的时候，后排的一个人伸出手和我握了一下，前排的一个人回头朝我摆了一下手，打过招呼。

位子的左边是过道，右边的这个人，正用笑脸迎接我的到位，我心不免一慌，回了一个尴尬的笑容，还好，会已经开始了。

领导讲话进入到三分之一以后，大家开始放松一点了，有的喝水，有的看看手机，有的翻会议手册，也有低声交头接耳一两句的，我可没那么自在，从坐下来以后，我就感觉自己的右半边身子的肌肉特别紧张，好像我的右侧不是坐了个人，而是坐了一头野兽，随时可能扑过来咬我一口。

我悄悄地把会议须知和座位表对照了一下，知道这个名叫许长明的人，是某单位的一把手局长，不过我可不敢和许局长的目光有一点点接触，如果都是各单位的一把手,他们之间应该是认得的,所以许局长肯定知道我不是孙局长。

这可是一个最重要最关键的问题,主任不仅没有教我,还让我不要多想。

也许替会是个心照不宣的事情,大家都能体谅,所以整个会议期间,许局长并没有再和我多说什么,只是偶尔朝我笑笑,像是很宽厚的那种笑。

我心存感激,本想套个近乎,感谢几句,但是一想到主任提醒过言多必失,赶紧忍住了,闭嘴听会。

终于熬到散会,继续牢记主任教诲,低头冲出会场,果然十分顺利,大家都走得匆忙,没有人再和我点头握手。

隔了两天,局长和主任回来了,我以为主任会了解一下替会的情况,主任却始终没有提起,大概忘记了,或者并不算什么事情,不值得重新提起。

过了一阵,我在机关大院里走路,听到身后有人喊,孙局长,孙局长。反正我又不是孙局长,没当回事继续往前走,结果喊的那个人追上了我,我在他面前,说,咦,您不记得我啦?

旁边路上走着的几个人,朝我们点头,微笑。

我有些迷糊了,我确实不记得这个人。这是我的一大弱点,基本上是个脸盲,有的人明明见过多次,但如果此人长相普通,没有什么特别的地方,我都记不住。这可是得罪人的毛病,只是自己没有能力改变,我也曾了解有没有办法克服脸盲的毛病,上网一查,网上办法多的是,千奇百怪,但是试下来一个也不管用。幸好我在单位不是负责接待工作,做后勤要好多了,反正都是为自己单位的人服务,不需要去记住什么新面孔。

所以,现在这个人虽然站在我面前,像是老熟人,很亲热,我却完全不记得他。

这个人就笑了，说，孙局长，那天会议结束，您走得快，我还没有来得及谢谢您，您知道我是替会的，却没有戳穿我，孙局长，您是位厚道的领导，不多见。

我肯定是张口结舌，一脸死相，因为我实在不知道说什么好，说，我也是替会的？不行，主任的教导牢牢记住，打死也不能说。那么，说，不客气，应该的。那就等于认了自己是孙局长，而且是一位难得的厚道的领导，那岂不是在替会的基础上向假冒又冒进了一步？可是，我如果坚持不说话呢，那个假许长明就一直盯着我，笑，套近乎。

我只能来个死不认账，赶紧说，你认错人了，我不认得你呀。

假许长明又笑了，他真是喜欢笑，他笑着说，哎哟，孙局长，我又不是有什么事要麻烦您，我只是谢谢您而已。

我说，我确实不太记得，我记性不好。

假许长明也不勉强我，反而顺着我的口气说，哎呀，您这是属于脸盲呀，我呢，恰好相反，我记性特别好，尤其是记人的能力特别强，差不多就有超忆症那么厉害，不管什么人，我看一眼就永远不会忘记，那天开会，我们紧挨着坐了半天呢，我怎么会忘记您呢。

我被他缠上了，有一种逃不过去的感觉，差一点脱口坦白说，我也是替会的。可是话到嘴边，惊出一身冷汗，收了回去，紧紧闭上嘴。

假许长明显然性格蛮开朗，虽然碰到一个记性很差的"领导"，他却一点也不在乎，临走时又紧紧握了我的手，说，没事的，没事的，不认得也无所谓的。

等假许长明走后，我松了一口气，这才慢慢回想起来，这就应该是个替会的，虽然开会那天我大气不敢出，不敢正眼看人，也无法知道旁边的许局长是什么作风，但是刚才面对的这个假许长明，看起来确实是个假的，这么主动热情，才不像领导的派头。

幸好自己牙关咬得紧，没有暴露，否则以这个假许长明如此开朗，不定哪天一顺嘴就把我卖了。这时我一抬头，发现道上有个陌生的人正朝我笑着，我吓了一跳，赶紧扭头走开了。

好在我记不住人脸，那张令我有些懊恼的脸，很快就被我忘记了。

过了几天，碰到另一个单位管后勤的同志，我们工作上有来往，比较熟，他跟我，说，哎，孙主任，听说你们孙局长，架子蛮大的，别人和他打招呼，他爱理不理。

起初我听了也没当回事，局长有点架子，那也是正常，怎么说得那么严重呢。那人又说，听说他以前还是可以的，是不是最近想要提没提起来，所以情绪不佳噢。

其实最近一阵，在办公室里，也听到同事私下里议论，说孙局长最近心情不好，机关大院有不少人在背后编派他，说他架子大，眼睛长在额头上，目中无人，别人和他打招呼，他都不理不睬，甩手就走，等等。

不知怎的，我心里隐隐有些不安起来，但我又觉得奇怪，这种不安从何而来呢，人家又不是说的我，难道因为我也姓孙，我还真以为自己是孙局长了。

我呸。

我呸了自己一口后，做回了自己。

晚饭后，我老婆要去遛狗，我也乘机去朋友家走动走动，两人一起下楼后分头而去，刚走了几步，就有个人迎面过来，站定在我面前，我不认得他，但这个人停在我面前，恭恭敬敬地喊了一声孙局长好。

我可吓得不轻，没理他，赶紧走开了，一边走一边回头看老婆，还好，老婆牵着狗往前走呢，并没有在意身后的事情。

这天晚上回家晚了一点，我打算着看老婆的脸色了，结果却发现老婆的态度很好，一点也没有责怪我晚归的意思，十分和颜悦色，还体贴地说，天冷了，用热水泡泡脚吧，有助睡眠。然后就自说自话替我打了一盆水来泡脚，差一点就要帮我脱鞋脱袜了了，我实在受宠若惊，有点不适应，赶紧说，我来，我自己来。

我们夫妻之间可真是有时间没有亲热了，我有想法的时候，我老婆不是来例假，就是没情绪，每次都推三托四，今天我老婆等我泡过脚，就主动暗示要过夫妻生活，我真是十分惊喜，这种惊喜一直持续到第二天早晨，我从梦中醒来，听到我老婆在批评孩子，让她动作轻一点，说这么大的孩子，都不知心疼大人，你爸还没醒呢。女儿说，咦，妈你以前不是让我有意弄出动静把老爸轰起来的吗。那妈妈说，以前是以前，现在是现在。女儿哼了一声说，我晕。出门上学去了。

我老婆的满面春风，让我越来越不安了，后来我终于忍不住了，提着小心说，你是不是有什么事、是不是有什么事情瞒着我？

老婆笑道，是我有事情瞒着你，还是你有事情瞒着我呢——孙局长。

这下我真急了，赶紧说，你别瞎说，你别瞎喊。

老婆仍然笑，嘿，你还瞒着我，我早就知道了，那天在小区里遛狗，我就听到有人喊你孙局长了，你那德行，我还不知道你吗，文还没下来是吧，文没下来，你是决不会说出来的。

我能怎么样，我肯定又是张口结舌。

我老婆说，本来一大家子亲戚朋友都要来家给你庆祝的，我劝住了，

141

我们聚会吧·范小青

你是非得亲眼看到那张红头文件才肯说出来，就等一等你吧，嘿嘿，你知道他们说什么，他们都夸你素质好，有教养，不骄傲，低调，这样的素质，别说局长，再往上升的空间也很大噢。

我赶紧抓起手机出门上班去。

我知道是那个假许长明惹的事，一直就跑到他单位找他算账去，到了门口，站在人家门卫室里，人家问，你找谁？

我这才愣住了。

我要找的人，我并不知道他叫什么名字，许长明并不是他的名字，他只是一个假的许长明。

但是除了许长明，我又不知道他们这个单位其他任何一个人的名字，尴尬了半天，只能说，我找许长明。

两个门卫的脸色都严肃起来，其中一个说，许长明是我们局长，你是谁？你和许局长有约吗？

没有约。

没有约恐怕不行，我们局长很忙的，一般事先没约的人，没有时间接待的，何况今天、今天局长好像在外面开会，没来局里。

门卫很机灵，一句话说了几层意思，总之他是告诉我，无论如何我是见不到许长明的。

我只得另外想办法，改口说，哦不，对不起，我刚才说错了，我不是找许长明。

那你到底找谁？

我找、找那个、那个假许长明。

假许长明？门卫咧着嘴大笑了起来，有这样的名字吗？四个字的名字，姓假吗？

另一个门卫没有笑，板脸了，严厉地说，你到底是什么人？来捣乱吗？

我赶紧把工作证拿出来给他看，这个门卫仍然警觉地盯着我的脸，两手反背，不接我的证，另一个停止了笑，接过去看了看，说，哦，是某某局的，还副主任呢。

他们这才相信我不是来找事的，后来就打电话进去了，说，有一个人，是某某局来的，要找许局长，但是没有预约，他也不说什么事，能让他进去吗？

电话那边说了些什么，看起来是对我有利的话，因为这边门卫的态度好些了，放下电话说，你进去吧，到二楼，找办公室钱主任。

我赶紧到里边二楼，很顺利地找到了办公室的钱主任，钱主任说，你要找我们局长？你认得我们局长吗？门卫说你没有预约？

我已经学乖了，我直接说，我找假许长明。

钱主任张着嘴，无声地笑了笑，说，我们单位没有假许长明，别说我们没有，我想哪个单位也不会有姓假的人哦。

我强调说，有，肯定有，我见过他，我认得他。

钱主任态度十分诚恳，说，我们的办公室都在这一层，要不，你一间一间地看一下，有没有。

钱主任不仅说了，还陪着我一间一间办公室看过了，虽然我脸盲，看不出这些人里有没有假许长明，但是假许长明却是个超忆，他如果看到我，一定能认出我来，他又那么热情，一定会主动上前相认，所以我尽可能把自己的脸放到每一个陌生人的眼前。

但是始终没有人认得我，更没有人承认自己是假许长明。

我们聚会吧 范小青

眼看着一间一间办公室都走完了,我有些急了,我对钱主任说,肯定有的,肯定有的,就是那天开会,你们许局长没有去,他去替会的,他是假许长明,后来他还到处乱喊我孙局长。

我这话一说出来,一直很和气钱主任一下子翻了脸,说,你说话要负责任哦,替会?我们单位从来没有替会现象,许局长每次都是自己亲自去开会。

钱主任这么理直气壮地一说,我确实被镇住了,有些懵了,我挠了挠头,嘀咕说,那,难道那个假许长明不是假许长明,而是真许长明?一边嘀咕,一边我脑洞开了,赶紧对钱主任说,那你让我去见见你们局长吧。

钱主任犹豫地看了看我,说,你又不认得我们局长,你要见他,什么理由?

我只好说,我也是没有办法的办法,既然找不到假许长明,我就看看你们局长,真许长明。

钱主任又是无声一笑,还耸了耸肩,我知道他不可能让我越过他这道关去找许长明,但是我也是固执的,我又是灵活的,我还急中生智了,我抓起钱主任办公桌上的一份材料,就进局长室了。

我进去就说,许局长,钱主任让我送一份材料给您。一边说,我一边紧紧盯住许长明的脸,可惜的是,我看了也等于没看,因为那个开会的许长明脸上没有什么明显的特征,而眼前的这个许长明脸上也同样没有明显的特征,所以我一点也吃不准,不知道到底是不是他,现在我们两个人,脸对脸,眼对眼,就这样,许长明也没有认出我来。

许长明显然对我这个假部下没有察觉,也没有看一眼我送的是什么材料,他倒是对我说的钱主任让我送材料这话愣了一愣,说,哦,钱主任回来了。

我也没听懂这是什么意思，钱主任就已经追进来了，连拖带拉把我弄了出来，说，好了好了。你已经见过我们局长了，你还想干什么？

我说，如果不是这个许长明，那就必定有另一个许长明。

钱主任听我这么说，完全不能同意，反对说，我们单位怎么可能有两个许长明，就算原来真有另一个人叫许长明，但是我们局长叫了许长明，他也会改名的，所以，我们单位不可能有两个许长明。

我尽量保持着耐心说，我不是说你们单位有两个许长明，我是说，你们单位可能有一个真的许长明和一个假的许长明，那天开大会，席卡上写的许长明，但是座位上坐的不是许长明，是假许长明，你们替会的那个人，就是假许长明。

钱主任真生气了，急切地说，不可能，绝对不可能，我告诉你，我再对你说一遍，说三遍，说一百遍：我们单位从来没有发生过替会的事情。

他一着急，也急中生智了，他知道反被动为主动了，他盯着我看了一会，怀疑说，你不是某某局办公室的吧，你是机关工委的？

不是。

纪委的？

不是。

机关作风建设暗访组的？

真不是，我就是某某局办公室副主任。

那你到我们单位找什么真假许长明？我们许局长碍你什么事？

我也感觉自己语塞了，因为再说下去，只有暴露自己替会的事情了，我可不傻，以眼前的情况看，就算我坦白了我自己，人家也不会承认他们

145

替会。

最后钱主任说他头都被我搞昏了,他甚至怀疑我有病,不容我分说,把电话直接打到我单位办公室去了,问我们主任,你那儿有没有一个姓孙的副主任,此人有没有病。

我听到电话里我们主任的声音了,他还是向着我一点的,说,是孙建中?除了不靠谱,其他倒没什么毛病。

这边钱主任还在疑惑,我主任电话就来追我了,说,单位这么忙,你还有闲暇跑别处去瞎逛,赶快回来。

我走出去的时候,听到背后有人在笑着说,小金,你小子冒充钱主任比钱主任还钱主任哟。

连这个钱主任也是假的?

耍我?

耍就耍吧。

我回到单位,刚进办公室,主任就冲我说,你混到那边去干什么,怎么,想攀高枝啦?

我撇了撇嘴。

我估计主任会和我计较一下,结果主任却说,生命太短暂,我没时间计较你,他真没跟我计较,直接交给我厚厚一叠需要填写的表格,指了指说,这些,这些,所有这些,都填0,记住啊,是0啊,我们单位什么也没犯啊。吩咐过还不放心,又补充说,你填好了让我看一下再报上去。

我所填的表格,其中有一栏就是自报替会现象,本单位一年有几次替会,是哪几次,是谁替了谁参会。

我毫不犹豫地填了0。

你的位子在哪里

据说在最终的统计结果里，这一项，所有单位都填了0。

在全机关的年终总结中，重点表扬了会风的改进，其中之一的替会现象，从去年的大大减少降低，到今年的全部绝迹，总数为0，实现了巨大的飞跃性的进步。

新年伊始，又要开会了，孙一涵局长又出差了，而且是刚刚出发，虽然已经通知到他本人，他本人也确实不想再让别人替会，正在往回赶，但是恰好遇上雨雪天气，能不能赶回来还说不准，这边得做两手准备，报孙一涵的名，替会的人随时准备替会。

主任终于想起了去年我替会的事情，与其去厚着脸皮麻烦其他副局长，不如仍然派我去。

我去就我去。

虽然这只是我生平第二次替会，却已经熟门熟路了，我坦然得好像我真是孙一涵局长。

前排和后排，有人和我握手、微笑，我旁边座位的席卡上仍然写的是许长明，许长明仍然朝我笑着，只是我并没有认出这张脸，毕竟可能只是去年一起开过一次会，可能后来在路上偶遇过一次，也可能在他们单位看过他一眼，都只是可能而已，对于这样一张普通的平常的脸，我这样的脸盲，是不可能记住的。

认得出认不出并不碍事，反正他叫许长明。

不管这个许长明是真是假，我都笑着和他打招呼，许局长好。许长明也回应我说，孙局长好。

我从容坐下，离会议开始还有几分钟，我们聊了一会天。许长明说，现在会真多啊。我说，是呀，一个会连着一个会。我们深有同感。

我们聚会吧　·　范小青

在离开会还剩一分钟的时候,孙一涵局长匆匆赶到了,他在会场的过道里远远地已经看到前面他自己的座位了,可是座位上却已经有人坐着了,从背影看,孙一涵局长看不清他是谁,只是看到他和旁边的人有说有笑。

孙一涵局长顿时懵了,有些不知进退,会务工作人员眼看着主席台上领导已经就座,第二遍铃声都响了,孙一涵局长还傻傻地站在走道中央,赶紧把他拉出来,说,你哪个单位的?你的位子在哪里?孙一涵局长仍然懵着,想了一会才说,我?我好像没有位子?

孙一涵局长被请出了会场。

合租者

　　房东是一对老夫妇，蛮节俭的，他们自己住在旧陋的平房里，用积蓄了一辈子的钱买下一套两室的公寓，后来拿出来出租。

　　无疑，这是他们为自己的孩子准备的房子，可是他们的孩子不愿意在家乡生活，他在其他的某个地方，租房过日子。

　　后来我就从其他的某个地方来了。

　　房东对我还算满意，可能因为我和他们的孩子差不多，是一个生活在异乡的合租者。

　　当然，虽然我和他们的孩子差不多，可我不会指望他们把我当成他们的孩子，他们也没有这个打算，在和我谈租金的时候，一分没让。

　　他们很细心，列了一张长长的手写的清单，把屋里能够列上的物品全部都列上去了，甚至连一只烟灰缸也写在上面。也就是说，如果在我离开这里的时候，这个烟灰缸不在了，我得赔偿。

　　我欣然答应。

　　所以，你们也看得出来，房东能够接受我，主要还是因为我这个人人

149

品不差，聪明伶俐，鉴貌辨色，见风使舵。

不过，这一切并不是我和房东直接面谈的，现在处处都有第三者，房屋中介包办了房东和房客之间的一切磋商和对话，包括房东对我比较满意，也是由他们转达的。

我并没有见过房东的面。

没必要。

中介小张穿着蓝色的工作服，胸前挂着工作证，像大公司的白领，其实他那个中介，也就是通常我们在路边看到的一间小屋、两三个人的节奏，不过我并没有瞧不上他的意思，就我这样，还挑中介？我没那么任性。

我并不是房东的第一个租客，我进来的时候，两居室中的另一居已经有人住了，他手里也有一张相同的清单，也就是说，我们两个，得共同守护这些物品。

许多人都认为合租没什么好结果，可是我们这样的人，不合租难道还想独住么，或者难道还想有自己的房子么，那真是想多了。

无论会有什么样的结果，反正我是住下来了，也果然不出许多人所料，不多久，那个先于我进来的合租者就消失了，我都没来得及和他攀谈些什么内容，我只是偶然知道了他的名字，是从中介那儿听来的，我们在合租屋里碰面的时候，我喊过他名字，他回头朝我看看，并没有否认，但也没有明确应答。有一天早晨我们抢卫生间的时候，我曾问他是哪里人，他说，口音听不出来吗？我真听不出来。所以我一直也不知道他是哪里人。又有一天我试探他说，看起来我们年纪差不多大吧。他笑了笑说，你照照镜子再说吧。

话语短暂而铿锵有力，是个男子汉的样子。

合租者

和他比起来，我就显得有点娘娘腔，问人家年龄家乡之类的，干什么呢，问得着吗？

你们可能猜错了，他走的时候，并没有顺走房东的任何东西，也没有顺走我的什么东西，更没有拖欠房费，所以他走得很正常，我之所以说他"消失"，是因为他走之前没有跟我打招呼，但是，他跟我打得着吗？

据说有的合租者相处得很融洽，搞到最后像一家人了，搞到一张床上的也有，而另一些合租者，则正好相反，虽然天天见面，却等于对方不存在，或者是警惕性太高拒绝交流，或者是个性太强不愿交往，也或者有其他什么原因；也还有少量的合租者，最后合出祸事来了，对于这种事情，我会设防的。

无论怎样，我的第一位合租者都没有来得及在我面前展示他的个性，他只给我留下了一个名字。

他走了以后，征得房东和中介同意，我搬进了他的房间，他那一间有阳台，敞亮多了，我把自己的笔记本电脑搁到桌上，正在调试的时候，桌上的座机电话忽然响了起来，把我吓了一跳。

我想不通啊，这台座机老旧老土了，推理起来应该是房东原先安装的，可是现在哪里还有人用座机，无论甲方、乙方、丙方，登记的都是手机，座机应该早就停机了，怎么会有人打通这个电话，一个落满灰尘的电话居然还真的会响起来？

我接起电话，果然那边有人，那边的人说，啊哈哈，黄瓜，你在家啊。我无法立刻解释我不是黄瓜我是谁，我还没想出来我该怎么回答他，他又抢着说，不说话？别装蒜了，黄瓜就是黄瓜，腌了你是酱黄瓜，煮熟了你是烂黄瓜，你装不成蒜。我暗想在我面前"消失"了的那位租客也不姓黄呀，

151

长得也不怎么像黄瓜，怎么会有个绰号叫黄瓜呢。我正思忖琢磨呢，那边的人又说了，喂，黄瓜，我呼你十几遍，你都不回我，咋啦，呼机坏啦？

这句话把我吓着了。

呼机是个什么东西，我没见过，但我还算有点知识，知道那是从前曾经的用品，那时候好像还没有我呢吧。你们替我想想，我生来胆小，还娘娘腔，又敏感，这样的台词顿时令我想起那些悬疑片来，我看过一个叫《来访者》的，某人接到了一个来自过去的电话，而且是来自过去的自己打给现在的自己，编导们真是挖空心思想得出来，够骇人的。

我哆嗦了一下，提着小心脏问道，你，你从哪里打来？那边说，什么？你从什么？什么意思？我再小心试探说，你，你是在从前吗？对方骂人了，你不是黄瓜，你谁呀？我告诉你，我不姓再，天下有姓再的人吗？你神经病。

挂了电话后，我胆战心惊了一会，鼓起勇气再去抓话筒，我可以给自己的手机拨一个，如果拨通了，说明这个座机并没有废弃，为了证明自己的听力没有问题，我特意咳嗽了一声，清清耳朵，话筒里顿时传来畅通的长音，犹如音乐般悦耳动听，我的手机也很给面子，同步响出了另一个动听的旋律。

座机电话是可用的，这让我怦怦乱跳的小心脏稍稍恢复了一点正常，既然能用，那这个"黄瓜"也许是我的前前住户呢，或者是前前前前呢。

反正现在一切都快，租房的人动作快，换房的人动作也不慢。

我把这个座机电话的事放下了，反正我也不会去使用它，现在的人一般都不愿意接陌生电话，尤其不接座机电话，防骗防诈防朋友。

现在合租房真的好租，没过几天，另一间屋的新租客已经到位。那天由中介领着进来，新租客和我客气地握了握手，说，我姓黄。

合租者

我差点以为他就是那个"黄瓜",当然我很快知道自己把时间顺序搞错了,我更没有把"黄瓜"的事情跟他说,我们没那么熟,今后会不会熟起来,我不知道。

有一次我下班回来,发现姓黄的合租者居然在我的房间里使用那个座机电话,看到我回来,他并没有慌张,也不解释什么。我肯定有点不爽,我说,咦,你怎么到我房间来了。他无所谓地笑笑说,我打电话呀。我说那你是怎么进来的?他仍然很无所谓,说,我就是这么进来的,哦,我是走进来的。

可我的房门是锁着的,难道他居然——我有点来气了,你撬了我的锁?

他见我有点发急,笑呵呵地说,没有没有,不是撬锁,你这个锁,根本就不用撬的——他指了指我的门,仍然笑道,你上当了,这种门锁,早就out了,用根铅丝拨一下就开了,锁了等于没锁。

我晕。

他真是满不在乎,他还希望我不要在乎,所以又跟我说,哎,你别以为门锁了别人就进不来,开锁其实并不复杂,很多事情也一样,别想那么复杂,本来很简单。

我气不过说,你经常简简单单开别人的锁吗?

他听不出我在生气,还笑着说,那倒也没有,不需要,也没那么多的机会,不过合租的人,那无所谓的,本来算是一家人嘛,甚至就像是一个人嘛。

我反而被噎住了,他都这么无所谓,我能跟他计较吗?但是我心不甘呀,锁着的门被人弄开了,人还不当回事,换了你,你试试,你有那么无所谓吗?我可没有,我小心眼,虽然我也想和合租者搞好关系,但是他这样随意进入我的房间,如入无人之境,也太把自己当自己人了,所以我抵

153

着他说，你手机欠费了吗？

他的手机就在他手里，他扬了扬手机，又耸了耸肩，轻松地说，没有呀，我手机有钱，我妈会及时帮我充值的。

听他这么说，我心里一动，想起我妈来了，可不等我说什么，他又抢先说了，你可别觉得我妈那么好，她给我充了值，就打我的电话，我嫌她烦，她就可以批评我了，说，钱都是我给你充的，你接我个电话那么不耐烦。

哎哟喂，简直和我同一个妈。

但还是不对呀，他既然有手机，又不欠费，干吗要弄了我的门锁进来打座机电话，除非他想给对方一个措手不及，也许对方一直在躲他的电话，不接他的电话，他用一个陌生电话去唬人家，或者——

我正在往下想，他却已经看穿了我的思虑，笑道，你想多了，我就是好久没用过座机电话，觉得挺好玩，我过来打一打罢了。

我强调说，可是，座机在我房间里呀。

他完全不在意我的强调的口气，坦然说，所以嘛，所以我到你房间来打嘛。

这算是什么对话嘛，我完全败在下风。

不管怎么说，我觉得这个新合租者是有些问题的，我必须得搞搞清楚，我先给中介打电话，结果发现中介的电话停机，我又打房东电话，房东电话也停机，我来气呀，我还慌了，我这是遭遇什么了，这是世界末日的节奏，还是我没吃药的节奏，或者，整个世界都没吃药，于是到了末日？

慌乱之中我才想起我去过中介那个门店，我顶着发麻的头皮，撒腿直奔到中介公司那小破屋，还好，一切都还在，我劈头就问，你什么中介，留的都是打不通的电话？你的，房东的，统统不对。

合租者

那中介小张朝我的手机看了看，说，怎么不对呢？

我理直气壮地扬着我的手机说，停机。

那小张小瞧我一眼，轻描淡写地说，是不是你自己的手机欠费了哦。

怎就不是呢，瞧我这脸丢的。

再瞧我这小破胆子，我是被那个座机电话吓的，人一吓着了，心思就哆嗦了，连自己手机欠费停机都不知道。我赶紧充费，充上了费，我终于可以打电话了，可我该打谁的电话呢，我要打电话干什么呢？

我忘了。

晚上回到出租屋，我的合租者紧着跟我就进了我的屋，说，我总算看出来了，你不喜欢你不在的时候我到你屋里来，我是特意等你回来再进来的哦。我说，你又要用座机打电话吗？他说，不是打电话，是等电话，我给人家留下这个座机电话，可能等一会会有电话进来。

我说，那你是要在我的房间安营扎寨了。

他说，你蛮会用成语的。

还成语呢，我简直无语。

他又说，我看得出来，你很想知道我的事情，我可以告诉你，没什么需要保密的，我朋友都说我，不光有颗透明的心，我甚至还是个透明人。

我终于找着机会喷他说，可惜了，我是个瞎眼人。他惊讶地朝我的眼睛看了又看，说，不会吧，你两个眼睛这么亮，怎么会是盲人，难道这就是人家常说的那种睁眼瞎子？可是，可也不对呀，我看你进进出出十分顺溜，就像眼睛没瞎的人一样呀。

这家伙，真能扯，我服了他，我甘拜下风，我说，如果你要经常使用这个座机电话，不如我和你换房间好了，本来我刚进来的时候，就是住的

155

你现在那一间，后来前面那个合租人走了，我看到这一间有阳台，就搬过来，以为占便宜了。

他赶紧说，不用不用，便宜还是让你占的好，我这个人从来就没有占便宜的命。

也就是说，他还得继续随意进出我的房间，随意使用座机电话。

好吧，随意就随意吧，反正我也没有什么秘密，我既不贩毒，也不贩人，我房间里既无赃物，也无贵物，我就放松一点随他去，他爱咋咋的。

心情一放松，我就有了游戏心态，我看他认真等待来电的样子，我调侃他说，你不会是在等周小丽的电话吧。

说实在的，虽然周小丽背叛了我，丢弃我走了，但是提到她的名字，我心里还有是有点受伤的，我拿自己的前女友调侃合租者，我承认我有点不厚道，可是他并不知道周小丽是我的前女友，这不厚道也就不存在。

可结果却大大出乎我的意料，他一听我说出周小丽的名字，顿时蒙了，张着嘴差一点就流下口水来了，他愣了半天，才回了点神，眼睛死死盯着我，说，你是谁？你怎么知道周小丽？你认得她？她现在哪里？她为什么不理我？

我没想到他认得周小丽，而且他竟然也是被周小丽抛弃的，难道周小丽竟是他的女友或前女友，或者，我的前女友周小丽投到他的怀抱里去了，然后又离开了？

有意思。

我兴致一起，干脆吓唬他一下，我说，嘿嘿，我不就是你吗？我怎么会不知道自己在等谁的电话呢？

他那死鱼样的眼睛定住了。

合租者

　　过了一天，我没有看见他，又过了一两天，我回家的时候，看到他平时一直敞开的房门紧闭着，但是听得见里边有动静，说明他在房间里呢，过了好一会，他才开门走出来，我从自己屋里探出头来朝他一看，吓了一大跳，竟然不是他，是另一个人，他朝我点头微笑，说，你好。

　　这回轮到我懵了，我以为他换了脸，吓得说不出话来了。

　　他可能误会了，以为我看到他害怕，赶紧说，你怎么啦，你没有和人合租过吗？我以前一直和人合租的，也没见过你这样胆小的，再说了，你怕我干什么，我是一个男的，你也是一个男的，你看起来也不比我瘦弱，你怕我能把你怎么啦？

　　原来是新来的合租者。

　　那个打座机电话的合租者呢，难道被我那天的话吓走了？

　　难道他的女友真和我前女友同名同姓？

　　什么鬼。

　　新来合租者的手机响了，他小心地看了一眼，注意到我在观察他，他赶紧竖起手指朝我"嘘"了一声。

　　搞什么搞，他根本就没有接通手机，手机那一头的人不会听见的，嘘什么嘘呢。

　　我调侃他说，你这么紧张，看来是追债的啰。

　　他说，是。

　　高利贷？

　　是。

　　多少？

　　算不清。

这家伙死定了，连本带利算都算不清了。

他死定了，我也怕怕，我向来敏感、多疑、小心眼，担心追债的追到门上，把我误以为是他给砍了。

我赶紧找了张纸，写上自己的名字，贴在自己的房门上。

他一看，笑了起来，说，你误会了，不是你们平时理解的那种放高利贷的，是另一种意义的高利贷。

我不懂，说，什么意义？

唉，他叹息一声，就是我爸我妈，他们说，养大我，就是放债给我，现在追我结婚，结婚就是还债啰。

哎哟喂，他又和我同父同母了。

为了防止父母追上门来，我们互换了名字，贴在自己的门上，以混淆是非。

没过多久，那个爸妈果然追来了，好像在儿子身上装了定位器似的准确，轰进门来一看，是我，他们有些发愣。

我说，爸，妈，我胆小，你们干吗这么看着我？趁他们没喘过气来，我又说，爸，妈，我记性不好，我是你们的儿子吗？

他们回过神来了，一起狠狠地"呸"了我一口。

其实都差不多啦，干吗要有那么大的分别心嘛？

那爸说，同名同姓？

那妈说，难道我们追踪错了？

两个嘀嘀咕咕走了。

过了一会，天下雨了，我关窗的时候顺便朝楼下看了一眼，发现那爸妈并没有离去，他们守在楼下呢。

合租者

他们没有上我们的当。

我知道我的合租者完蛋了。

他果然就一直没再来，不知道是被父母逮回去了，还是知道父母守着没敢再回来，我也懒得去问中介，就算我问了，中介也懒得告诉我。

房间是不会空着的，过几天又来了一个，反正我也习惯了，来谁都无所谓，这一个跟我搭讪说，我只租三个月，因为我可能很快就要被炒鱿鱼。

我听到"鱿鱼"两字，小心脏立刻"扑通"了一下，这时候我的手机响了，我同事透露消息给我，说公司近期又要裁员了，我们这一拨合同工恐怕都难逃噩运。我这时候忽然对自己起了疑心，难道谁在我的心脏里安了一个坏事预报器。

他住了三个月，走了。

接着又来了一个合租者，那天他进来时，我一眼看到他穿的那件衣服我好眼熟，不过我没有去追究这个事情，因为无论如何也不可能是他偷了我的衣服。一直等他又搬走之后，我才想起来，那衣服是从前周小丽和我好的时候，她买了送给我的。

就这样，在不长的时间里，我的合租者走马灯似的换了好几轮，后来我掐指一算，我住了有一年多了，算是个长住户了，现在中介对我也刮目相看了，我是有信誉的，也是有实力的，不像我的那些合租者，十分不靠谱。

这一天，又来了一个新的合租者，我看看他，感觉十分面熟，想了一想，我竟然想起来了，我说，怎么会是你，你是周一见。这新合租者说，谁？你说我是谁？周一见？你凭什么说我是周一见？

我说，咦，你难道忘了，你原来住过这里，我进来的时候，你住的是我现在住的这一间，带阳台的，你走后，我换过来住你这一间的，现在你

159

又回来了，你记不得了？

他立刻摇头说，不是我记不得，是你搞错了，我以前根本就没有来过这个城市，这是我头一次来，刚刚找到工作，刚刚租了这个合租房，都是第一次。

我不能接受他的说法，我说，那我怎么看你这么面熟，那么周一见是谁，当初他离开的时候，留给我这个名字。

他奇怪地朝我看看，说，我倒是有话想说说，你不会介意吧。

我愣了一愣，我介意什么？

他说，你是周一见。

我说，你怎么知道？

他说，是中介告诉我的，他说我的合租者叫周一见，所以，你才是周一见。

我这才清醒过来，难怪我会觉得周一见这个名字这么熟悉，原来和我同名，或者，不是同名，是同人？他当初留下的那个名字，就是我的名字？或者说，他当初留下的那个人，就是我？

新合租者看了看时间说，晚上回来我们再聊吧，现在我得去上班了，我上班的地方挺远的，我得先坐——

我接过去说，先坐55路公交车，坐五站下车，再乘坐地铁四号线，再转三号线，坐——

他十分惊讶地打断了我，说，你怎么知道得这么清楚，难道你也在那里上班吗？

我说，是呀，我一直就在那里上班。

千姿园

那一天我正在和客户扯皮。

客户从网上看到我发布的出租房信息,就打我手机,我加了她微信,我们通过微信聊了几个回合,她就到门店上来找我了。

是个大妈,看起来有点钱,也有点知识,很认真,也还赶得上趟,她把我在网上发布的内容截屏下来,打算举着手机跟我谈呢。

我窃喜,这正是我要钓的鱼,完全符合条件。

她穿一件深红色的羊绒大衣,戴一副深红色边框的眼镜,蛮有风度,一进来就说,我看到你挂出来的四季风华的一套,17楼,三室两厅两卫。

我差一点笑喷出来。

但是我当然不会,肯定不会,这点功夫还是练得出来的。我心情沉重地说,唉,你说的这一套,昨天刚刚被租掉了。

她愣了一愣,说,这么巧?我说,这不算巧,春节过后,现在是租房的高峰时段啊。我说话一向有虚有实。这句是实话。她也认同了。她微微一笑,显出了她的自信和有备而来,她说,那就另一套,9楼,电梯房,也是三室——哦，对了，我给你的微信中都写明了条件的，你记住没有？我再给你重复一遍，三室，两厅，两卫，电梯，安静，上档次的装修，家具电器齐全，拎包入住——

我听她一口气说了这么多的条件，我笑了笑说，我昨天收到你的条件后，一直在帮你找呢。

她说，那么我说的9楼的这一套呢？

我抱歉地摇了摇头，没有。

她开始皱眉头了，似乎还思索了一下，然后说，没有？是根本就没有这一套吗？

我说，怎么会根本没有呢，年前你来的话，房子多的是，任你挑。她说，那就是又巧了，也租掉了？她分明是话中有话。我向她解释说，这套不是租掉的，是房东自己收回了，他们全家春节出去度长假，现在从外面回来了，自住了。

显然她没有想到还有这种情况，否则她会不停地说巧了巧了。那意思就是不相信我吧。我当然是不值得她相信的，但我也不见得就完全相信她呀，她在找我的同时，说不定还找了其他多少个我的同行呢。我们是互相不信任的一对。但是别说是互相不信任，即便是互相怒怼，我们也得做生意呀。现在不都是这样吗？

她调整了一下思路，重新又呈现出胸有成竹的样子，说，幸好我多看了几套，还有这一套——她也不说具体哪一套了，只是把手机塞到我面前让我看，一边呛白我说，这一套也没有吧。

我一看，她还真是做了大量的功课哦，把我发布的所有的信息都拍下来了。

这也太认真了吧，我有点招架不住，关键是我没时间跟她耗了，我说，我实话告诉你吧，四季风华，其实一套也没有。

这回她有点吃惊了，张着嘴待了半天，脸渐渐涨红了，有点生气了，说，那你们为什么还在网上发布，你们是虚假信息？我坦然地说，这可不是虚假信息，前面是有的，我告诉过你，春节过后，租房高峰，租掉了，生意好得很。

她恼火说，那就是说，你们网上的信息是不准确的，至少是过时的，为什么不及时更新？岂不是误导我们，我忙了几天，在四季风华小区的几十套出租房里挑来选去，原来做的都是无用功？你们这是要人呢，还是骗人？

我心中窃笑，她真是完全不懂套路，我得安慰住她，否则生意会跑了，我说，对不起，对不起，春节期间，有人出门，有人加班，有人玩失踪，整个中介市场又忙、又乱、又冷、又热，没来得及及时更新。

不等她再说什么，我干脆一步到位，露出我的真相吧，我说，再说了，以你的价格，要想租要这些条件的房子，是不大可能的。

她一听就跳了起来，怎么是以我的价格，我又不知道租房的行情，这个价格是你们在网上发布的，我说的价格，也是受你们误导的，停顿一下又说，价格也不是不好商量，加一点也是可以的，但是你们不能不讲诚信。

经过几个回合，现在我已经知道她真心要租房，而且着急，还要档次高的，和我平时碰到的租房客不一样。我得抓住她。成功一次，抵得上那些合租者十次、八次了。

但是明显她已经对我很不信任了，我得主动出击，赶紧给点真货，我说，在四季风华附近，还有好几个小区，比如美林苑，比如雅典园，都是高档小区。

她总算搞清楚了一点，不再纠缠四季风华了，但仍有些勉强地说，也可以呀，只要符合我的条件。

我拿出一套美林苑的，我说，你看这一套。她赶紧看了图片，感觉是满意的，她问我，几楼？我说，三楼。她说，有电梯？

这套是没有电梯的，总共六层楼，没安电梯。我婉转地说，才三楼，又不高。

她立刻说，不行，我要电梯的，不管几楼，都要有电梯。

我稍稍闷了一下，再换一套，我鼓吹说，这一套是电梯房，全新装修，家具电器很快可以到位——

她立刻打断我，说，我说了多少遍，条件，条件，条件，你根本不看我的条件，怎么给我提供我要的房子呢？

她急我不急，我笑了笑说，重要的事情说三遍，你的条件我知道。

她立刻指出我的要害说，可是你怎么抓不住要领呢，关键词、关键词！

我心想，你真是有钱人，你那样条件的出租房，我手里实在是太少了嘛，再说了，干我们这一行的，玩的就是圈套，说白了，就算我手里有完全符合她要求的房子，我也不能让她一步到位的。当然我不能如实相告。

现在这个客户我已经渐渐看清楚了，她以为什么？有几个钱，长点年纪，就可以不按套路走吗？

我正在琢磨着再把哪一套推出去，我的手机响了，是个陌生的电话。

干我这一行的，陌生电话就是商机，不能不接，可同时，干我这一行的，陌生电话又是吸金机，别以为一个电话算不了什么，多少个电话加起来，那就很厉害啦。

当然客户他们是不能理解的。

所以我一接电话，听那边问了一句，你是中介的王伟吗？我立刻说，我是，现在我正在谈事情，过一会我马上打给您。

其实过后我不会直接打他手机的，我先加他的微信，然后用语音和他通话。

我们这些人，就是这样省钱的。你瞧着觉得很猥琐吧。可我们原本就是猥琐的人呀。

没办法，大手大脚的日子我也愿意，那可是我们的血汗钱，每次不得不用手机打电话的时候，我就心疼、肉疼、屁股疼、浑身疼。

当然，也有人不理我们这种省钱法，我语音过去，他就不再搭理我了，这我不愁，我会缠着他的，只要他动作不够快，套路不够深，他就会被我缠住，仍然会回到我的手掌心里。

等他加了我的微信，我会发一段语音告诉他，我正在谈事情，请他先告诉我他大致的租房想法，我会尽快回复他。

然后我安心回来对付我面前的客户。

我客户的心绪明显有些乱了，她原来是有十分的把握，租房这事情很简单嘛，网上看中了，到中介一谈，或者直接就约到现场看房了，如果信息准确，网上提供的照片是真实的，就几乎不存在看得中看不中的问题，当场就能签约。但是现在她发现，事情不如她想象的那么简单，她略有些烦躁。这节奏我得掌握好了，我又提供了一套，请她再看。

这一套她挺满意，差不多就要符合她的要求了——我只是说差不多，因为很快她又发现了问题，这个雅典园，好像是靠近东环高架路的吧？

我不得不承认，她真做了功课，或者她对这个城市的这块片区十分熟悉，摆在眼前的事实，我不能骗她，我承认说，是的，是靠近东环高架，但并不是所有的房间都面对高——话没说完,她就直摇手,不行的,不行的,我的条件你又没记住,我要安静,不能面临大马路。

别以为我会嫌烦,才不,我最大的本事就是不嫌烦,甚至是嫌不烦,只有碰到麻烦的人,我们才会有更多的机会。

我特别不怕麻烦,我说,你别着急,我同事手里有一套,你再看看——这时候,刚才的那个陌生电话又来了,我只好又接了,那边又问,你是在南州租房中介的王伟吗?

比第一个电话又详细了一点,但也都是我留在网上的信息嘛,这回我不敢再省钱了,我赶紧说,你要租房吗?对方说,我们要来找你,你在南州吧?

这口气和租房客户不太像,如果不是客户,那会是谁呢?当然我们的客户肯定是各种各样的,经常会有奇葩客户出现,那也没事,无论他有多奇葩,我都有信心把房子租给他、卖给他。

可是我面前的这个客户不高兴了,说,咦,你怎么可以把我丢开,又去和别人谈呢。

我赶紧把我的手机靠近她,让手机那头的人听到她的话,这样我就既有理由赶紧挂断电话,也可以让那边的人对我有个初步的信任。

手机果然就挂断了,看来对方也不想和我在电话里扯皮,挂了电话,他应该正在赶来找我的路上,和他一起来的,应该是一笔买卖。希望是一笔好买卖。

我心情好起来,感觉可以收网了,我说,这里有一套,你看看,千姿园。

她听我说千姿园,有些奇怪,说,什么园?我说,千姿,就是千姿百态的千姿。她听懂了,说,嗬,这个名字。听不出她是赞赏还是觉得不咋的。

当然这不关我事。我拿出的千姿园的房子,全部符合她条件的房子,我还顺便临时把房价加了百分之十五。她经历了多次的希望和失望,原以为找不到满意的房子了,有些沮丧和灰心,忽然这房子就出现了,大喜过望,也就没再讨价还价,OK,生意就做成了。

接下来的事情就很顺利,看房子,看合同,签合同,付了三加一再押一的房租,我拿到了佣金,她得到了钥匙,皆大欢喜。

在回去的路上,我骨头有点轻,今天的钱赚得比较爽,我总结下来,是因为我先让客户不爽,然后一切就都爽了。我会经常总结经验教训,以利于自己的成长。

如果我一开始就让客户爽了,立刻就把他们中意的房子拿出来,他们一定会讨价还价,砍得我遍体鳞伤。

我正偷着乐呢,那个陌生的电话第三次来了。

我有些奇怪,这似乎不太符合常规,除非他找不到我所在中介公司的那个小门面,其实那个门面虽小,却是沿着街面的,很好找。

我第三次接了电话,声音还是那个人的声音,口气却不一样了,开口就说,你别废话了,我们是派出所。

噢,原来是个固执的骗子,难怪不折不挠地骚扰我,我正酝酿着怎么以牙还牙,那边的剧情表演已经开始了,说,现在我们正式通知你,你必须在今天下班前到山坡镇派出所报到。

山坡镇?

看起来这骗子还真下了点功夫的,因为他说出的这个地名,让我疑惑起来,既有点熟悉,又有点陌生。

我本来完全可以不理睬骗子,可我今天赚到钱了,心情好,有心跟他玩一玩，我说，要我到派出所报到，干什么？我被录取当警察了吗？

那边也不是吃素的，也跟我调侃说，你不是警察，你是被警察追赶的人——你被判了缓刑，要在规定时间内到派出所报到，现在你已经超出了规定时间。

这点知识我还是有的，判刑应该是法院判，应该法院通知，怎么会由派出所出面呢，骗子在照着剧本念，只可惜剧本水平毕竟有限。

我忍不住笑起来，说，没想到你们这么快就露出了马脚。

那边说，什么马脚，法院早已判决了，判决书你也收下了，按照规定，你得到派出所来报到，你还是我们碰到的第一个不来报到的，你这是胆大包天，无视法律。

骗子的口气当真厉害起来，我想戳穿他们，但转而一想，与其正面进攻，不如跟他们玩个阴的，想到有人对付骗子的做法，就是告诉他们，钱已汇出，请他们查收，我也学一招，我说，好吧，我马上去报到去。

挂了电话我边走边乐了好一会儿。

其实我高兴得太早了，前面那个客户虽然付了钱，但并不是付了钱就万事大吉的，她继续来找我麻烦了，根本无视我用微信的希求，直接打电话说，不对呀，热水器是坏的。

我就奇了怪，交房的时候，明明试过，是好的，打开一会儿水就热了，怎么一会儿就是坏的了呢？

她不高兴地说，难道是我自己故意弄坏的？我干嘛，好玩吗？

我只好说，好吧好吧，我报房管中心，他们会派人来修的。她那边着急，追问什么时候能到，我说，我会催他们加快的，但是目前正是租房高峰时段，师傅们可能很忙。她又着急说，那怎么行，搬家搬得这么脏，没有热水怎么行？

我心想，你真优越，又不是大夏天，还得天天洗澡吗？也不怕冻着。当然我嘴上是应付她的，我说，快的快的。

结果并没有快，到晚上师傅也没有上门，第二天一大早她电话又追来了，说，修热水器的没来，淋浴帘都烂掉了。

天哪，连淋浴帘也找我？

到半上午又打电话说，不对，不像话，灯泡坏了好几个。

我终于觉得她太过分了，忍不住说，怎么，连浴帘、灯泡这样的都找我？

她立刻说，合同上有。

合同上有吗？有写浴帘和灯泡吗？

她说，有写，甲方须按合同规定的时间内，提供功能完备及附属设施完好的房屋提供乙方使用，每逾期一天——

哎哟喂，她这是拿着合同在给我念呢，我又是干什么吃的呢，合同就是我的帮凶，不用念，我倒背如流，我说，功能当然完备、设施当然完好，这是你自己亲眼看过，仔细检查过，验收后签了字的，合同早已生效。

因为我的理直气壮，她的气势稍稍减弱了一点，她说，我也是讲道理的人，我不是要你帮我买新的浴帘和灯泡，我们可以自己买，但是事情要说清楚，这可不是我们弄坏的，到时候别说他家的旧浴帘是我们弄坏了，要赔偿什么的。

她一边说着，就把那个旧浴帘的照片发到我微信上，我也算是服了她。心想连浴帘都牵涉到了，该罢休了吧，不料过了一会，她又来电了，我真急了，我说，你怎么有事无事老喜欢打电话，为什么就不能用微信呢？

她说，你这话不对，第一，不是有事无事，是有事，第二，打电话更直接明了、方便，一说一答，事情就解决了，微信来微信去的，你烦不烦呐，我跟你说，他家的小厨宝，漏水，不安全。

我气得说，你真是不懂家务事，还装懂，你还不如我呢，小厨宝里有压力，阀门那里过一段时间会渗出一点水来的，正常的。

我就跟她拜拜了。

可是她不跟我拜拜，她的电话又追来了，我本来好好的心情，被她一纠缠，变得有些烦，我果断地用"您拨打的用户正在通话中"拒听了。

我上了地铁，赶往下一个接头地点，那里新的客户正等着我的呢，在地铁上我得空瞄了一眼微信，发现这女客户居然把出租屋的几张图片发在朋友圈里吐槽，不知道我偶尔也会看一眼的吗？

我气得忘记了不打电话只用微信的习惯，即刻打电话去责问她，她却一口否认说，你搞错了，不是我，我从来不发什么朋友圈，好无聊的东西。她发了还抵赖。我也懒得和她计较，好在她的朋友圈，跟我的朋友圈，隔着半个地球呢。擦枪走火也擦不到我。

出了地铁站，迎面就来了两个警官，挡住了我。我十分惊讶，我产生联想了，我说，难道是那个客户报的警吗？她连这种事情都要找警察，你们警察连这种事情都要为人民服务？

两个警官你看看我，我看看你，听不懂我在说什么，愣了片刻，其中的一个说，什么什么？你说什么？我们是从山坡镇来的。

山坡镇？

我嘀咕说，咦，山坡镇，山坡镇，那是什么地方呢，咋这么耳熟呢——

一个警官打断了我的喃喃自语，笑着说，你忘性蛮大啊，你自己从哪里来的你都忘记了，你不会认为自己是从纽约来的吧？

另一个警官也笑道，你不会是从外星球来的吗？

他们虽然在笑我，但我听得出他们不是嘲笑，是友好的笑，所以我也跟他们开玩笑，我说，这不能怪我呀，这么多年我走南闯北，跑了多少个地方，今天我在南州，说不定明天我去北州，反正我的人生生涯，肯定是在外乡呆得更多，要不是你们来找我，我真的快把自己的老家给忘了。

警官满意地点头说，那说明你还是记得的，山坡镇是你老家嘛，我们是从你的老家来的嘛。

另一个警官友善地看着我说，你对老家感情也蛮深的嘛，人一直在外面，户籍地还一直是老家，这些年我们办案，看到很多人早把户籍地改掉了。

我下意识地掏出身份证看了看，住址居然还真是小时候的那个老家，我说，这有什么好改的，改了人家也不会忘记你是谁。

两个警官一同笑了起来，他们不笑的时候已经够难看的，笑起来就更加惨不忍睹了，我说，难怪，看你们长得也不像城里的警官，皮这么黑，还歪瓜裂枣，穿着警服就像是假警察。

这个警官又说，唉哟，你别装蒜，别瞎扯了，事情我们在电话里都跟你说清楚了。

这个一边说着，那个就拿出一纸，递到我面前，我一看，那是法院的通知，有大红的公章，我不敢相信这是假的。

但我也不敢相信这就是真的呀。

不过我总算是知道了，先前那三个陌生电话，还真不是骗子，我碰上真警察了。

我赶紧说，一定是你们搞错了，那不是我。

他们两个抢着说，咦，怎么不是你，你叫王伟，现在在南州从事房屋中介工作，户籍所在地山洞县山坡镇，这么多的信息都对上了，难道还不是你吗？

因为不是我，所以我才不害怕，我还有意跟他们捣乱，我说，那真是奇怪，我和你们从来没有任何联系，你们怎么会知道我呢？

警官得意地笑了，一个说，咦，你都被判刑了，难道还不知道你是谁？

另一个说，就算不知道你是谁，现在很方便，从网上一查，你的信息全在上面，呵呵，我们就来啦。

这一个又说，信息果然很准确，哈哈，现在办案，比过去方便多啦。

我继续调戏他们，我说，那我是犯了什么罪给判缓刑的呢？

一个说，你明知故问噢。

另一个就老老实实地告诉我，你犯的是诈骗罪嘛，你骗了人家的定金，就逃走了嘛。

他们两个说着说着，自己发生了疑虑，这一个怀疑说，那他既然逃走了，怎么又能判了呢，难道是缺席审判吗？但那个判决书怎么能交到他手上呢？

另一个说，听说他逃走了，又到别的地方去行骗，后来是抓了现行的。

他们两个人一直在研究我的案情，不过他们并不凶，一点也不凶，反而他们态度很好，甚至还有点低声下气、低三下四的，哀求我说，先别说那么多了，你先签个到，我们又不抓你，只要在这里你签一下名字，我们的工作就算走程序了，否则我们不好交代。

我说，什么意思？

他们说，没什么意思，就是报个到。

我没那么好骗，我说，我才不到派出所报到，那可不是好地方。

他们说，这是法律规定的，你就签吧，我们不是骗子，不会骗你的，你签了，我们还有点多余时间，我们返回的票是明天的，我们可以到你们南州转转，早就听说南州好风光，都没机会来过，当是公费旅游了。

我当然不干，我签了名，不等于我承认我就是王伟么？

这话我一说出口，我自己就觉得奇怪，我立刻反省了，难道我不是王伟吗？

果然，我的话立刻被警官抓住了，他说，难道你不是王伟么？

他们越来越像真的了，我才渐渐感觉不太对头呀，我正想跟他们严肃起来，这时候我的客户又打我电话了，说，不行不行，电视也开不了，问了，是欠费了，难道还要我替房东补缴吗，笑话，笑话，他看电视我缴费？这是什么人家啦？

她哇啦哇啦的不仅吵得我耳朵嗡嗡响，连脑袋也嗡嗡响，我简直有一种灵魂出窍的感觉，那一瞬间只觉得脑袋里一片空白，好清爽。

我两眼空洞地看着两个警官，他们两个施展出全部的肢体语言，朝我做手势，挤眼睛，皱眉头，晃脑袋，好半天我才明白过来，赶紧对着电话说，阿姨你稍等一下哦，我这里就要进派出所啦。

那客户尖叫起来，这怎么可以，这怎么可以，你进派出所，我找谁去？这房子问题太多啦，简直，简直——

我朝警官使眼色，向他们求助，警官果然乐于助人，帮我接了电话，跟我客户说，这位，这位，你过点时间再找他吧——

不料那客户火气更大了，尖利的嗓音把警官都吓着了，赶紧把手机塞还给我，我就听她说，还有，还有，他家的这个院子，简直是个垃圾场。

我简直给她搞成白痴了，她是那个她吗？她租的那套房子，又不是一楼，怎么会有院子？我小心试探着说，阿姨，你是千姿吗？她立刻生气说，

173

我不千姿，我还百态呢，我算是彻底服了你，现在的年轻人，套路真是深啊。

她嫌我套路深，我还嫌她不懂规矩呢，我忍不住想喷她几句，但是我还是忍住了，我们虽然年轻，和气生财的道理早已经懂了。

可是那套房子怎么和院子扯上关系了呢？

我得改口了，我说，姑奶奶，你不会是找错人了吧？

那姑奶奶大声道，王伟，我找的就是你，你别想推脱掉！

警官幸灾乐祸地看着我，一个说，你让人盯上了吧。

另一个说，看你无处可逃，不如到派出所去躲一躲吧。

我气得说，别说是盯上，就是被人追杀也好过自投罗网呀，我已经告诉你们了，我有不在场——不，我有没逃走的证明，那一段时间，我一直在这里工作，我有足够的人证物证等等等等证。

警官们又互相使眼色了，一个说，如果真是搞错了，那也不是我们的责任，我们只是按照法律规定，来让你报个到，这还是千年头一回，人家被判了的，没有一个不是乖乖地主动到派出所报到的，只有你，我们专程上门来求你，你还搭架子。

我说，我怎么是搭架子，明明不是我。

他们也不跟我争辩，只是求我说，如果真不是你，那也是法院搞错了，跟我们没关系，但是你如果不签到，我们要被追查责任的，我们可冤了。

什么话，你们冤，难道我不冤。

他们绕来绕去就那一个目的，也不嫌烦，又反复说，这样吧，你先签到，然后再到法院去平反。

我没那么傻，我说，不如倒过来，我先到法院去讲理。

警官又嘲笑我了，一个说，嘿嘿，去法院讲理，法院那是讲理的地方吗？

这话说得有点那个什么了,另一个赶紧替他找补说,法院那是讲法的地方。

我喷了他们一句,那你们的意思就是说,讲法不讲理?

他们被我钉住了,两个商量了一下,竟然愿意陪着我到审判我的南州一个区法院去讲法。到了那里把事情一说,一问,几个法官都不知道此事,说因为不是自己办的案不太清楚,最后问到一个年轻的女法官,说,王伟诈骗案?噢,是我的。一边朝我看了看,说,什么?你说什么?当天来接判决书的不是你?

我说,当然不是我。

老乡帮老乡,山坡镇的警官也帮着我说话,说,肯定不是他,我们还没有碰到过被判了缓刑死活不肯来报到的人,没见过那么大胆的。

女法官皱起好看的眉毛,说,肯定?现在外面这样的乱象,你都敢随便用"肯定"两个字?她分明是不想承认自己搞错了,所以赶紧又说,好在有录像。

然后就把庭审的录像放出来,女法官立刻高声喊了起来,看,看,怎么不是你,就是你!

我上前猛一看,似乎是有点像我,但再仔细看,又觉得不像,到底像不像,搞得我也有点吃不准了。

再试试两个警官的眼力,一个犹犹豫豫,说,好像,是有一点像哎。另一个却毫不犹豫地说,不像,一点也不像。

女法官搞不定了,喊来一个同事,这同事一看,就果断干脆地说,肯定不是他!

这下好了,哦不,这下坏了,五个人,总共倒有四种半意见:一,太像了，肯定是他；二，很像；三，有点像；四，一点不像，肯定不是，最后的半种意见是我自己的，我看着录像里这个人，感觉他和我又像又不像。

最后他们把法医都请来了，我感觉有点异怪，平时我们但凡有点这方面基础知识的，一般都知道，法医是验尸用的，我又没死，法医来干吗？

果然法医来了也没有啥用，多余，法医说，你们明明知道我是干什么的，你们拿一个活人和一段录像给我，我是没有办法的，我无法给他们两个做DNA检测。

连法医也没办法，法官有点着急了，皱着她好看的眉头，想来想去想不明白，倒是山坡镇的警察虽然来自小地方，却比她见多识广，提醒她说，这会不会是一起冒充事件，是另一个人冒用了王伟的身份证，顶替了王伟，罪名就这样栽到他头上了。

女法官爽快地接受了这样的判断，也许觉得对我有愧，她叮嘱我，以后身份证及身份证的复印件都不能随便交给别人哦。

哦，结果还是我自己的责任，谁让我的身份证被人冒用了呢。

我心里很不爽，不过我可不敢对法官有什么想法，我只能对那个冒充我的人怀恨在心，我上网去，我想把他挖出来，可惜我不知道他叫什么名字，我无聊地瞎想想，随手输入了我自己的名字，王伟。

我开始以为我是把自己找出来了，但仔细一看，才发现留的联系电话不一样，我受惊了，在南州中介，竟然真的有另一个王伟。

除了联系电话，其他几乎和我是一模一样的信息。

既然如此，法院判的是他王伟，派出所找的是我王伟，我们两个王伟谁也没有错，也不能算是他冒充了我，但是想到他给我带来的麻烦，我总该报复或捉弄他一下哈。

千姿园

我客户又打电话给我了，我说，我跟你说过多少遍，咱们用微信吧。她果断地拒绝我说，该用的时候我会用的，但我有急事找你，我不用微信，那不方便，你可能根本就不答复我，我们电话直接说话，不会拖泥带水。

我真来气，灵机一动，跟她恶作剧，我说我换手机了，我让她以后有事找我，打另一个手机，就是那个王伟在网上留的手机。

我以为她很快就会戳穿了来责问我，却一直没有动静，那个王伟也没来找我麻烦，估计是心虚不敢来吧。过了几天，我到城东的一家小门店去找老乡，刚进去就听到有人喊王伟，我应了一声，同时也有另一个人应了一声，我立刻警觉起来，一步挺到他面前说，哟，你就是那个骗子王伟呀，你冒充我干什么？

他朝我看看，说，噢，你也叫王伟？我可没有冒充你，我就是王伟，我就在中介工作，我干吗要冒充你？

虽然他说得也没错，但他毕竟有案在身，我好心提醒他说，你还不知道呢吧，派出所找你几天了，你快去报到吧，不然就要改为实刑了。

王伟看起来完全摸不着头脑，我说，你别装蒜了，你都被判决了，判决书是你亲手接的——这都不说了，主要因为你和我同名又是同事，害得警察跑来找我的麻烦。

王伟简直懵了，挠着脑袋说，什么什么什么，你叫王伟，我也叫王伟，你在南州中介工作，我也在南州中介工作，凭什么说警察找的就不是你呢？

我理直气壮，有录像为证呀，开庭时录下来的，不是我呀。

他说，那是我吗？

我仔细看他，左看右看，说实在的，我看不出来，不知道是法庭的录像不真切，还是这个王伟长得含糊，或是我的记忆功能缺失，反正我无法

177

确定到底是不是他。

但是我不服呀，我说，你以为只要你坚持不承认，那就是我了，不可能的，事实就是事实，我和你还是有区别的，至少，有一点你和我不一样，你肯定不是山坡镇的。

王伟呵呵一笑，他掏出身份证递给了我，我一看，懵了，从身份证上看，简直、简直——他就是我，我就是他，别说他的住址也是在山坡镇，连地址门牌号都是一样的。

我觉得我抓住他的把柄了，名字可以一样，工作也可以一样，但是老家的门牌号不可能是一样的，他窃取了我的身份证信息，伪造了一张假身份证，但是看他坦然的样子，我实在无法相信他伪造了身份证，但我也实在是无法解释这样的事情，我试探着说，难道，我们两个人，是人生的 AB 角、正反面？

他说，你想多了，唱戏才有 AB 角。

我又试探说，那难道你是我失散的亲兄弟？

他说，你又想多了，你照照镜子，看看我们像不像。

我再说，那么，我难道是在做梦吗？

他说，你还是想多了——无论是梦着还是醒着，你先想一想，你去过山坡镇吗？

我说，你开玩笑，我就是从那里出来的。

他说，我是问你近些年去过吗？

这个问题难倒我了，我想了半天，我已经出来多长时间了，我记不清了，我只记得出来之后，我就没有回去过。

他点了点头说，哦，那你就是不了解情况，当然我也并不太清楚，但

千姿园

是我想想，你也想想，现在发展这么快，你的那个山坡镇，恐怕早就不存在了。

我顿时惊出一身冷汗，我说，如果山坡镇不存在了，那来自山坡镇派出所的警察是谁？难道他们是已经牺牲了的警察？

王伟说，你真是想太多了，你还人鬼情未了呢，我说的是你的山坡镇不存在了，很可能我的山坡镇就出现了，现在不是有许多地方把多个乡镇合并成一个，老的名字还被继续延用，不过它已经不是从前的你的山坡镇了。就像现在的南州市，狮山区没有狮山，里湖镇不在里湖，这都很正常嘛，不就是一个名字吗？名字有啥了不起呢？

他说得蛮清楚，但我还是不能认同，我说，这样说起来，我这个王伟倒不如你这个王伟正宗了？

王伟还挺谦虚，笑说，不存在谁正宗谁冒充，我们都是来自山坡镇嘛。

可我还是疑惑呀，我还是不服呀，我担心说，可是人家派出所还在找王伟哪，法院录像里的那个王伟到底是谁呢？

王伟说，既然不是你，也不是我，爱谁谁吧，才不用你操心，让法院自己去判断，他们不是最会判断吗？

话说到这儿，王伟的手机响了，他接起来说，是，我是王伟，哦，阿姨你好，好的，好的，你慢慢说——他捂住手机朝我笑了笑，轻声说，一个客户，租了千姿园一个三室，蛮有钱，但是很难缠。

一听"千姿园"几个字，我头皮顿时一麻，客户又来了，正是我恶作剧扔给王伟的那一个，我以为王伟会毫不客气地把球踢回给我，可奇怪的是，王伟好像并没有意识到这一点，他似乎已经进入角色，他劝慰那个焦虑的女客户说，阿姨，你别着急，这事情不麻烦，很好解决，我马上安排。

女客户的焦虑并没有因为王伟的好声好气而有所缓解，她尖厉的声音

179

从王伟的手机里钻出来，钻进我的耳朵里，我赶紧躲远一点，小心翼翼地问道，她是你的客户吗？

王伟警觉起来，盯着我看了看，说，你什么意思，你对我的客户有兴趣？

真是千姿，还很百态，不仅有一个和我一样的王伟，还有一个和我的客户一样的客户？

其实再想想，有什么可奇怪的呢，两个人都叫王伟，这算不了什么呀，一样租住千姿园又有什么不可以呢？

我怕王伟多心，赶紧说，我没有兴趣，我只是听着她的声音，很像我的一个客户。

王伟说，嘀，你这是要和我抢人呢。

我说，呸，我才不要抢人，烦都烦死人，我那客户，low 啦，电视遥控器没电池也找我，我也是醉了。

王伟笑了起来，说，哎，你别说，还真的很像，我那一位，淋浴帘坏了也找我，灯泡灭了也找我，小厨宝漏水也找我，我真服了她，我不敢喊她阿姨了，我得喊她姑奶奶。

呵呵，他这是把他当成我了？

或者，是我把自己当成他了？

最浪漫的事

我能想到最浪漫的事,就是和我爱的人一起躺在坟墓里。

因为那样我们就永远不会分开了。

你们已经听出来了。

我有病。

就是你们常常挂在嘴上骂的那种病,正经说就是精神分裂症。再细化一点,它的学名还有好几种,比如躁郁症,比如强迫型精神病,还比如,钟情妄想症。

我可以自主选择。

相比起来,我喜欢钟情妄想症这一款。

自从得了病,我的精神好多了,每天吃药,也让我有了新的理想和目标,不再终日浑浑噩噩,胡言乱语。

终于有一天,医生说我可以回家了。

我回家的时候,家里人看我的目光也和从前不一样了,这让我倍感温暖,让我又有了重新做人的信心。

我们聚会吧 · 范小青

我知道,重新做人的第一件事,就是不再胡说八道。

怎样才能做到不胡说八道,其实我在医院里就想好了,现在我开始实施我的想法。

别人怎么说,我就怎么说。

我妈说,明天要降温了,我也说,明天要降温了;我爸说,奶奶差不多没几天了,我也说,奶奶差不多没几天了。

那时候我奶奶病危,正在医院里抢救,我家里的人都在商量怎么办奶奶的后事。

奶奶死后要和爷爷合葬,可是我爷爷死得太早,我爷爷死的时候,墓地还不像现在这么受重视,家里人就马马虎虎到郊区的乡下找了一个地方,胡乱弄了一小块地,把爷爷葬在那里了,碑上也只写了爷爷一个人的名字,没有给奶奶预留位置。

没想到的是,在爷爷死后的这二十多年里,墓地的情况发生了极大的变化,不知为什么大家越来越把墓地当回事了,甚至比活着的人买新房子还重视,所以墓地涨价涨得很厉害,要想重买一个公墓,合葬爷爷奶奶,可不是一笔小钱。

我听到他们一直在商议应该怎么办,我一直没说话,因为他们说得太快,而且七嘴八舌,意见不一,我无法学他们说话。

如果将就着使用原先那个又旧又小的墓地将奶奶合葬下去,不仅会挤着爷爷的,活着的子孙也会觉得没面子,何况现在家庭条件也不是从前穷的时候了,可以打听打听到那些高大上的公墓了。

结果我家的人都被吓得坐在地上了。

谁也不说话,过了好半天,我妈忍不住说,贵得离谱了。

最浪漫的事

我终于有机会学说了，我说，贵得离谱了。

开始的时候，我的家人还不太适应我的这种方式，当我跟着他们说话的时候，他们眼中又流露出恐惧、厌烦、失望种种的神色，我为了宽慰他们，朝他们笑道，别担心，你们不想我学，我就不学。

他们又慌了，赶紧说，想的想的，学吧学吧，你爱学谁就学谁。

又说，学吧学吧，学的总比你自己说的要强。

经过一段时间的观察，他们渐渐理解了我的用心，他们议论说，对呀，他没有错呀，我们说什么，他就跟着说什么，这很对头呀，这很正常呀，因为我们说的，都是对的，所以，他也是对的。

又说，是呀，从前他可不是这样的，从前他老是和我们唱反调，我们说外面冷，他就脱光了出去跑，我们说我们被骗子骗了买了假货，他说他就是那个骗我们的骗子。

那才是病嘛，现在他和我们说的一样，说明他的病真的好了，完全好了。而且，他是在用实际行动告诉我们，他的病好了。

我的家人终于能够接受我了。不过，虽然他们不再把我当病人，但我还是对自己保持警惕的，我继续服药，保持我的健康水平。

就在我奶奶去世前不久，我家的人轮番守在奶奶的病床前，后来据他们说，经常有一个乡下来的年轻人，在病重病危的病房走廊那里走来走去，给大家递名片，说他是推销产品的，因为他的乡下口音太重，别人也听不太清他说的什么，有人不给面子，拒绝收他的名片，给一点面子的，收下后再扔掉，只有极少数人，会把名片揣进口袋。

只是他们中的绝大多数的人，心思都在临终的病人身上，不会去理会推销产品的事情。

183

除了我妈。

我妈对我奶奶本来就没有什么感情，我奶奶身体好的时候她们就不怎么说话，现在我奶奶不能说话了，我妈就更不会和她说话了。

一个人待在一个将死的老人身边，我妈既无聊又无奈，她有事无事地摸摸口袋，摸到了那张名片。

我妈才知道，原来那个乡下人推销的产品是墓地。

价廉的墓地。

这是我妈看到名片上的介绍后的第一印象。

我妈到门口一探头，那乡下小伙子正站在那里，他冲她一笑，说，我知道你会出来找我的。

我妈说，我虽然书读得少，但是你们那个地方我知道，你骗不了我，明明是个穷乡僻壤，交通也不方便。

小伙子推销员给我妈介绍说，您说的那是从前，现在我们那地方，鸟枪换炮了，有山有水有风景，何况交通也修好了，所以我们开辟了一个新产业，就是坟地业。

我妈笑起来，没听说过，坟地业，这算是什么业？但是我妈已经嗅到一些她熟悉的气味。

那你说说，除了有山有水有风景，还有什么好的？

那推销员说，空气好，没污染。

我妈又笑了，嘻嘻，她说，死人又不用呼吸的，空气好干什么呢？

推销员也笑了，说，嘻嘻，死人确实是不用呼吸的，但活人要呼吸呀，你们城里有雾霾的日子，就到乡下来多陪陪死人，自然就呼吸到新鲜空气了。

我妈想，咦，这个说法还真不错。

最浪漫的事

当然我妈是很狡猾的,她只是想想而已,并没有露出一点点满意的口风。

当然推销员也是狡猾的,他也没有露出鱼儿上钩的喜悦。

春天来了,算是全家做一次踏青旅游,也是不错的。

于是我们家就有了一场说走就走的墓地行。

他们说,我们走吧。

我也说,我们走吧。

他们愣住了。

显然他们并没有把我考虑在里边,可是听我一说,他们又想到我毕竟是个人,活的,是这个家里的一分子,好像不应该把我扔下。

我看出来他们犹豫了,他们不太想带着我去看坟地,但他们也不太敢不带我去看坟地,所以他们认真地商量起来。

我们是去干什么呢,是去买墓地呀。

是呀,买墓地,这和他犯病的原因没有一点点关系,应该不会引起他发作的。

是呀,如果不带他去,反而会引他起疑心的。

后来他们统一了认识,我爸说,带他去散散心吧。

我说,带他去散散心吧。

一大家子人就坐长途车到东墓村来春游了。连我妈妈家的人也都跟来一两个,比如我小姨。其实我爷爷、我奶奶跟我小姨是完全不搭的。真不知道他们是喜欢春游呢,还是喜欢墓地。

在车上就有人告诉我们,我们要去的这个村子,原来叫东阳村,是阳的,现在变成阴的了。那无所谓啦,阳的阴的,最后都一样。

农民的想法真的很好,很自然,不做作。

那个小伙子推销员全程陪同我们，他果然没有说谎，这地方风水好，和我们同时到达的，还有很多城里人，大家都是来看墓地的。

墓地就在山脚下，一大片，一眼都望不到边，不知到底有多大。地都平整好了，甚至都已经竖起了墓碑，一块一块的，十分壮观，爷爷奶奶以后住在这里，不会孤单。

那个小伙子推销员热情地带着我们家的人走来走去，路上遇见村里的农民喊他村主任，我爸说，原来你是村主任噢。

我说，原来你是村主任噢。

小伙子村主任一边说，哎哟，还是别喊村主任好。一边伸出长长的手臂说，你们看，这一大片，这里，这里，那里，那里，还有那边，还有山背后那里，都是，你们随便挑吧。

我小姨眼尖，说，咦，这碑上有名字。

我说，咦，这碑上有名字。

我二叔脾气丑，说，呔，你竟敢把别人的墓地再卖一次？

我说，呔，你竟敢把别人的墓地再卖一次？

村主任推销员朝我看了看，我看出来他对我有好感，因为接下来他就对着我说话了，他说，其实这些名字，都是假的——他说了以后，好像感觉自己说得不太准确，"哦"了一声后又说，名字也不能说是假的，但是事情是假的。

我家的人都被他搞糊涂了，开始怀疑，警觉起来，村主任赶紧跟我家的人解释，这些都是活人的名字，都是村里的村民，活的，活蹦乱跳的，只是为了把村里的地变成墓地，借用了活人的名字，做成死人，然后政府过来一看，哦，这是死人的墓地，这个政府也不好多管，人死了总要让他有个葬身之地的。

村主任见我家的人仍在发愣,他说,这样吧,我再说得清楚一点,其实就是说,是大家合起伙来骗政府的。

我家的人也是有点觉悟的,七嘴八舌异口同声说,骗政府?政府有那么好骗吗?你以为政府傻吗?你以为政府什么什么什么?

他们一混乱,我又学不来了,我有点着急。

村主任点头说,那是当然,政府哪有这么好骗,政府不是上当受骗,他们是睁一只眼闭一只眼啦,假装受骗啦。

我家的人,开始有些摸不着头脑,但他们毕竟都是有头脑的人,他们互相使着眼色,互相提醒着,最后他们就明白了。

他们中间居然还有一个人说出似乎是更深刻的道理,他说,也说不定,是政府让他们这么干的呢。

村主任微微含笑。不知道他什么意思。为了进一步让我家的人放心、安心,他继续解释说,只要你们买下了,立刻就换上你们的名字。他从随身带着的包里,取出一份合同,朝我们家的人扬了扬,说,这都是有正式合同的,有村委会的公章的,假不了。

你以为我们家的人会相信公章吗?

才不。

村主任也知道他们不会相信,他还有办法,他有的是办法。

村主任对旁边的一个村民说,去,去把某某某的证明取来。

某某某就是墓碑上的那个名字。

村民得令而去,很快就返回了,把某某某的身份证给我们家的人看。

我家的人不服,说,这算什么证明,死人也可能有身份证的。

又说，死人有身份证，一点不稀罕。

再说，人死了身份证不收掉，死人就有身份证了嘛。

这道理太简单，像我这样有病的人，都能想通。

村主任说，你们再不相信，可以上门去看某某某，活的，保证是活的。

我家的人反正是出来春游的，虽然村子里没什么好游的，就权当是农家乐了，大家随村主任到了村民某某某的家里，某某某果然在家，把身份证拿来一核对，照片像的。

我家的人开始以为这个某某某是个老人，人老了，反正也没几天了，就豁出去把名字刻到墓碑上玩玩，也无所谓啦。

可是出乎我家的人的意料，这个村民某某某可不是个老人，年轻着呢，看上去不到三十岁呢。

我家的人有些奇怪了，想不通了，说，咦，你这么年轻，就把名字刻到墓碑上，不怕触霉头？

农民才不怕，尤其年轻的农民更不怕，他说，咦，我就是要刻上去呀，刻上去了，阎王爷以为已经收了我，以后就不会再来收我了。

农民真想得开。

农民真会想办法。

他们不仅敢骗政府，还敢骗阎王爷。

都说城会玩，其实乡也很会玩哦。

经过这样的玩法，我家的人终于相信了村主任。

大家回到山脚下，开始挑选，挑来选去，挑花了眼，你说这个好，他说那个好，还起了争执，所以我根本就学不上他们说话了，我只能在一边闭着嘴，干着急。

最后他们终于统一地看中了一款，大墓，大碑，石碑上刻着两个人的名字，我妈嘴快，又自以为聪明，抢着说，这是一对夫妻，这边一个是个女的名字。

这下好了，出事了。

我犯病了。

但这肯定不能怪我。

是他们疏忽了。

我是个花痴，即使我的病好了，也不能在我面前说一个"女"字，我的病是会复发的，复发的诱因就是那个字。

先前我家的人他们但凡说话时必须要说到"女"字的时候，他们都是小心翼翼的，都用其他的字和词来替代，比如，他们要说女人，他们就会说很难听的话，再比如，他们要说女孩子，他们就说赔钱的货，我一病人，是不会想明白货就是人、人就是货这样深刻的道理的。

因为生活中要用到这个字的时候很多，他们实在想不出更多的替代词了，有一阵他们曾经想学几句英语来唬我，但是他们又顾忌我的聪慧和学识，他们怕我在精神病院住院时偷偷学了英语，所以最后才放弃这个想法。

但是现在在坟地上，他们因为买了个大坟占了大便宜，只顾着死人，忘记了我的忌讳。

我犯了病，我就没有任何拘束了，我就可以胡说八道了。

我赶紧说出那个字，我已经憋了很长很长时间了，我急着说出来，女，女，女——

我家的人想阻挡我，但是已经来不及了。

我指着给我爷爷奶奶准备的墓地说，女，女，女朋友，在那个下面。

别说我家里人，就是我自己，也吓傻了，我知道我又犯病了，我吃下去多少药，我住了多长时间的医院，才治好了我的病，我容易吗？可它现在又出来了，真是顽固。

我真没办法对付它。

我出现了幻觉，我看到我的女朋友躺在那个假墓地下面，问题在于，我不仅看到了，我还说了出来。

这是我出院后头一次犯的错误，头一次我没有跟着我的家人说话，他们没有说的，我说出来了。

我一说出口就知道自己麻烦大了。

我赶紧改口，赶紧否认，我说，我没有说话，我没有说话，你们看，我的嘴巴一直紧紧闭着的，这样，这样，是闭着的，所以刚才那句话不是我说的，我一直在听你们说话，我也听不懂，我什么都不知道，我又没有像X光一样的透视眼，我怎么会看见墓地里边有个女的呢？

言多必失。

我早应该打住的，可是已经来不及了，我为自己辩护得太多，辩护越多，我就越可疑。

好在现在他们的心思还都在购买便宜的墓地上，本来就很便宜了，他们还在讨价还价，他们暂时顾不上追究我的胡话。

最后他们终于谈好了价格，定下了爷爷奶奶的住处，返回的时候，他们也没有想起我来。

我赶紧表现自己，以弥补刚才我犯的错误，我抓住一切机会学着他们说话。我小姨说，唉哟，总算搞定了。

我说，唉哟，总算搞定了。

我爸说，不虚此行。

我说，不虚此行。

我妈说，多亏我多个心眼吧。

我说，多亏我多个心眼吧。

他们任凭我跟了他们半天，可是过了一会，他们忽然惊醒了，他们齐齐地盯着我，异口同声说，不对呀。

我一看到他们的眼光，我知道我完了。

他刚才说什么了？

我们在坟地旁边的时候，他说什么了？

我们在讨价还价的时候，他说什么了？

我紧紧闭住嘴巴，我怕他们上来掰开我的嘴，我把两只手抬起来，掌心对着他们，我想抵挡他们。

不过他们并没有来掰我的嘴，他们不需要，他们已经想起我刚才说的话。

他胡说八道了。

他胡言乱语了。

只是墓碑上有个假名字而已。

他竟然说下面躺着一个——一个什么。

他是不是又犯病了？

他是不是存心搞我们？

要不要送他到医院复查一下？

眼看着我难逃一劫了，幸好，此时我爸的手机响了，是医院打来的，我奶奶死了。

奶奶死得真是时候。

我家的人都赶到医院去看望死去的奶奶，我以为我逃过了一劫，又可以混迹于他们中间冒充正常人了，可是他们对我产生的警惕性并没有因为奶奶的死而降低下来。因为奶奶死后的一系列事情，他们都不带上我了。

我被关在家里，我抗议也没有用，我吓唬他们说，你们不带上我，我就在家里尽情地幻想。

他们好像一点不怕我幻想，他们丢下我走了。

现在我真的可以在家里尽情地幻想了，当他们把我的爷爷灰和奶奶灰装在两个盒子里，当他们往下挖了准备埋两个盒子的时候，真出事了。

底下竟然有一个盒子。

为了让大家相信墓碑上的名字是假的，那个男的名字活生生地在站我家人的身边，他先是拍了拍我爸的肩膀，说，你看，这就是我，活的噢。又伸出手臂让我爸摸他，你摸摸看，是不是活的。以兹证明。

所以，现在出现在下面的这个盒子里的灰，肯定是刻在墓碑上的那个女的名字。可是那个女的名字，听说了这个事情以后，她就从远处走过来了，她站在墓地那里，对大家说，你们看不见我吗？

大家都说，看得见。

但是大家也奇怪呀，说，你是谁？

有一个聪明人抢着说，她是这个男名字的老婆吧，要不然两个人的名字怎么会刻在一起。

呸，要不你拿回去做老婆——那男名字很生气，一甩手走了，边走他边发牢骚，夫妻也能瞎配，我不干了，我退出。

这女名字也不理睬他，自顾自地说，这就奇怪了，按理说死了的人别人是看不见的，你们怎么会看见我呢？

最浪漫的事

村主任生气说，去去去，滚一边去，少给我捣蛋。村主任又向我家的赔笑脸说，你们别听她胡说八道，这盒子里不是她。

可是现场已经闹成一团了，我家的人可不是这么好糊弄的，无论盒子里的是谁，也无论站在面前的这个女名字是什么，我家的人都不干了，这可是关乎我爷爷、我奶奶死后的大事，既然坟地是村主任卖的，我家的人就撇开这个吓人倒怪的女名字，只管找村主任说话算账。

村主任真急了，大骂起来，我原来以为他是个文明谦虚的年轻人，现在才发现，他也有粗鲁的一面。

农民们在旁边哄堂大笑。

可是我爷爷、我奶奶的灰还晾在露天呢，那可不行，村主任说，要不，你们换一个，换一个更大的，风水更好的，不补钱，就算赔礼了。

我家的人吃一堑长一智，他们拒绝接受村主任的条件，因为他们是有道理的，谁知道这些坟，到底哪些是空的，哪些是实的，谁知道你们村的地底下，到底有多少人在那里待着呢。

村主任再次开骂，他一边骂狗，一边问农民，你们把死人都给我供出来，他伸手指着一个农民说，你，你家的那个，下边有没有人？

这农民开始犟着头颈说，你家下面才有人呢，可是话一出口，他打了一个大喷嚏，他浑身一哆嗦，噤声了。

村主任追着另一个问，你说你说，到底有没有死人？

那个农民只知道憨笑，还挠着脑袋，他自己也搞糊涂了。

来看墓地的城里人一哄而散。村主任在背后大喊大叫，你们别走啊，你们别走啊，我们这里多的是啊。

我幻想得累了，我睡着了。

所以后来他们到底把我爷爷的灰和我奶奶的灰弄到哪里去了,到底埋掉没有,怪我不孝,我实在没有力气幻想了。

后来我听说,虽然村主任骂了狗,但是他的生意被彻底破坏了。当然我也没什么好结果,我被送进医院了。

我家的人他们真不讲理,他们觉得是因为我讲了之后,地底下才会有一个人的,他们说,都怪你,本来事情好好的,妥妥的,都怪你胡说八道,居然说出这样莫名其妙的事情,荒唐的事情。

他们完全是颠倒黑白,混淆是非。

可怜我一个吃药的人,哪里是那一群不吃药的人的对手,我只有乖乖地束手就擒。我又住院了。

我住进去没几天,我们病区来了一个新病友,我一看,脸好熟,是墓碑上的那个女名字,可是我再一想,奇怪呀,我明明没有见过她,我怎么会认出她来?

女名字并不知道我的心理活动,她朝我靠拢过来,朝我笑,我经不起女的一笑,我就和她说话了,我说,你怎么来了?

她鬼鬼祟祟地"嘘"了我一声,轻点,别让他听见。

谁听见?

医生。

我反对。我完全不同意她的说法,我说,医生有什么可怕的,医生是给我们治病,是救我们的。

那女名字说,但是我没有病,他要是治我的话,我就被治出病来了。

瞧,这就是典型的精神病人,明明有病,偏不承认,越不承认,病就越重,这个女名字,年纪轻轻,病得真不轻。

这一刻我的感觉好多了，居然有一个熟人比我病得还重，我兴奋起来，我去撩她，我说，你没有病，你怎么住进来了？

那女名字说，我是假冒精神病人混进来的，我进来就是为了找你求教、求助、求关爱。

我"扑哧"一声笑出来，向一个精神病人求关爱，她可真有创新意识，不过你们别以为我会相信她，才不，我只是有耐心地让她尽兴地表演，看她往下再怎么胡诌。

她果然继续胡言乱语说，我知道你和别人不一样，能够看得见别人看不见的东西，我现在站在这里，请你看看我，我到底是死的，还是活的，我到底是有的，还是无的？

我说，我看不出来，医生让我吃药了，我一吃药，就什么也看不出来了。

那女名字生起气来，不过她就算生气也显得蛮好看的，她说，我就知道，医生果然不是好东西，你能不能不听医生的话，能不能不吃药呢？

她真是病得很厉害。

我们这里的病人，什么都敢说，就是不敢说医生不是好东西，即使病得再厉害，也不敢说不吃药，她如此胆大妄为，倒让我有所警觉了，我怀疑她是医生派来的奸细，来试探我对治疗的态度，我可不能被她探了去，我得赶紧变被动为主动，所以我主动说，医生的话不能不听，药不能不吃，没有医生没有药，我就会、我就会变得不、不正常。

那女名字着急说，我不要你正常，我就是要你不正常。

瞧，她就是这么自私。

我都不想理睬她了，可是她不肯放过我，她两只大大的眼睛死死地盯住我，我又被她诱惑了，我说，你要问的这个人，就是你自己哎，难道你不知道自己是有的还是无的。

那女名字说，可是我说了不管用呀，我说我是有的，人家不信，我说我是没有的，人家也不信，我说我死了，人家不信，我说我没死，人家也不信，你让我怎么给自己一个交代——所以求你了，你就行行好，停一停药，替我找一找我吧。

起先我还一直提醒自己，她虽然可怜巴巴，但我必须硬起心肠，毫不动摇，我说，我不能不吃药，我是一个有责任心的病人，就因为我一次没有吃药，就把小村主任的事业给毁了，如果我一直不吃药，我得把多少给人害了——可是后来我看到那女名字几乎绝望的眼神，我的心肠又软了，我又多嘴说，其实，有的，或者没有的，你非得弄清楚吗？

女名字执着地说，当然要弄清楚，否则我算是什么呢？

她既然如此固执，我也得想点办法了，我灵机一动，我有主意了，我立刻兴奋不已地说，哎呀呀，我终于认出来了，你就是我失散多年的女友，你就是我朝思暮想的女友，你就是我患难与共的女友啊！

她大惊大喜，扑上来亲了我一嘴，然后她拍着自己的胸口说，吓死我了，吓死我了，我以为我不是我自己呢，现在我终于可以放心了，我找到我自己了。

她满心欢喜，高高兴兴准备走了。临走之前，她还关心我，对我说，你好好治疗，我在外面等你出来。

我窃笑。她只是存在于我的幻想中，她还当真了。

再说了，进了这个地方，她走得了吗？

你知道就行

退休这件事情，人人都逃不脱的，就像死亡一样。

只是对于退休这件事的态度，各人不一样，就像对待死亡，各人也不一样。

我们不说年轻人。年轻人觉得退休跟他完全不搭界，离他十万八千里，甚至感觉他永远不会有那一天。

当然也有一些年轻人，似乎未老先衰，他说，何以解忧，唯有退休。其实只是情绪低落时说说而已，不可能是真的。

我们不说年轻人，只说快到退休年龄的人，这才叫接地气。

单位里的同志，脾性各式各样，有人外向，大喇叭性格，什么话都说，喜欢说，就怕不让他说，任何事情就怕别人不知道，离退休还有蛮长时间，就早早地开始哇啦哇啦，搞得满世界都知道他要退了。可是过了好长时间，他还在这里，大家就奇怪呀，咦，怎么还在呢，留用了吗？

现在哪有留用这一说，留了你，不留他，这可摆不平，没哪个领导是你爹，愿意为你多工作几天担肩膀。就算是你爹，也不行啊。现在不流行爹了。

我们聚会吧 · 范小青

怎么还在呢,那肯定是因为时间还没到呢,手续还没办呢。既然没办,那就继续哇啦哇啦,他一会儿感叹,我这一辈子,全卖给单位了,最后落了个什么,什么也没有落下,亏大了。这是有埋怨单位的意思呢。

一会儿又表达,其实是不想退的,蛮留恋工作岗位的,这又像是对单位蛮有感情呢。

再一会儿又赌气说,什么破单位,没良心的,越早退越好,彻底自由。

所以你看,人生何其丰富,到了最后一站,退休了,还那么的千姿百态,有人唉声叹气,有人兴高采烈,也有人觉得无所谓。当然,无所谓也可能是装出来的,唉声叹气的也许心里在正偷着乐。

也有的人和大喇叭不一样,嘴紧,守口如瓶,什么都不说,不和任何人提,别人问了,也是支支吾吾,顾左右而言他。

还有的人,一辈子上班,一辈子神经紧张,一点小事都紧张,何况退休这样的大事,更是紧张到透不过气来,就怕别人提起问起,退休前这一时间,居然见人就躲,明明是个好同志,却搞得自己跟犯了错误似的。

其实退休是一件正常的事,甚至就是个自然的现象,没有什么需要遮掩隐藏的,但是这种性格的人,把退休看成是很难为情的事,没面子、甚至是丢脸的事,就把事情看重了。

至于等到办过手续,那也是各式人等花样百出,有的一甩衣袖绝尘而去,再不回头,即使单位请老同志聚会,也一概不参加;有的呢,三天两头,回来晃晃,指手画脚,什么也看不惯,什么也是今不如昔;也有的人,虽然不常来单位,但是在背后对单位的大小事情始终关心之至,无论是否涉及自身利益,都像个管家婆、包打听,得到一点信息,就绘声绘色地到处传说,甚至夸大其词。大家心想,你都辛苦一辈子了,还在操别人的心,也不嫌累得慌。可他就是乐在其中呢，你有啥办法哩。

现在就要说到我们的认识的这位女士了，她叫张萍，如果要把她划归为哪一种性格类型的人物，那她肯定是内向型的，真不是因为要退休的原因才闭嘴的，她一辈子都严谨、严肃、严厉，自己从不多话，也不喜欢别人多嘴，她大概觉得多嘴多舌、说长道短那是最无教养的表现，而且她并不隐瞒自己这样的想法，所以搞得单位里那些喜欢说长道短的男男女女，看到她就张不了嘴。呵呵，谁愿意自己没教养呢。何况现在的人，经常在朋友圈发别人没教养的东西，总感觉自己最有教养了。

张萍虽然个性比较生涩，但工作无话可说，对别人要求严，对自己更严，你找不着她的茬，尤其是她管辖的那个部门，她的部下，更是对她有一种讳莫如深的感觉，许多同事间应该互相知晓的情况，他们都不敢去了解她，有一次部门调进来一个新同事，年纪也不小了，一来就跟张萍套近乎，说有个朋友专做属相的工艺品，想给张萍做一个，问她是哪一年的，张萍回答她说，你不用管我哪一年，组织上管着就行。

还有一次，上级组织部门要办干部培训班，有年龄杠子，分管副局长蛮看重张萍的能力和潜力，有心让张萍参加，但又不太确定张萍的年龄到底在不在这杠子内，专门跑去问张萍，说，张萍，我知道你是某某年的吧。

张萍说，不用问我的，你知道就行。

那副局长感觉是好心被当成了驴肝肺。

当然，一个人再怎么讳莫如深，到了一定的年龄，尤其是到了关键的年龄，总是会慢慢浮出水面的。

正如现在的情况，大家知道或者说感觉到张萍快退休了，但又知道得不够具体，到底是今年，还是明年，或者是后年，至于是哪一个月哪一天，那就更无人知晓了。

其实有一个很简单的办法，每年单位过年前都开联欢会，其中的一个节目已经持续了几个轮回，凡新一年本命年的同志，可以拿到一个自己属相的玩具，比如你属羊，可以领取一只玩具羊。

这个节目，轻而易举就让一些不肯暴露年龄的同志暴露了真实的年龄，当然也有的同志比较奇怪，去年属猴，今年属鸡，每年都拿一个玩具，属相竟然会变化。这是在与时俱进吗？

张萍的与众不同在这里也体现得很充分，她从来不去领那个玩具，难道她什么也不属吗？不可能呀，没有人能够逃出这十二个属相的嘛。

难道张萍就逃得脱？

当然，对于一个人的真实年龄，有些同事不知道，不等于所有的同事都不知道，至少，单位的一把手领导，肯定是要知道的，其次，人事部管退休这块工作的同志，也肯定是知道的，否则岂不是天下大乱了。

所以张萍什么时候到龄，真不用别人操心，自然有人掌握着，而且也都是按照程序走的，先是人事部提前向一把手报告，一把手让人事部再小心确认，这都没问题了，就进入正式程序了。

人事部的副处长老钱先找张萍，说，张处哎，关于退休的事情，你自己是知道的吧。

张萍说，我自己知道不知道不重要，你知道就行。

这样的回答，也是比较少见的，做人事工作本来就需要谨慎，面对张萍这样守口如瓶的同志，就更要小心。老钱重新翻看了张萍的档案材料，最后确认说，没有错，张处，档案上是这样的，档案总是对的吧。

张萍说，我的档案我没见过，我不知道它是对的还是错的，档案在你手里,你觉得对就对。

老钱觉得张萍的话中似乎夹枪带棒,但又找不出这枪这棒在哪里,小心求证说,张处,你是不是觉得哪里有误?

张萍说,有误无误,是组织上的事。

老钱小心翼翼,那,既然这样,我们就替你办手续了。

张萍仍然说,办不办手续,是组织上的事。

老钱再解释说,张处,这都是按照程序走的,要跟你谈一下的。

谈不谈话,是组织上的事。

走不走程序,是组织上的事。

办不办手续,是组织上的事。

好像一切都跟她无关,

老钱只好说,既然你没有疑义,那,请你回去把独生子女证拿来。也是程序,这个你也知道的,有独生子女证的,少扣百分之五的工资。

张萍应声而去,没有耽误拖延,回家找出了独生子女证,带到单位交给人事部。就这样,一步一步,并不复杂,却很严谨,就把手续办好了。最后,单位一把手也按程序和张萍谈过了,张萍和领导的对话也一样简洁。

这是组织上的事。

我没有想法。

就这样,张萍终于到了退休前的最后一天,只是她的部下并不太清楚就是这一天。

这一天张萍和平时一样准时上班,上班后召开部门会议,会议期间办公室的门一直紧闭,开了大半上午,也没有松动的迹象。知道张萍今天退休的人事部正主任老林,几次经过他们办公室门口,都听到里边张萍一如

201

既往的认真的声音，声音比起平时，既不更高，也不更低。

终于有个年纪稍长的同志憋不住尿，出来上厕所，老林过去搭话说，老许啊，你们处长今天开什么会呢，开这么长时间，告别会？

老许正被这冗长的会开得直生闷气，没好气说，告别个屁，是规划会。

老林奇怪说，规划？今天张处跟你们开规划会？

老许说，是呀，怎么啦，规划会不是每个部门都要开的吗？难道不应该开吗？哪里错了吗？

老林说，那她谈的长远规划还是短期规划呢？

老许说，我们张处，向来都是全面的，短的长的，远的近的，大的小的，都要谈，所以会开得长嘛，具体说吧，短的是一年规划，长的是三年规划，现在一年的还没谈完呢，估计上午能谈完短期规划就算是快的了，下午继续谈长远规划，不到六点下不了班。

老许上过厕所急急忙忙回进去继续开会，老林站在走廊里愣了半天，总觉得哪里不对劲，难道张萍忘记自己今天退休、明天就不用来上班了，或者，难道她认为自己还没到退休的时候，难道，她自己有什么根据？

老林回到人事部办公室，把老钱叫来，说，老钱，你替张萍办手续的过程，有没有什么情况？

老钱摸不着头脑，小心地说，情况？什么情况？

老林说，你告诉她应该办退休了，她怎么说？

老钱说，她说这是组织上的事。

老林听了，多少觉得有些奇怪，至少这跟其他退休同志反应不太一样嘛。所以老林又问了一句，还有别的什么异常吗？

老钱仔细想了想，说，好像没有异常呀，反正我说什么，她就说这是

你知道就行

组织上的事,我问她自己的想法,她说自己没有想法——老钱看着老林奇怪的脸色,又认真想了想,说,你是说异常?真没有呀——噢,对了,我请她回去把独生子女证找出来,她第二天就给我了。

老林说,噢,那她说了什么呢?

老钱说,没有呀。

老林停顿下来了,他想了又想,自言自语道,不说什么,不等于就没有什么呀。

老钱觉得处长的话有点绕,说,处长,你什么意思呢,是不是我们搞错了她的年龄?

老林说,我不是那个意思,我是说,她今天还在处里主持会议,谈三年的长远规划——

老钱一听,也有点蒙,说,啊?还谈三年?那,那个退休,会不会是我们搞错了。

老林赶紧说,不是"我们"哦,是你哦。

老钱说,我仔细看过她的档案的,反复核对过,没有错呀,再说了,如果错了,她怎么会不指出?

老林说,有城府的人,才不会跟你说实话,等你犯错,才能抓住你嘛。

老钱被老林这样一说,心里更虚了,中午在食堂守着,一看到张萍出现,立刻上前说,张处,能不能把你的身份证让我看一下。

张萍说,你要我身份证干什么?

老钱说,没什么,我核对一下。

张萍说,核对什么?

老钱又无法说清楚,只能朝她作揖了,说,哎哟,张处哎,你就别寻

203

根问底了，给我看看得了，我又不是骗子，你又不是不认得我。

张萍笑了一下，说，熟人中有骗子，也是正常的。她还是拿出了身份证交给老钱，老钱赶紧去和她的档案进行核对，出生日期完全一致，没有错。

还回身份证的时候，老钱还没放心，问了一句，张处，你的生日，是某年某月某日吧。

张萍说，我的生日，我说了不算，你说了算。

老钱说，万一我说错了怎么办？

张萍说，错了不是我的问题，是你的问题。

老钱急了，说，张处，你这是什么意思，你是在嘲笑我们的工作不细致出差错了，还是什么？

张萍简洁地说，我没有这个意思。

张萍越是简洁，老钱越是觉得她话中有话，只是张萍再没有给他机会纠缠她，匆匆吃过午饭，他们那个部门的同志连午休都没休，又接着开规划会了。

老钱左思右想，甚觉不踏实，如果没到退休时间，却给人家办了手续，这可是个大错误，别说张萍这样不好惹、难相处的人，脾气再好的同事，也会恼火的。这事情害得老钱一个中午都没有安定下来，一直在想，问题出在哪里，问题出在哪里，搜肠刮肚，终于想出来了。

张萍是前些年从外单位调进来的，很可能就错在原单位，思想到此，老钱拔腿就走，到了张萍的原单位，直接找到人事部，一问，人家说，我是搞人事的，你也是搞人事，难道你不知道档案跟人走吗？你说的这个张什么的档案，难道现在不在你单位吗？

老钱说，档案是在我单位，可是现在碰到些问题，年龄上可能出了差错，想到你这儿看看有没有原始依据,或者说,张萍从前的老同事,能不能帮助回忆回忆,有没有知道具体的真实的情况的。

那人事部干部一笑,说,呵呵,回忆回忆?我的年龄你大概能看出来吧,你再到我们隔壁大办公室去看看。

老钱到隔壁大办公室,朝里一张望,心凉了半截,一色的年轻人,80后、90后,完全无望,顿时泄了气,罢了罢了。

老钱出来有些茫然,但心里还是知道不能直接回单位,问题无解,回去咋办?忽然间又灵感闪现了,不如到张萍老公单位试试,老公的档案里,肯定有老婆的真实情况。

老钱为自己的想法笑了一笑,直接奔往张萍老公的单位,仍然直接进人事部,那里的人事部同志一听,说,噢,你问我们总务处李处啊,还早,还有四年才退,这不还有进步的想法呢嘛。

老钱一听,只觉得心往下一掉。

那人事部同行一想,觉得可能是老钱没想周到,提醒说,老钱啊,是你自己搞糊涂了吧,本来就是男六十,女五十五嘛。

老钱说,不对,我们张处也是处级,六十退。

那同行说,那我就不知道了,我们李处的年龄在我这儿,是不会错的,莫非是你那儿搞错了哦。

老钱赶紧往回跑,这边张萍的规划会还进行着呢,老钱也不顾了,推开门招手让张萍出来一下,张萍一出来,老钱就问,张处,你退了,你先生怎么还没退?

张萍说,他什么时候退,是组织上的事。

一句话把老钱顶回了原地。

老钱站在原地左思右想，嘴里嘀嘀咕咕，单位有个新来的女同事来人事部办手续，见老钱站在门口，进又不进，出又不出，魂不守舍，她忍不住笑起来，说，咦，这有什么复杂的，那就是张处比她老公大嘛。

老钱一拍脑袋，哎哟，瞧我这死脑瓜子，那是旧时代的姐弟恋啊。

那女同志道，哪个朝代没有姐弟恋啊，女大三，抱金山啊，呵呵。

女大三也好，女大几也好，并没有解决老钱的问题，老钱有点郁闷，回办公室坐下，发呆，过了一会，他老婆打电话来，说晚上同学聚会的事，老婆贼精，说了几句，就听出他有心思，一逼问，老钱就说了，可能自己犯错了，人家没有到年龄，就给人家办了，但又不知道错在哪里。老婆提醒说，会不会是阴历、阳历上的差错。老钱赶紧一查，还是不对，阴差阳错，一般发生在年底、年初出生的人身上，属相和出生年份会有差错，但张萍是三月份的生日，怎么也搭不到阴历上去。

老婆说，你个蠢货，人家如此淡定，肯定是手里有撒手锏。老钱不仅蒙了，而且慌了，撒手锏是什么，老婆说，你想想，关于一个人的年龄，最最过硬的是什么。

这个老钱知道，出生证明吧，可是张萍这把年纪了，难道她的出生证明还捏在手里？

这也太吓人了。

老钱放了电话又去问张萍有没有出生证明，张萍说，我有没有出生证明，我不知道，组织上知道。

老钱真急了，急得说，张处啊，你别老拿"组织上"来为难我啦，或者，你只要告诉我，你出生在哪个医院。

张萍说，我出生在哪个医院，组织上知道。

你知道就行

老钱来火了,心想,你说我知道,那我就知道给你看看,思忖了一番,思路很清晰,断定下来,张萍这年纪的人,出生的时候,这地方能有几家医院?医院里有产科的,又能有几家?

一番打探,真知道了,那个年头,只有一家医院接收产妇,只不过几十年过去,那个医院早已经成了另一个医院了。

老钱没有打退堂鼓,通过在市卫生局工作的小姨子,打听到那个医院早已经数据化了。大数据实在太方便啦,几十年前的医疗档案,也都一目了然。

没有叫张萍的,只有一个比张萍的出生日期晚两个月零一天,这个女婴取名叫张平。

老钱一拍大腿,就是她。

现在老钱手里有了撒手锏,紧赶慢赶,赶在下班前回到单位,此时张萍的会也终于开完了,坐在自己的办公桌前喝水呢,老钱赶紧说,张处,对不起了,对不起了,是我们搞错了,你今天不退休。

张萍既没有表现出高兴、兴奋,也没有表现出不满、不悦,只是一如既往地说,我退休不退休,你说了算。

老钱得意地一笑,说,张处,总算被我查出来了,你别再拿组织上说事,你的原名叫张平,你的出生证上你是张平,不过,这个并不难理解,因为你是女的,所以后来人家自说自话给你加了草字头三点水,改成了这个萍。这种事情很多的,有一个叫李方的,后来就成了李芳,另一个叫刘风的,后来就是刘凤。想当然的嘛。

张萍说,这是你说的。

老钱见她到现在还是这么死样活气,火冒三丈地说,都是我说的,都

207

是我说的，你自己难道不知道你自己是什么东西？

张萍说，我是什么东西，我自己说了不算，你说了算。

那你到底是张萍还是张平？

张萍说，我到底是张萍还是张平，我说了不算，你说了算。

老钱真拿她没办法，只好耍无赖了，说，张处，你若是张平，就可以晚几个月退，你若是张萍，今天就退了，你自己说吧。

张萍说，我说了不算，组织上说了算。

老钱气呀，老钱气得说，张处，这么多年同事，我哪里得罪你了，你要这样捉弄我，对付我，看我出洋相。

张萍说，你冤枉我了，我真不知道我叫张萍还是张平，我父母亲死得早，他们走之前，也没有告诉我我到底是谁，反正一切都在档案里，你是管档案的，你知道就行。

张萍下班走了。

一步一个脚印，走得和平日完全一样。

老钱不知道她明天还来不来上班，他也不能去问她，因为他一问，她必定说，明天上不上班，我说了不算，你说了算。

老钱站在那里发愣呢，人事处一位年轻的同志看到老钱这怂样，忍不住说，钱处，我不太明白——

老钱说，什么？

年轻同志说，人家都是要证明自己是对的，而你，却一心要想证明自己是错的。

老钱说，我不是想证明我是错的，我只是想证明什么是对的。

可这年轻人说，什么是对的，你证明得了吗？

变　脸

我和我老婆，老夫老妻。

有好多夫妻，有了第三代，互相间就不再以名字相称，而是按着孙辈的叫法来称呼对方，我可以喊她奶奶，或者外婆，她则喊我爷爷、外公。好多人家都这样。

可惜我们还没有那么老，虽然老夫老妻，但是第三代还没有到来，总不能抢先就喊对方爷爷奶奶吧。

既老又不太老，是个尴尬的年代，还像年轻时那样喊名字，甚至是爱称、昵称之类，感觉有点异怪了。回想那时候，总会让人起一身鸡皮疙瘩，明明人家名字有三个字，却只舍得喊出其中的一个，更有甚者连名字中的一个字也舍不得喊，只喊一个"心"，或者"小心"，或者"肝"，呵呵，这个真的有。

现在年轻人好像有个什么"么么哒"，也不知道啥意思，反正上了年纪的，都不这么喊，别说心呀肝的，连原先好好的名字，喊起来都觉得怪不自然了，干脆就扯着嗓子连名带姓一起喊。但是如果真这么喊，人家又会觉得你们家生分了，像外人了，也不够文明礼貌呀。

所以我们的婚姻生活中有那么一段时间，互相间的称呼有些奇怪，经常没来由地就变了，一会儿喊小名，一会儿是大名，又或者是连名带姓，一会儿又是"喂""哎"，总之怎么喊都觉得不顺，拗口。

还好，这样的尴尬时间并不长。

我老婆姓曾，在小区门口的超市做收银员，大家都认得她，喊她曾阿姨，我听到了，觉得曾阿姨这个称呼还不错，就跟着喊，时间一长，她就是曾阿姨，再也不是我当初穷追到手的曾优美了。

自从喊上曾阿姨以后，真是顺口多了，一点也不觉得别扭了。

差不多与此同时，曾阿姨也找到了我的新称呼，她喊我艾老师。

我不是做老师的，但是我比较好为人师，喜欢指点江山，什么事情我都能说上一二，还能掰扯得头头是道。

大家都觉得我比较老油条，就喊我艾老师。

曾阿姨立刻跟上大家的口径，喊我艾老师，和我喊她曾阿姨一样，她觉得艾老师这个称呼非常顺口。

于是，在往后的日子里，我们一口一个曾阿姨，一口一个艾老师，和周围所有亲戚、朋友、同事、邻居喊的一样，连我们的子女，也觉得这样好，不再喊爸爸妈妈，改口喊曾阿姨艾老师。

艾老师，水开了。

曾阿姨，青菜咸了。

真是一个潇洒自在的时代。

后来我们也要与时俱进了，我们要旧房换新房、旧貌变新颜了。

问题是买新房、卖旧房的这段时间，我正好要闭门造车，不能到买卖

变　脸

现场去验明正身，可是买卖房子必须夫妻双方都到场，如果一方到不了，就得委托另一方，要有公证处公证过的委托书。

所以我和曾阿姨就到公证处去了。

现在办事都很规范，首先是核对本人和本人身份证。曾阿姨把身份证交过去，由那个核对的机器对着她的身份证照片和她现在的脸一对照，咦，不对呀，只有百分之四十八的匹配度。

工作人员问曾阿姨，是你吗？

曾阿姨说，当然是我。

工作人员用肉眼看看照片，再看看曾阿姨的脸，感觉还是蛮像的，把曾阿姨的头稍做调整，再试一次，好了，曾阿姨可以了，她的匹配度达到了百分之五十三，涉险过关。

我嘲笑曾阿姨，我说，你是不是瞒着我们整过容了，把自己整剩下百分之五十三了。

曾阿姨不服，说，你别笑话我，你先看看你自己吧——

真是乌鸦嘴。

我的匹配度是多少，你们猜得着吗？说出来你别笑哦。

百分之十三。

曾阿姨笑了，笑得肚子疼，说，喔哟哟，喔哟哟，你没有整容，你是毁容了，毁得只剩下十三了，十三点啊。

我一向自认长得还可以，而且并不见老，我对工作人员说，你们这东西，是山寨货。

工作人员说，不可能，我们是正规渠道进的货，不可能山寨。

我反驳说，那你们的意思，你不山寨，我山寨啰。

211

工作人员并不和我多嘴，他们见多识广，每天要面对许许多多匹配度不够的人，他们已经懒得解释，只是说，你确定身份证上的照片是你本人？

我油嘴滑舌，说，不是我，难道是曾阿姨的前夫？可惜她没有前夫，我们是原配。

工作人员说，再试。

于是再试，这回提高了一点，达到了百分之二十一。只是离百分之五十那个数，还差得很远呢。

再试。

还是不行。

工作人员好像也对机器失去信心，开始用肉眼观察了，他看看我，又看我的身份证照片，说，确实不像。你看看你的头发，照片上是小包头，现在倒有了刘海，你也是奇怪的，人家都是年轻时留刘海，老了才梳得精光——

当然，我知道他不是对我的刘海感兴趣，他是为了工作，所以最后他说，你这样，你把头发按照这照片上的搞一下，再试试。

我憋住笑，把挂在眼前的头发推上去，用手按住，我说，现在包头了，可以了吗？

还是不行。

曾阿姨在一边笑得花枝乱颤。虽已明日黄花，笑功却是大增。

工作人员再又看我的脸，再拿身份证照片比对，研究了半天，又出招了，说，身份证照片你的姿势是这样的，你现在做个这样的姿势再试试。

我做了个骄傲的小公鸡的姿势，挺胸，昂头，下巴往上抬，把曾阿姨笑得眼泪鼻涕都挂下来了。

我一边做姿势，一边问，匹了吧，匹了吧。

还是不匹。

工作人员拿我没办法了，他又不能赶我出去，他们的工作态度，真是好到没话说，我老是不匹配，我都觉得对不住他们。

这个工作人员本来以为他自己能搞定，现在搞不定，他又去叫来另一个工作人员，他们互相使了个眼色，就对曾阿姨说，阿姨，能不能请你先回避一下。

曾阿姨早已经笑得没有了原则，好的好的哦哈哈哈哈。她一边笑一边走到工作人员指定的另一间屋子里去回避了。

这边两个工作人员围着我，态度依然很和蔼，但是我分明感觉出他们要搞我了，我似乎有点心虚。

我心虚什么呢。

难道我真的不是我？

难说哦。

工作人员问我的第一个问题，你夫人叫什么名字？

我"啊哈"一声笑喷出来了。我想不到自己居然也像曾阿姨一样，笑点变得这么低、这么浅，好贱哦。

我笑，工作人员并不笑，他们很认真，他们又语气严正地说了一遍，请你说出你夫人的名字。

他们很认真。何况他们是为我的事情在认真，我怎么好意思再跟他们搞笑，可是，他们问出这样的问题，当我二五还是三八呢，我老婆的名字不就在我的嘴边吗？所以我当然脱口而出：我老婆曾阿姨。

工作人员疑惑地皱着眉，又重新看了一眼曾阿姨的身份证，立刻指出，你再想想，你确定你夫人叫这个名字吗？

我顿时反应过来了，一反应过来，我又忍俊不禁了，我又笑了，啊哈哈，啊哈哈，笑煞人了，曾阿姨。

工作人员也反应过来"曾阿姨"是什么，肯定不是我老婆的名字叫"阿姨"，他们认真地对我说，别开玩笑了，你夫人的正式名字到底叫什么？他扬了扬我老婆的身份证，并不给我看，只是说，你夫人，身份证上的名字？

我一张嘴，我肯定应该脱口而出的，可是曾阿姨的名字到了我嘴边，却消失了，我怎么也想不起来了，满脑子里只有"曾阿姨"。

工作人员的态度开始起变化了，我心想，坏了坏了，我连自己老婆的名字都说不出来，我还会是我吗？

我感觉这样下去肯定会出问题的，所以我也认了真，我认真地赶紧地想呀想呀，哈，终于让我给想起来了，曾优美。

工作人员也不说对还是错。他们换了一个问题，那你岳父呢，你岳父叫什么名字？

我被难住了。

老家伙的脸一直我眼前晃动，可我怎么就想不起他的名字了呢，想了半天，灵感突然而至，我激动得说，我想起来了，他姓曾！

曾什么？

曾什么我实在想不起来了。

因为当年我们的孩子一出生，他的名字就是"外公"，这"外公"都叫了二十多年，哪里还记得他的原名、真名。

现在，工作人员觉得他们已经基本判断出来了，从他们的眼神中，我看出了他们对我的鄙视和怀疑。

我很心虚，我感觉自己是个第三者。

甚至，是个骗子。

为了排除我的这种不祥的感觉，我和工作人员据理力争，我说，你们用脚趾头想想就知道，我如果不是曾阿姨的男人，我敢如此明目张胆地过来冒充吗？

我自己都想好了该怎么反驳我。

冒充一个男人算什么，有人冒充乾隆还得逞了呢。

呵呵。

现在这社会，真是五彩缤纷。

工作人员才不和我一般见识，他们都懒得和我辩论，他们已经无话可说了，因为，这事情进行不下去了。

我不是我，我怎么能委托别人替不是我的我办事呢。

曾阿姨已经从回避处放了出来，她知道我无论如何也无法匹配成功，她又想笑，工作人员阻止了她，严肃地对她说，阿姨，你别笑了，你难道不需要反省一下吗？

曾阿姨文化知识不够，听不太懂，说，反省？什么反省？

我是老师，我懂，我说，他们的意思，你生活作风有问题。

曾阿姨又要笑了，看起来她是要把几十年憋着的笑，统统干掉，她笑着说，你们的意思，艾老师不是艾老师，而是、而是我的、是我的，呵呵，是我的——

她还不好意思说出口呢，到底是老派人物，脸皮要紧，我替她说吧，我是你的第三者。

工作人员也笑了笑，说，我们没这么说啊。

我跟他们计较道，你们嘴上虽然没有这么说，但是你们明摆着不相信我是艾老师。

他们仍然态度和蔼，说，不是我不相信你，是机器不相信你。

我赶紧说，既然你们是相信我的，那委托书是你们办的，又不是机器办的，你们就办了吧。

他们立刻重新严肃起来，斩钉截铁地说，那不行，匹配不上，是绝对不可以办的。

我说，你们怎么这么死板，一点也不人性化，你们明明看出来我们是原配，就不能灵活一点？

工作人员耐心地告诉我，不是我们死板，是机器死板，我们是很人性化的，但是就算我们愿意帮你办，机器也不同意，你匹配度不达百分之五十，下面所有的程序操作，我们是搞不定的，全是机器搞定的。

我喷他们说，那要你们干什么呢？

工作人员说，因为现在机器还不会和你对话，所以还需要我们和你对话，告诉你为什么你不是你，告诉你为什么不能为你办理手续，以后等机器升级了，它会和你对话了，我们就不存在了。

就这样七扯八扯，磨了半天，还不行，我真有点毛躁了，我说，事情都是你们搞出来的，拍身份证照片也是你们搞的，现在你们说我不是我也是你们搞的。

工作人员并不因为我的态度不好而改变他们的态度，他们仍然和和气气地说，身份证照片不是我们搞的。

我简直无路可走了，我说，你的意思，我要想恢复我就是我，得从身份证的源头上去纠正，那就是要重新拍身份证照片，重办身份证？

工作人员说，这个我们不好说，也不好胡乱建议，这个事情不归我们管，

变　脸

我们只管匹配的事情，只要匹配上了，我们就给你办委托公证。

尽管他们语气平和，我的火气却终于冒起来了，我说，他娘的，老子不匹了，老子不干了。

曾阿姨又不明白了，她着急说，你什么意思，老子不干了，是什么意思，不买房了？

工作人员大概怕我和曾阿姨吵起来，赶紧劝说，别急别急，你们过几天再来试试。

我倒奇怪了，我说，难道过几天我就是我了。

工作人员说，以前倒是有过这样的先例，不过我们也不知道什么原因，反正那个人当天没有匹配上，过两天再来，咦，行了。

我说，那我说你们山寨，你们还不承认。

工作人员一点也不生气，还说，如果你觉得我们山寨，你可以去投诉。

我听出点意思来，他们好像在怂恿我投诉呢。

我才不上他们的当，我和曾阿姨回家了，换房子的事，我们等得起，反正也没到人生最关键的时候，说不定迟一点换反而比早一点换更合适呢？

谁知道呢？

反正我不想再去公证处证明我不是我了。

我毅然放弃换房子，也就不用证明我到底是不是我。可是过了不久，我又碰到事情了，躲也躲不过，换房子的事，可以暂时等一等，忍一忍，可是现在碰到的事情，是不能等、不能忍的。

我的手机被偷了。

手机可是比房子要紧多了，房子你可以今天不买明天买，今年不买明年买，手机你能吗？

我们聚会吧 范小青

当然不能。

手机已经是我们身上的一个最重要的组成部分，一个器官，不可以片刻分离的。所以我的手机刚刚被偷，我就发现了，因为它在我身上，是有温度、有脉动的，一失踪我立刻就能发现。我一发现手机没了，顿时浑身瘫软，感觉心脏要停跳了。那还了得。

我以最快的速度到了我家附近的手机营业厅，先挂失，以减少损失，仍然再用老号码办新手机。

你们懂的，问题又来了。

还是需要我的脸和身份证照片匹配。

只有匹配了，才能办理手机业务。

我坐到机器面前，让机器检查我是谁。

你们猜得到。

我仍然不是我。

我没有想到办手机和办公证一样严格，我气得不厚道了，我嘲笑营业员说，喔哟哟，就是办个手机而已，又不是买豪宅，又不是取巨款，你这么顶真有意思吗？

营业员说，不是我要顶真，是程序规定的，你不匹配，就办不了你的手机，现在都是实名制，你不是你身份证上的这个人，就不能办。

我说，你们这种程序，存心是捉弄人啊，你不知道人手机丢了有多着急吗？

她说，我怎么不知道，我比你还着急呢。

我一着急，打电话让我弟弟来帮我解决困难，我弟弟比我横，说不定他有他的办法。

变 脸

我弟弟迅速赶来，因为我电话里口气比较着急也比较愤慨，他以为谁欺负我了，见了我就问，人呢，狗日的人呢？一边还抻拳撸臂。

我指了指自己的鼻子说，人在这儿呢，可惜此人已经不是此人了。

等我说明了事由，我弟弟一身的劲没处去了，十分无趣地说，喔哟，就这事啊，无聊，拿我的身份证办就是了。

真是小事一桩。

可惜我弟弟没带身份证。

我们两兄弟面面相觑。

眼看一桩生意要泡汤，营业员也着急呀，她嘀咕说，匹什么配呀，是就是，不是就不是，有什么大不了的，办个手机而已。

原来她是我们一边的。

她的眼光渐渐暗淡下去了，她对我彻底失望了，她的眼睛从我的脸上挪开，挪到我弟弟那儿，就在那一瞬间，她忽然眼神闪亮，精神倍增，大声说，咦，咦，你，是你。

她把我弟弟的脸拉去和我的照片匹配，额的个神，匹配度百分之六十五。

够了够了，超过五十了，可以办了，营业员高兴地喊了起来，来来来，你挑一下手机，你看中哪一款？她喊我弟弟过去，一边显摆各式手机，一边又朝我弟弟看了几眼，说，你自己早一点来就不会这么麻烦了，非要找个人冒充，你看，搞到最后，还是得你自己来，你唬得了人眼，你唬不过鬼眼。

我不在乎她在把我弟弟当成我，反正我可以用我的名字办手机了，现在已经进入数据化时代，不用实名制办手机还真不方便。我只是没想到，

219

我弟弟的脸一出来，竟然就万事大吉了。

其实这事情想想也是奇怪，居然是用了我的名字和我弟弟的脸确认了我的存在。我对这件事表示怀疑，怎么我不是我，我弟弟倒成了我，荒唐。我问我弟弟，为什么你的脸能管我的用？我弟弟诡异一笑，指了指自己的耳朵，又指了指我的耳朵。

我看了看我的身份证照片，两个耳朵确实不太对称，右耳朵大，左耳朵小，小到只能看到一条边，难道刚才匹配拍照的时候，身体摆得有偏差，耳朵和耳朵对不起来了。

我不服的。难道一个人的相貌，是由耳朵决定的？难道只是因为耳朵没有摆对，我就不是我了？我想拿我的耳朵重试，营业员急了，说，不是你，不是你，你别捣乱了好不好，好不容易匹配上了，你再一捣乱，我今天唯一的一单生意也要被你搞掉了。

我弟弟也很配合她，责问我说，你什么意思，你不是要办手机吗？不是要用你的名字办手机吗？现在不是可以办了吗？你还出什么幺蛾子？你还想哪样？

我被他们教育了，想想也对，就不再计较了。我弟弟说得对，只要能办手机，谁的脸和谁的脸，都无所谓啦。

不过我也想到了一些连带的问题，我对我弟弟说，你虽然变成了我，不过你可不要睡到你嫂子的床上去哦。

我弟弟说，切，你以为曾阿姨很有样子呢。

他这是什么话，是不是说，如果曾阿姨有样子，他还真干？

呸。

我和我弟弟离开手机营业厅的时候，营业员在背后欢送我们，她说，

变　脸

慢走啊，艾老师。

我一听她喊我"艾老师"，顿时头皮一麻，我回头说，咦，你认得我？

营业员说，我当然认得你，你是艾老师，大名鼎鼎的，这条街上谁不认得你。

我气得说，那你假装不认得我，还为难我？

营业员说，艾老师，我可不敢为难你，但是我认得你是没有用的，系统不认得你，机器不认得你，我就办不了。

她说得真有理。

我办了新手机，号码还是老的，不算太麻烦，至少经济损失不算大，但是原先手机通讯录里存的号码都没有了，这有点费事，好在微信还是在的，我就在朋友圈里发了微信，我说，我的手机被偷了，请朋友们打我电话，或把手机号码发给我，好让我重新拥有手机通讯录。

于是朋友们纷纷来电来信，送号码还顺带安慰，有的还随手发个红包，真是谢谢了，我的手机通讯录重新又满起来了。当然，也有的朋友不认同我的要求，他们认为我在和他们开玩笑，而且是很无聊、很没有创意的玩笑，更有甚者，他们认为发朋友圈的那个人不是我，是一个骗子，盗了我的微信号。他们骂道，该死的骗子，又来这一套。

我还手贱，有事无事就把新手机拿来搞一搞，手一滑，同样的内容就发出去几遍。有一个奇葩，收到我三次求号码的信息，起念想了。我年轻时曾经追求过她，不过没有和她结婚的想法，只是玩玩的，结果她看到我的微信，跟我说，怎么，好马要吃回头草啦，你现在对我有想法啦。

总之，丢失手机的事情就这么过去了，有惊无险，有麻烦但不算大。

经过了这两件事情，我觉得挺有意思，因为我常常可以对别人说，喂，

221

你们注意了啊,我不是我了。人家说,那你是谁呢?我说,我分别可以是"我只是不知道我是谁,反正肯定不是我",我也可以是"我弟弟",所以大家都可以表示出对我的怀疑,别说我的那些一肚子坏水的同事,我的弟弟,我的子女,最后,甚至连曾阿姨,都话里话外,有意无意地表示出她的猜想。

我记得有一年你出去了好多天,大概有一两个月吧,你回来以后跟换了个人似的。

她这话什么意思,难道我出去后把我杀了,然后另一个我回来了?

我还记得有一次你乡下的表弟到我家来,喊你表叔,我们说他喊错了,他坚持说没有错,你不是他表哥,而是他表叔。

她这话又是什么意思,难道是我隐瞒了辈分和年纪,扮嫩,想干吗?

她又说,还有那天,你连我的名字都忘记了。

我还能说什么。

我只能说,如果我不是我,你岂不已经是二婚了,你太合算了,嘿嘿。

曾阿姨"呸"了我一口。

还好,反正我们早就分床而卧,不存在晚上可以验明正身的可能。

其实我们去委托公证时,曾阿姨还只是觉得好笑,但是随着时间推移,曾阿姨似乎对我越来越不信任,有事无事,她都离我远远的,有时候我偷偷观察她,发现她也一直偷偷地观察我,眼神又凌利又警觉,看得我浑身一哆嗦,吓出了一身冷汗。

我赶紧去照镜子,还好,我并没有发现自己有多大的变化,我才安逸了一些。

不过你们别以为我安逸下来又要去买卖房子,才不,不是我不想换新房子,因为我又碰到事情了。

变　脸

我要去银行取钱。

可你们会觉得奇怪，现在不都已经无纸化了吗，支付宝微信都行，最老土的就是刷银行卡了，难道还有比这更逊的吗？

有呀。我家儿子相亲了，得带上彩礼呀，什么东西你都可以拿手机支付，彩礼你能吗？不能吧。你看到亲家就把手机朝他（她）面前一竖说，你扫我还是我扫你？喊。

还是带上现钱比较靠谱一点。

我带上银行卡和身份证，到了银行，才发现银行变样了，从玻璃门往里看，里边一个人也没有，我以为银行今天休息呢，那门却自动打开了，我走进去一看，确实是没有人，连个保安也没有，我东张西望，感觉十分心虚，好像我是进来干坏事的，忽然看不见保安了，心里还真不踏实。

就在我左顾右盼的时候，我面前的一台机器突然说话了，把我吓了一跳，赶紧听它说，欢迎光临。取款请按1，存款请按2，办理挂失请按3，还有什么什么请按4、5、6、7、8、9、10。

我心想，我就是取个款，听它那么多干吗，我按了个1，按照机器的指示，我把银行卡塞进去，输入了要取的数额，又输入密码，但等那红色的大票哗啦啦地吐出来，结果机器并没有吐钱出来，它又说话了，信息核对有误，请重新核对信息。

我说，难道我的脸又不行了，可是不对呀，我明明是刷了脸进来的，怎么到了取款机这边，脸又不对了呢？

机器说，请重新核对信息。

我气得说，你个蠢货，什么也不懂。

机器说，请重新核对信息。

我正没有办法对付这蠢货，旁边突然冒出一个人来，他必定也是刷了脸进来的，他站到我的取款机前，脸一伸，钱就哗啦啦地吐出来了，他收起厚厚的一叠钱，也不数，回头朝我笑笑。

我蒙了一会，才发现他取走了我的钱，我赶紧对着取款机大喊，不对不对，是我，是我，你看清楚了，我是我，他取走的是我的钱！

机器说，欢迎下次光临。

我想找人帮忙，可是没有人呀，连个鬼也没有，我急得大喊起来：打劫啦，打劫啦，快来人哪，打劫啦！

曾阿姨推醒了我，一脸瞧不起的样子，说，你也不嫌累得慌，睡个午觉，还做梦，你要打劫谁呢。

我一下子清醒过来，吓出了一身冷汗，我拍着胸脯说，还好，还好，是个梦。我把可怕的梦境告诉了曾阿姨，曾阿姨冷笑一声说，恭喜你，你的梦已经实现了。

曾阿姨把手机竖到我眼前，我看到一条惊人的标题：巨变！巨变！银行巨变——无人银行正式开业！

我家就在岸上住

有一天,我落魄地来到了另一个城市,用最后的一点钱租了一个简单的住处。更确切地说,是租了一张床,因为只有这一张床是属于我自己使用的,其他的东西,比如厨房、厕所、桌椅,甚至包括衣柜,都是大家共用的。

不然我还想怎样?

然后我开始找工作了。

我到网上看了一下,招外卖送餐员的很多,也有的公司称之为"骑手"。骑手两个字让人有点兴奋,当然,更关键的是"八千包住,提供车辆",或者"一万元打底",等等,这些内容更实在,还有"学历不限,经验不限",这个不限,那个不限,这也让人踏实。

真的踏实吗?你傻呀。

现在的骗局和套路,层出不穷,防不胜防,我算老几,我能防得了吗?

但是我得硬着头皮试试,因为我的当务之急就是找一个饭碗,让自己活下去。

我是做好了充分的思想准备的,根据他们的要求,先微聊对方的接头人,那边问了我几岁,想不想赚钱,会不会用智能手机三个问题,我的就业问题就OK了。

我想怎么这么简单就OK了呢,我小心地说,你们那上面没有写清楚报名费是多少,对方说,不收。我说。那你们也没有说明保证金要多少。对方说。不收。

我有点小小的意外,然后我想又出了一个,那,押金呢?

不收。

那——

不收。

什么也不要?

那他要什么呢?

他真的什么也没要,他不仅什么也没要,他还问了我要不要。

你要交五险一金吗?

你可以拿饭补哦,还有话补给你哦,如果不能做到公司承诺的就近派单,还有交补哦。

就这样揣着一肚子的怀疑,我就骑着老板的车上路了。

我加入的这个外卖公司,生意红火,骑手的车都是统一的,一律用东家提供的黑色的长得像变形金刚的炫酷电动车,开出一辆你也许不觉得有啥,开出一队来,你试试,亮瞎你眼。

别以为这就有多拽。别的搞外卖的东家,还有更拽的呢,我就不说了,也不去想了,我若想多了,我就会动心,我在我的东家这儿还没干出点模样我就要跳槽了。

所以,你是不是看出来,外卖真是个好营生,朝阳产业呀,人家都

我家就在岸上住

在下岗丢饭碗，送外卖的却越来越多。

满大街都是外卖小哥，现在连"语不惊人誓不休，事不吓人决不报"的新媒体，也是一口一个小哥喊得亲。

外卖小哥，等电梯等哭了。

外卖小哥，寒风中等候客户两个小时。

外卖小哥，咋的了咋的了。

厉害了，我的小哥。

那是说的别人，我可没啥厉害的，至于我为什么要选择做外卖小哥，我只能简单一说了，我家里原来是有点条件的，原来我也是可以有一点养尊处优的。具体是什么条件，有哪些尊和优了，不说也罢，说出来伤自己的心。总之我的家境发生了变化，我不得不离开我家，避开伤心之地，到另一个地方来送外卖了。这样说出来，就简单多了。

都已经混到送外卖了，还那么复杂干啥哩。

我送外卖时间不长，就接了一单，离我住的地方不远，属于就近派单。叫外卖那主，如你们所猜，是个女生，长得不丑，人也挺机灵，眼睛蛮凶，一看我的样子，就说，哟，你看上去可不像个送外卖的。

我说，我刚开始做，时间长一点，就像了。

她说，哦，是新骑手，那你没搞错我点的单吧。仔细打开看了一下，还好，没搞错。

这女孩叫外卖叫得勤，三天两头的我就会和她见一面，没多久，我们就有一种要勾搭的意思了。

我一个送外卖的，你以为我配得上她吗？

还可以吧。

227

她和几个女的合租在一个旧小区，没有电梯，我得爬上楼给她送外卖。我以前缺少锻炼，每次都爬得气喘吁吁。

难道是这一点打动了她。

我不知道。我只知道我们好上了，可惜的是我们没有自己的独立空间，只能到公园或电影院去干些卿卿我我的事情。

有一次特别激动，动作和声音比较大，影响了旁人，受到了批评，我忍不住对她说，唉，其实我们家，从前有好多空房间的。

她并没有停止动作，只是顺便"哼"了一声，我当然听出了她的"哼"外之意，她不会相信我的。

后来有一次，我们经过太阳百货大门，看到里边灯火辉煌，奢侈品闪耀着太阳般的光芒，实在太厉害了，别说我女友，就算是我，也闭上了眼睛。

我虽然闭上了眼睛，可是我心不甘呀，我说，其实从前，我姐姐有好多个这样的包包。

我女友嘲笑我说，有好多个？那送我一个如何？

我这是自找没趣，自打耳光呵。

不知道是不是因为我一心想着家里从前的风光，我家的风光它真的又回来了，也就是说，我爸没事了，我家的财产也没有受到任何损失，它们只是被冻结了一段时间，现在它们又回来了。

别以为我在骗你们，难道世界上就没有这样的事情吗？即使世界上真没有，电视剧里也会有的嘛。

我不敢马上就告诉我女友，我怕惊着了她。主要是因为从我们结识以来，虽然过从甚密，亲热有余，但我一直还没有吃透她，不知道她到底是个什么女，我不敢贸然行动。

如果她是个物质女,一听说我是个富二代,保不准她会狂喜至疯;如果她是个神经女,一听说我是个富二代,她也许拔腿就跑了。

我得一点一点地向她渗透,起先我说,亲,真的,我们家从前还是可以的。

她说,哦,我们家从前也还可以的,我爸还当过兵民队长。

我听了总觉得哪里不太对,想了一下,我知道了,我说,是民兵队长吧?

她说,好吧,就算是民兵队长吧,不过,呵呵,我也不知道民兵队长是个啥。

我换个角度启发她,我说,其实,人生都会有波折的,有时候顺境,有时候逆境。

她配合我说,是呀,你送外卖碰到好天气,就算是顺了,碰到恶劣天气,那肯定是逆了。

真没想象力。

我再找一个不同的侧面,我说,我呀,就是那种奢华的低调。

这回她连笑都没笑,她说,只听说过低调的奢华,没听说过还有奢华的低调,你真幽默哎。

慢慢地我知道了,这样轻描淡写、旁敲侧击,她永远都不会相信我的话,所以我得加强一点语气,我直截了当地说,真的,我不骗你,我爸他恢复了。

她朝我看看,说,啊,你爸原来是植物人啊?

这回够有想象力了,简直超想象了。是不是因为送外卖的那个我,整天愁眉苦脸、就像老爸躺在床上等死呢。

我摸了摸自己的脸,没感觉。

她就朝我怀里拱,一边拱一边发嗲说,喔哟,你干吗这样呀,你干吗

我们聚会吧　范小青

专拣人家可望而不可即的东西说呀。

她倒蛮会使用成语的，看起来还有点学问哦。不浅薄。

我再又说，亲，你难道不希望我是一个有钱人，不希望我的家庭是个富有的家庭吗？

我女友又神回答说，哦，要是那样，你就不是你，我也不是我了。

咦，她不仅会使用成语，还会哲人哲语，连我都听不太懂。

总之无论我怎么说，明说还是暗示，她都以为我在和她调情。

我只得暂时打消说服她相信我的念头。我其实可以马上中止我的骑手生涯，立刻就回家去，但是因为先前的变故太重大，太吓人，我被吓坏了，到现在还十分后怕，还不敢完全相信，我得先稳一稳再说。

我又送了几天外卖，我家里催我了，说一切已经如常了，我也觉得自己差不多稳住了，我得订机票了，所以我也必须得和我女友摊牌了，因为一旦我不干了，下次送外卖的就不是我了，万一她不仅是对我，而是对所有外卖小哥都情有独钟，我岂不是竹篮打水了。

我正式地把她请到茶室。正式谈事情了，必须到正规的地方，这是对的吧，总不能两个人站在大街上谈这么重要的事情吧。

我说，你喝什么？

我女友嘻嘻笑说，你还当真了。

她还是不相信我。连我请她喝个茶她都觉得怪异、不可接受。

喝茶可以不接受，但她必须接受我是谁。

我说，你要是不想喝茶，我们就不喝，我们到对面商场，我给你买LV。

LV总算让她有了一点不同的反应，我看到她下眼皮那儿抽动了一下，左边的眉毛也跳了一跳，但是随即她又笑了起来，说，我知道，你是逗我开心，我知道，你是个好人，你想让我开心。

她还是不相信我。

我说，你为什么不相信我？

她说，哎哟，你不要捉弄我了好不好，捉弄我你有意思吗？

我说，我不是捉弄你，我们现在就去买包。

她坐着不动，看着我，笑眯眯的，她真有话说，她又说，你要不要这样考验我啥？你觉得这样考验我有意思吗？

她想得真多。

我说，就算我是考验你吧——我没有其他办法，只有对面的商场，所以我又伸出手指了指对面，说，你跟我走，看看怎么考验。

她不跟我走。她继续坐在那儿朝我笑，说，你真考验我？我们之间，到考验的时候了吗？我怎么觉得还没到时候呢，我们还在正常相处，我们只是作为普通朋友在交往，你犯不着早早地就这么用心思哈。

我一下子语塞了。

她又乘胜追击说，就算到了时候，就算到了可以考验的时候，到了该考验的时候，你也别用这种办法考验我呀，不行的，你这种手段的考验，我经不起的。

我实在没办法让她相信我，我只好豁出去了，我说，好吧，你实在不相信我，有个人你总听说过吧？

谁？

李长江。

李长江？这名字好耳熟啊，咦，呀，哦，我想起来了，不就是那个首富吗，做物流的。

他是我爸。

她终于张口结舌了。不过我看得出来，她并没有服气，她眼珠子飞快地转动，然后，有了，她笑道，李长江，那是姓李哎，可是你姓王哎，难道你是隔壁老王生的？

我说，我家里出事后，我改了姓，跟我妈了。

她已经恢复了正常，说，那是，都会这么说的。

我不解说，谁都会这么说？

她跟我兜圈子，你说呢？

我有点急躁了，我说，要我怎么说，你才相信我呢？

她不直接回答我，却换了个角度说，那，你和别人，比如，你的同事，那些骑手，说过你家的事吗？

我说过呀。

他们相信吗？

不相信。

他们怎么说呢？

我想了想，他们的说法可多了，有的认为我就是吹牛，自我满足一下，有的说我想太多了，失心疯了，也有的从此和我离得远了，以为我是个骗子。

哦，哦。

我女友似乎对她自己的那个"哦"很感兴趣，又连连地"哦"了几"哦"，最后"哦"得自己也笑了起来，说，走吧走吧，我们去一个地方。

我且跟着她走，我们到了一个叫"真我驿站"的地方，我不知道这个"真我驿站"是什么意思，我女友说，我一个闺密，在这儿做护士。

我奇怪说，护士？那这是医院吗？

我女友说，也可以算吧，不过准确地说，是心理咨询的地方。

哦，原来她认为我心理出问题了，要带我看心理医生，她还蛮时尚的，像个有钱人。

我们进去的时候，医生挺忙的，我们还排队等了一会，轮到我们时，医生朝我俩看看，问：谁？

我没反应过来，我女友指了指我说，他。

医生说，那你说说。

我女友就开始说我了，她说我明明就是一个外卖小哥，但非说自己的爸爸是谁谁谁，我怎么开导他，他也这么坚持，医生，这算不算心理有问题？

医生朝我笑笑，说，我先问几个问题测试一下吧。

我胸有成竹，我说好，医生你问，你尽管问。

医生说，一，你还记得你小时候，父亲打过你吗？

我说，我小时候养尊处优，一个保姆，一个家庭教师，围着我，我父亲别说打我，他想看我一眼，都得把她们支开，可是她们刚走开，又过来了，她们很负责任的，她们不放心我呀。

医生面无表情，记下笔记，又说，第二个问题，你高中上的是哪一所学校？

这也算是心理问题吗，我虽然不怎么瞧得起他，也不怎么想理睬他，但是看在我女友的面上，我还是如实回答了，我初三的时候，我父亲就把我送到英国上学了。不过，我学习不努力，英语不怎么样，只学会了一些生活用词，好在，我回国后，不用英语日子也好过。

医生又认真地记了笔记，再问了第三个问题，你经常做梦吗？

这个问题也太 low 了，我不想回答了，我反过来问医生，你是在哪里学的心理学，是自觉成才吗？

医生回头对我女友说，他确实是比较有想象力的。

我女友担忧地说，医生，他不会是妄想症吧？

医生安慰她说，别担心，妄想症不可怕的，如果是轻微的，更不碍事，现代社会，许多人多少都有一点，不算不正常，只要不让他继续发展、加重、恶化，应该问题不大，也不会影响正常生活和工作。

我还想跟医生解释或者对质什么，但我女友已经放心了，挽着我就出来了，说，没事了，没事了，妄想症，我也有的，有时候我也会觉得我是马爸爸的女儿，没事的，你放心好了。

我们一起回到她的住处，她的合租者都已经下班回来了，屋里既杂乱，又寒碜，我心疼她，忍不住说，你搬出去吧，至少单独租个房。

她的合租者听到我的话，就嘻嘻哈哈起来，我女友有点难为情，揉了我一把，说，别出我洋相啦。

她把我拉进她的那屋，关上门，但我们能够听到合租者在议论我们，说，听说那个人自称是谁的儿子，不会是真的吧？

另一个夸张地说，呵呵，你别吓我噢，我胆小。

也有一个表示怀疑的，说，假的就是假的，早晚要戳穿，戳穿了咋办？他傻呀。

还有一个有经验地说，套路罢了。

再一个也笑道，花式泡妞法。

说，吊到手就不是谁谁谁的儿子了。

我女友显然受到她们的影响，不太放心我，朝我看看，说，我认识你的时候，你就是个外卖小哥，我又没有嫌弃你，你为什么非要编这种故事？

我家就在岸上住

　　我马上就可以理直气壮地回答她，我可以拿出证据，使出撒手锏了，但恰好她的手机响了，是她母亲打来的。

　　她捂着手机跟母亲说话，其实既然是当着我的面，捂着手机和不捂手机是一样的，她的每句话我都能听见。所以很快我就判断出她母亲在问她谈对象的事情，她说，哪里啦，妈，你听谁嚼舌头的，不可能的，你还不相信你女儿的眼光，你别瞎操心啦，什么什么什么。

　　总之，虽然我听不到她母亲在说什么，但是从她的回答中，我知道她母亲在担心，担心什么呢，肯定是我啦。

　　事实正是这样，她挂了电话，对我说，我妈，不知从哪里听说了你的事情。

　　我说，我什么事情？

　　她笑道，还能有什么事情，谁谁谁的儿子吧。

　　我说，是呀，那怎么啦。

　　她说，所以我妈担心了，叫我小心骗子。她又笑了笑，再说，放心啦，我不会当你是骗子的，只不过，你也不要再说什么李长江、王长江了，你想想，你再看看，不光是我，你周围的人，我周围的人，所有的人，有谁相信你，你还逞什么能呢？

　　我当然要逞能，因为我是真的呀。他们都以为我是假的，但我是真的，这个太好证明了。

　　我拿出了证明，我的身份证，那上面我姓李。

　　她先是看我的身份证，对照那上面的照片和我的脸，看来看去，越看越像，不由怀疑得说，是蛮像的呀。

　　我说，本来就是我嘛。

我们聚会吧 范小青

我又拿出我的手机，给她看我妈发给我的微信，有一封信上我妈说，李重星，生意不等人，你再不回来，副总裁的位置你爸要另外物色人了。

我女友的脸色渐渐有点异常，我小心地说，你不会怀疑，这是我让别人做的假微信吧，你不会怀疑这个"老妈"不是我的真妈、亲妈吧？

她不再说话，也没有了态度，但是她的脸色越来越苍白，她捧着我的手机似乎不知道怎么办了。我赶紧说，你可以看我的手机里边的任何内容，我对你不保密，你看了，你就相信我了。

她还真的看了。

她应该知道我是真的了。

她似乎有点坐立不安，对我说，你送我回去休息吧，我累了。

我不知道她是什么意思，但我也不敢违抗她的意思。送她回去后，我就去做我该做的事情，比如向公司辞职结账，比如退租，比如把以后用不着的东西送人，等等。

我做着这些事情的时候，心里还是有点忐忑的，因为我还不知道我女友的态度，她会不会一下子就消失了呢。

我只有耐心地等待。

十分幸运，我等的时候不长，我女友重新出现了，她出现后，没有像往常那样先扑到我怀里亲一口，却是正襟危坐，两眼直盯着我，跟我确认，你爸李长江？

我说是。

你妈王霞云？

我说是。

你姐姐李重月？

236

是的。

你是李重星？

是的。

你爸的公司是"潮物流"。

是的。

你们企业总部在北京，但是你家不是北京人？

是的，我们老家河南。

你爸从一个邮递员，一步一步发展起来。

是的。

你爸原名不叫李长江，叫李根宝。

是的。

你爸什么什么什么，你家什么什么什么，潮物流什么什么什么。

真的难以想象，在这么短的时间内，她竟然积累了有关我们家和我们家的企业的这么多的细节和问题。

终于，她停顿了一下，喝了一口水，我也终于可以松一口气、歇一下了。说真的，我被她问得心里直发慌、发虚，好像我是假的，好像我快要被戳穿了似的。

因为心虚，我忍不住把她的一连串的确认重新想了一遍，想着想着，我真的有点惶恐了，因为我觉得这些问题好像越来越不真实，我爸真的是李长江吗？当然真的是，可是我怎么会有不确定、不踏实的感觉呢。

万一不是真的呢。

我不敢再往下想了。

我女友问过这许许多多关于我家庭的问题以后，她终于恢复了正常，一恢复正常，她就已经变被动为主动了。

她拿出了一叠从网上打印下来的东西，一张张地摊到我面前，说，李重星，网上真的什么都有，有你爸的照片，你妈的照片，还有你姐的照片，但是为什么没有你的照片，当然，虽然没有你的照片，但是一看就知道你们是一家人，你们长得多像啊。

她又说，网上说，你家的总资产有多少多少。

网上说，你家有多少多少辆豪车。

网上说，你爸的员工有多少多少。

网上说，什么什么什么。

她在那里只管网上说，我已经饿得肚子咕咕叫了，我不得打断她说，要不，我们找个地方先吃饭，边吃边聊。

她两眼瞪着我，不解地说，吃饭？吃什么饭？忽然回过神来了，又说，哎，我看到网上有个文章说，你们家做菜的厨子，是川菜大厨。

她这样一说，我更饿了，我索性站了起来，说，你喜欢川菜？我们去川菜馆。我赶紧先拿手机查一下，看附近有没有川菜馆，还真有，不远，不需要叫车，我们走着过去。

我们手拉着手，一边走，她一边说，这是真的吧，我不是在做梦吧？我不是在看韩剧吧，据说有个女的，天天看韩剧，最后自己真的变成了剧中人，不会就是我吧？

我说，我可不希望你变成剧中人，那样我就拉不到你的手了。

我女友已经在进行她的第三部曲了，她先是"确认"，然后到"网上"，现在她又从"网上"下来了，奏起了畅想曲。

你们一家人吃饭的时候，都说些什么呢？

我家就在岸上住

你们家有几个佣人呢？

你们每年出去旅行几次呀？

你去过多少国家呀？

你们家里人说话，是说普通话吗？

你们家院子里种什么花呀？

什么什么什么。

我无法一一回答，不是我不想回答，而是她的问题实在太多，太细、太琐碎，太不是重点，我平时从来不关心这些，所以一时难以作答。

好在我女友并不是真的要求我一一作答，其实她只是在自问自答，后来她还意犹未尽，又开始新的畅想。

你爸有女秘书吗？

你姐为什么离婚呀？

你妈看上去这么年轻，是去韩国整容的吗？

什么什么什么。

说实在的，我越听，越觉得陌生，越听，越有一种隔离感，她所说的，这是我家吗？

因为是步行，我们恰好经过了"真我驿站"，我想起那天来的时候，医生对我的误解，我说，事实证明了那个医生是错的。

我女友说，我们进去，告诉医生，我们是真的。

一进去，还没等我说话，我女友就抢先了，她说了有关我的家庭的几乎所有的事情，医生很耐心，听了半天，没吱声，最后他把我女友支开了，问我，她是你女友？

我说是。

239

医生严肃地对我说，你要小心了，她这是妄想症的典型征兆，而且不轻哦。

我说医生你搞错了，她说的都是真的。

医生说，你被她迷惑了，妄想症的迷惑性是很大的。

我说，不是的，她说的并不是她自己，而是我和我家的事情，我可以证明的。

医生笑了笑，说，这种情况我们也常见的，可以称之为"被完成式"，你想想，她说的一些事情，你原来并不知道吧？

我被医生一提醒，细想了想，倒真是的，尤其是"网上"的东西和她自己畅想的那些，我之前确实不是太清楚。

医生说，严格地说，是她提供的许多细节，让你完成了你自己，完成了你的"我"塑造。这是常见的也是典型的双向病例。

医生这话我决不能同意，明明我爸真的是李长江，我真的是李重星，为什么说是别人帮我完成的呢。

我女友也对医生生了气，拉着我就走了出来，边走边说，还心理医生呢，我看他的才有心理疾病。

走在回去的路上，我脑子里一直回想着医生的话，这些话起先确实让我生气，但是渐渐的，它们让我心里隐隐约约起了变化，甚至起了怀疑。

后来我越想越害怕，害怕这一切都是假的，害怕"我"是我女友塑造出来的我，为了证明这一切都是真的，我还是赶紧回家吧。

我终于回家了，可我回家一看，大事不妙，果然一切都是假的，我爸根本就不是什么李长江，他只是一个普通的邮递员，都快退休了，还骑着自行车送信，一辈子都没进步。而我妈的脸上，布满了皱纹，怎么可能去韩国整容嘛。至于我姐,我都没有看见她,我问我妈,我妈惊愕地说,你姐?哪来的你姐?

我受到了惊吓,大叫大喊,不对不对,这不对。

我惊醒过来了。

还好,原来是个梦。

虽然梦醒了,但是我被它吓着了,我不敢回去了。

因为我真的不知道我会回到怎么样的一个世界里。

我们聚会吧·范小青

角 色

我在火车站工作。

不过我不穿制服，不是那种正式的可以领工资的铁路职工。那么我是哪一种铁路工作人员呢，你们慢慢往下看，如果有耐心，你们能够看到的。

每天我都守在车站的出口处，我的眼睛快速扫描刚下火车的乘客，主要针对中老年妇女。

比如，我看到一个大妈拿着手机打电话，说，阿妹啊，我到了——哦，哦，我晓得我晓得，你不走开，你朋友来接我，我在这里等，我不走开。

我已经判断出来。

我走上前说，阿姨，我是您女儿的朋友，她有重要会议走不开，让我来接您的。

大妈笑得合不拢嘴，啊呀呀，啊呀呀，我刚刚还在跟我女儿讲呢，原来你已经到了。

我说，是呀，我原来以为我要接一个很老的老太太的，没想到阿姨您还这么年轻。

角 色

　　大妈被我的迷魂汤一灌，更是晕头转向了。我接过她的行李，你们别以为我想抢她的行李，那你们也太小瞧我了，说心里话，我还瞧不上她呢，那里边无非几件换洗衣服，一堆不值钱的土特产。

　　我背着大妈的行李，一边还搀扶着她老人家，像个孙子似的孝顺，我说，阿姨啊，您这回来，得多住一阵吧。

　　大妈说，不行哎，我最多只能住一个星期，我老头子在家，离开我他不会过日子的。

　　我说，哎呀，阿姨，您一个星期就要走啊，太匆忙了，那您车票预订了没有，现在票可难买了，不预先订好的话，到时候走不成的。

　　如我设计的走向，大妈开始有点着急了，说，哎呀，阿妹没有跟我说呀，她大概想多留我几天呀，可是我真的不能多留呀。

　　我知道时机基本成熟，就说，阿姨，要不这样，我们先到售票处，帮你买好回去的票，这样就定心了。

　　大妈自然是相信我的，我们一起到售票处，里边人山人海，大妈被挤得站不住，我说，阿姨，您别被挤倒了，您在外面等，我进去找个熟人插插队，一会儿就买到了。

　　大妈把买车票的钱交给我，我就进售票处了。

　　当然，你们早就知道，我再也没有出现在大妈面前。

　　你们觉得我是个骗子？

　　还是先别急着下结论，往下看吧。

　　大妈女儿的朋友在车站找了大半天，才找到了她。可是大妈看到真的朋友，不敢相信他了，站着死活不肯动，女儿的朋友急了，给她打电话，女儿在电话里证实了这是个真的，大妈还是不放心，要他把身份证拿出来

243

看看，那个朋友说，阿姨，其实身份证也有假的。

大妈却相信身份证，她看了身份证以后，决定跟他走了，一边懊悔不迭地说，唉，刚才就是忘了看那个人的身份证，被他骗了。

她女儿的朋友安慰她说，阿姨，别懊恼啦，还好损失不算大。

他们说话的时候，我已经物色到了新的目标。

也是一个大妈。

现在大妈真多。

真好。

你们看出来了，你们一定十分的不屑，我的套路很低级，水平很一般。

但是，上钩的却不少。

连我自己也想不通。

我对大妈说，我是您儿子的朋友，他忙，走不开，让我来接您，他和您说了吧。

当然是说好了的。

我技术水平不高，不敢冒太大的险。

大妈说，是的是的，我知道的，我看到你走过来，就猜是你。

大妈真聪明。

我开始套路，阿姨，您这回来看儿子，得多住一阵吧。

大妈说，这回来，我不走了，反正在老家也是一个人，儿子让我往后就跟着他了。

哟，难得有这么个孝子，得成全他。

大妈没有按我的 A 计划走，不急，我有 B 计划。我说，阿姨，咱们出站上车吧。

角 色

到了车前，司机下车来迎接，也喊了阿姨。你们知道的，这是我助理。至于车是从哪里来的，你们随便想象一下就行。

如你们所料，车开到一半，抛锚了，恰好修车铺旁边有个茶室，我陪大妈去茶室，喝茶聊天，司机去修车，过了一会，司机找来了，说这个车铺太老土，居然不能用支付宝和微信支付，他身上又没带现金。当然，我身上也没有现金。

但是，大妈身上肯定有现金嘛。

不用说，我又得逞了。

如果这一招也没管用，我还有的是办法，比如，我曾经让大妈相信，她儿子和儿媳妇吵架了，母亲暂时不能住回家，请朋友帮忙安排了宾馆住下。

陪着眼泪汪汪的大妈，我们一起到宾馆，下面的事情就好办多了。

再比如，我曾经告诉大妈，他儿子不来接她，是因为孙子得重病在医院抢救，儿子怕她担心，没敢告诉她，下午就要手术，现在钱还没凑齐，正在急筹，所以不能来接她了。

毫无疑问，我又能得手。

我实在太缺德。

但是等到大妈见到了安然无恙幸福快乐的儿子和孙子，她就不会记恨我了，她会把我忘了，她会感恩，她会想，哎哟，老天有眼，生活真美好。

可是我呢，我会遭报应的。

混到现在还是个骗子，这不是报应是什么。

有时候如果大妈比较缺少，我在无奈之下，也去物色老头，但是老头大多是死脑筋，死脑筋反而不好对付，比如，有个老头不满儿子不来接他，赌气，坚决不跟我走，可我的时间很有限，我可钻的空子，只有那么几分钟，

245

因为真正的儿子或儿子的朋友，很快就会出现，我必须得在这短短的时间内，搞定一切。如果老头固执僵持，我也只能放弃他。

有个老头也挺奇葩，他说，他没有儿子，只有女儿，可我明明听他在电话里喊土根，难道他女儿的名字叫土根。老头狡黠地说，这是我们的暗号，你们外人不懂的。

我至今没有想明白，什么叫暗号土根。

那一次有惊无险，老头只是嘲笑了我，并没有把我扭送到派出所。

其实我也不怕派出所，所以我还有心情去撩他，我说，大伯，既然你知道我冒充了别人来接你，你为啥不揭发我哩？

老头说，我为什么要揭发你，我谢谢你还来不及呢，现在哪有你这样的活雷锋呀，明明不是我儿子，还要冒充我儿子来接我。

我真不知道老头是在讽刺我，还是夸赞我。

今天我又到高铁站，我又接到了一个我喜欢的大妈。

一切都在我的计划中，我们且往前走吧。

这个大妈有所不同，她一见了我，还没等我和她套上近乎，问她买返程票的事情，她就主动告诉我，她要去买好返程票，请我帮帮她。我真是大喜过望。

可是接下来的事情似乎有了点意外的麻烦，因为她紧接着又告诉我，她现在买不了票，她的钱包在火车上被偷了，身份证也没了。

没有身份证是不能买车票的，大妈有点着急。

这是我老混子碰到的新问题，一时间我忽然明白过来，A、B、C、D计划已经不管用了，我得重新调整甚至制定新计划。

大妈见我有点发愣，她笑了笑，说，小伙子，看起来你没摊上过这样

角　色

的事情，没事的没事的，车上的人已经告诉我了，下车后先去办一张临时身份证。

我立刻感觉机会来了，我说，阿姨，那您在这儿等吧，我替您去办。

大妈奇怪地看着我，愣了一会说，我不去可以吗，好像不可以吧，我的身份证应该要拍我本人的照片呀。

我赶紧圆回来说，阿姨，我见您着急，想去搞一张假的来，那个来得快，真要办一张真的身份证，哪怕是临时的，也很麻烦的。但是我知道错了，我还是陪您亲自去吧。

大妈说，你带我到哪里去？

我说，派出所呀

派出所比较远，要走好一段路，我相信路上我会有机会的。

可是大妈又笑了，说，小伙子哎，看起来你就是一直坐办公室的那种，不经常到火车站这种地方来吧，你都不知道现在火车站售票大厅那里，有专门办临时证件的窗口吗？

我怎么不知道，火车站有什么是我不知道的，问题是我到那个制证处去的机会太少嘛，我的职业又不是倒卖身份证。我奇怪大妈怎么知道得这么清楚，我得有点警觉心了，我说，阿姨，看起来您是经常坐火车的啦。

大妈说，哪里呀，我这还是头一回来看儿子，是火车上的好心人告诉我的，他们还给我写了一张纸条，我要是搞不清，可以请火车站的好心人帮助我，我说不用的，我儿子会让朋友来帮我的。

大妈不等我问，就把纸条拿出来给我看，哇，写得可真详细。

我说，哟，好心人真是细心，太周到了。

大妈说，是呀，他们说，这样可以防范骗子，他们告诉我，火车站骗

247

子很多的，我说我没事，我儿子会来找我的，呵呵，你果然来了。

我的思路暂时闭塞了，既然人家在纸上都给她写得清清楚楚，大妈也认得字，我应变能力还不够强，不能及时面对新情况，暂时想不出新鲜的谎言，只好带着她到售票大厅。

在大厅的一侧，专门设立了一个办证的窗口，当然，你如果有经验，你就会知道，队伍最长的那个就是。

旅客丢失了身份证明，不能买票、无法坐车，不能自由行动了，可以来这里快速处理，现场拍照，现场解决问题，真是十分方便。当然我并不喜欢这种方便，处处方便了，我们就没有方便了。

至少我的一向以来严格执行的短平快行动计划，受到挫折了。

我伺候着大妈一起过来，一看这里的情形，果然人好多，排着很长的队，都是没了身份的人，又都是着急着赶路的人。

我着急呀，那个大妈儿子的真正的朋友，肯定已经到了出口处，他接不到阿姨，肯定会打电话给大妈的儿子，大妈的儿子，立刻会打电话给大妈，两通电话一打，我就显出原形了。

我急着去和前边的人商量，我们要赶车，时间来不及了，能不能让我们先办。人家说，你们要赶车，我们也要赶车，如果不是要赶车，谁到这里来人挤人，好玩呀？

大妈见我急，跟过来劝我说，小伙子，你别着急，我们就慢慢排队吧。

我说，阿姨，我不急，可是您儿子会急呀，他会怕您给骗子骗了去。

大妈一听，顿时笑了起来，她边笑边说，喔哟哟，笑死我了啥，我被骗子骗去，喔哟哟，我一个老太婆啥，骗子骗我去有什么用啥。

她还在那里啥了啥的，我这里已经心急如焚啦，我紧张地盯着大妈的

角 色

手机，就怕那个东西响起来。

我急得说，阿姨，您不理解您儿子的心情呀，如果等办到证，再买到返程票，再回去，这么长时间，他肯定会着急的嘛。

大妈想了想说，哦，对了，我知道了。

她拿着手机就给儿子打了电话，这正是我要的结果。

儿啊，我是你娘，你听出来了吧，你放心吧，接我的人已经找到我了，没事的——什么什么，他说没接到我，开什么玩笑，我出来他就接到我了，挺老实的小伙子，你尽管放心。

我从她的话语中判断出一些信息，我顿时紧张起来，那个大妈儿子的真朋友果然已经报信了，我正在考虑我是溜之大吉呢，还是继续观察？

真庆幸我还有机会。因为大妈挂断电话就对我说，哎哟，幸亏你提醒我，我打过去的时候，我儿子正要打我电话呢，你猜怎么，居然有个人，说没接到我，什么人呀，哦，我知道了，骗子，肯定是骗子，他骗我儿子，说没有接到我。

我心里"扑通"一跳，赶紧强作镇定，我说，是呀是呀，是要小心，现在骗子实在太多，无奇不有。

大妈自信地说，骗子再多，不怕，只要我们自己小心，他也得不了逞。

虽然现在我的心安稳一点了，好像已经闯过了一次险关，只是接下来不知还有几多凶险等着我呢，我必须得抓紧，我干的这活，讲究的就是一个"快"字，让人在来不及防备的缝隙中，我就抽身而去了。

现在这位大妈，似乎要跟我打持久战了，那可不行。

我到前面的队伍中，物色可以猎取的对象，我正打算挨个地看看他们的脸蛋，研究分析一下，看看哪个便于上手，结果却发现我被人家盯上了。

我们聚会吧　·　范小青

这个人死死地盯着我,眼睛一眨不眨,我竟然有点慌张了,难道这个人被我骗过?不对呀,我从来只找中老年妇女下手,他可是个壮年大汉。

看了半天,他忽然一把抓住我,说,兄弟,帮个忙,借我——

天哪,什么世道,借钱都借到骗子头上来了,我正来气,想喷他,那大汉已看懂了我的心思,赶紧说了,兄弟,你误会了,我不是向你借钱,我只是想向你借张脸。

借我的脸?这个说法有点创意,我且看他如何意思,我说,你借我的脸,什么用?

大汉说,拍张照,去办临时身份证。

我的警觉性挺高,我说,咋的啦,你是个逃犯,不敢用自己的脸?

大汉嘿嘿说,逃犯,见过逃犯有这么胆大的吗?

我朝他的脸看看,我说,那你觉得我长得和你像吗?

大汉说,不是我,是我一个朋友,要办证,可是一眨眼人不知跑哪儿去了,一会车要开啦,咋办哩,只好借张脸用用,我都物色半天了,都长得不像,差太远了,结果幸好你来了——刚才你走过来,我一看,就你了。

我跟他讨价还价了,你要借我的脸,你知道一张脸值多少吗?

大汉说,我真不知道一张脸值多少,以前也没有借过脸,你开口吧。

我说了一个数,大汉有些犹豫,但是看得出来,他是急于要替他的朋友办证,所以这事情真有希望,我催促他说,成不成,成不成,不成我走啦。

大汉说,你别急嘛,我没说不成嘛。

眼看着要做成一笔借脸的生意了,他的朋友却跑来了,气喘吁吁说,哎哟,我找错地方了,我跑到那边去了。

我的生意泡汤了,那大汉朝我抱歉地笑,回头对他朋友说,你看,你

250

角　色

再不来，我替你把脸都借好了。

他朋友朝我的脸看看，又摸了摸自己的脸，不服，说，我的脸跟他一样吗？不对吧？

他还不服，我还委屈呢。

他们高高兴兴拍了照去办证了，我也没啥损失，只是空欢喜一场，算了算了，这本来不在我的计划之中，意外之财，向来也不是我追求的目标。

好事情都是努力得来的。

我重新开始努力，我相中了拍照队伍中一个看起来有点小贪的人，给他塞了十块钱，想插他一个队，他说，二十。我又加了十块。

当然，这钱我不能向大妈要，我这算是先投资吧，迟早要从她那儿加倍收回来的。

我们就挪到前面的位子了，大妈一个劲地说，哎哟，还是好人多呀，哎哟，不好意思的啦，人家都有事情的啦。

废话还真多。

现在我们前面只剩下一个拍照的人了，眼看着事情就要解决了，不料前面的这个人，又出幺蛾子了，她已经进了那个小屋，看了看墙上的说明，又退出来了，眼神可怜巴巴地看着我。但是我看她的样子，可不像个文盲，我得小心，别被骗了，我不客气地说，怎么，你不认得字？

她说，我认得字，可是，它要投二十块钱才能拍照，我身上没有。

我说，你既然认得字，你再看看，这下面还有一行字，可以用微信、用支付宝都可以。

她脸红了脸，说，那个，我都不用的——她看我十分警觉，明摆着不相信她，赶紧又说，我老公不许我用。

251

我们聚会吧 · 范小青

我倒奇怪了,为什么?

她说,怕被骗了,我老公说,支付宝里的钱,很容易被人搞掉的。

我挖苦她说,是呀,身上的钱就不容易被人搞掉了。

她没有听出我的意思,仍然求助地看着我。我说,那就是说,你身无分文,真实的钱没有,虚拟的钱也没有,却想买一个你自己,这恐怕有点难。

她说,不是身无分文,我身上有钱,就是没有二十元零钱,你有没有零钱帮我换一下。

在后边听了半天的大妈拉了我一把,提醒我说,小心,别换,别帮她换,谁知道呢。

那女的有点急了,解释说,我不骗子,我就是急着要办个临时身份证去买票,我没有二十元零钱。

大妈撇了撇嘴说,谁会说自己是骗子呢,上次我在菜场好心帮人家换钱,结果拿到一张假的一百元,我都这么大的教训了,你还不要小心啊?

排在我们身后的旅客等不及了,说,你们快点好不好,你们不换我来换,这样搞下去,我要赶不上火车了。

他果然掏出了零钱,和那个女的兑换了,大妈赶紧提醒他说,你仔细点,你小心点,看看是不是真钞,那人听了大妈的话,仔细地照了照,又捏了捏,嘟哝说,看不出来。

折腾了一番后,终于轮到大妈拍照了,我让大妈进入那个像小盒子一样小房间,坐下来,面对镜头,点开了"普通话",里边就说了,请投币二十元。

可是大妈和前面那个女的一样,身上没有零钱,都给小偷偷了,她就眼巴巴地看着我。

角　色

　　我被大妈的眼光一盯，猛地一惊醒，我顿时觉得自己犯傻了，我赶紧问大妈，您身上的钱是不是都被偷了。

　　大妈拍了拍心口说，没有没有，你放心吧，我钱包里只有几十块钱零钱，还有身份证，大票子都藏在我的大包里呢，小偷以为钱包就是放钱的，其实现在我们都会小心的，都知道怎么对付小偷。

　　既然如此，我暂时还舍不得放弃她，所以我必须先替她付钱，我代她投币，塞进去两张十元钞。

　　照片立等可取，大妈还蛮上相的，或者，换个说法，照片和真人拍得还蛮像的。

　　我们带着新拍的照片，交到窗口里的女民警手里，女民警看了看照片，看了看大妈的脸，点了头，我心头一喜，以为过关了。

　　可是女民警的声音通过话筒传了出来，她要求我们提供证明材料。

　　我顿时反应过来了，是呀，一个人拿了自己的照片，就算他的脸和照片是一样的，这又能证明什么呢，恐怕什么也证明不了的。

　　大妈却听不懂，说，你要什么证明？我就是来开证明的呀，我要是有证明，我就不来开证明了。

　　我虽然知道我们是错的，但我仍然学着大妈的口气说，我们要是有证明材料，就可以证明我们的身份了，我还办什么身份证明。

　　女民警笑笑说，你如果有证明材料，当然可以证明你的身份，但是你不办临时身份证，你买不了火车票，也上不了火车呀。

　　她真是很耐心，解释得很细致。

　　我和大妈面面相觑。

　　后面的旅客又不耐烦了，说，你们懂不懂啊？不懂就不要排进来耽误

253

别人的时间。

不懂就先弄懂了再来排队。

不懂就在家里待着算了，出来混什么？

还是女民警为人民服务，她笑吟吟地安慰我们，别着急，别着急，如果身边什么证明也没有，你报出你身份证的信息，我们可以通过系统进行比对，对上的，也可以办证。

这个我懂，但是想要让大妈报出她的身份证号码，我估计这事情又黄了。可结果偏偏出乎我意料，大妈还真记住了，我真服了她，我兴奋地说，阿姨，您太牛了，您怎么能背出这么多号码，我年纪轻轻，我记性都不如您。

大妈说，人家跟我说，出门的时候身上东西要藏好，但是藏得再好也可能被偷走的，所以最好还要用脑子记一点东西，那是骗子骗不走的，万一身份证丢了，你赶紧去补办，报出号码就可以，否则被骗子弄去，冒充你到处去骗人，那就麻烦了，现在到处都是骗子呀。

她对着我的脸一口一个骗子，好在我面皮够厚，无动于衷。

大妈先报了自己的名字，然后又十分顺溜地背出了身份证号码，别说是我，就是窗口里那个女民警和身后排队的人，也都十分佩服，啧啧，厉害了我的大妈。

也有人说，作孽，这把年纪，硬背出来的，怕骗子呀。

也有的不以为然说，老太，你以为背出身份证号码就不会碰上骗子了呀。

这时候话筒里发出了"咦咦"的声音，我们赶紧朝里边看，看到女民警又啪啪啪连续输入了几次，似乎都不对，她一边皱着眉头咦咦咦，一边重新输，但始终不匹配，就是大妈的名字后面，没有那样的号码，或者说，那个号码，根本就不是大妈的。

角　色

很明显，这大妈有有可能根本就不是大妈，或者，这大妈背出来的根本不是她自己的身份证号码，再或者——总之，我知道了大妈的身份不对，我竟然心虚起来，好像不是她的身份出问题，而是我被戳穿了，我提着小心问道，阿姨，您到底怎么回事？

大妈也发愣呀，不过还好，她发了一会愣，忽然一拍大腿，喊了起来，狗日的，狗日的村主任。

原来大妈的身份证当初是村主任代她去办的，说省得她跑来跑去辛苦，顺带就到镇上帮她办了。

大妈气哼哼地说，我麻烦他了，还觉得怪不好意思，还给了他好处的，他居然也收下了。也不知道狗日的拿了谁的照片报了谁的名字，反正现在看起来，狗日的把我办得不是我了。

大妈的话并没有漏洞，但是大家听了，并不觉得就可以相信她，窗口里那个女民警倒没说什么，后面排队的人不依不饶了，他们又开始七嘴八舌。

说，什么狗日的村主任，怎么扯到村主任了，不要是个骗子哦。

也有不同意的，说，骗子敢来这里，到警察眼皮底下来要证明，她胆子也太大了。

有人附和，是呀，一个老太太，这把年纪了，还做骗子吗？

有人反对，说，难说的，骗子脸上又没有写字，谁看得出来，跟年纪更没有关系，上次我看到一个新闻，有个老太太，专门拐卖女研究生，成功了好多个。

越说越离谱了，我赶紧打岔说，哎哟，你们扯得太远了。

大家看着我，有人说，小伙子，她是你什么人哪，你真的认得她吗？

我说，是我朋友托我来接的他妈。

大家的脸色顿时就变了，情绪激动起来。

说，这么说起来，你以前并没有见过她？

这么说起来，只是她告诉你，她是你朋友的妈？

这么说起来，你们接头也没有什么证明证明她就是你要接的人？

他们真能想，想得真多，又说，她有没有让你出钱替她做什么？

我赶紧说，没有没有。

大妈却提醒我说，我拍照的钱是你出的。

大家立刻又警觉了，说，你看看你看看，你还说没出钱，你都一直蒙在鼓里噢。

大妈又说，还有，刚才你塞给人家钱让我插队了，我也看见了。

这就更证实了大家的想法，你还不觉悟啊，你以为这是小钱，不会是骗子的骗术，其实骗子都是一步一步来的，有的骗子，养被骗的人，要养几个月才开始呢。

是呀，总之是先让你相信她，然后就会——

我说，然后会怎样？

大家说，然后肯定是要你买车票，至少几百块哦。

我说，咦，你们怎么知道？

他们说，咦，骗子就是这样骗人的，你看老太太急着要办临时身份证，又是插队，又是骗人，难道不是急着要买车票吗？

我得为大妈正名，如果大妈成了骗子，我还怎么骗她呀，我急呀，我急得就说，她不是骗子，她就是我要接的人。

大家又集中目标攻击我，说，你又没有见过她，你怎么知道她就是她？

说，就凭她自己说她是谁，她连身份证都没有，你就相信呀？

角 色

说，哎哟，难怪骗子这么容易得逞，就是因这你这种人，太糊涂，太轻信。

然后他们纷纷给我出主意，教我怎么防范骗子。

大妈也跟着他们一起教我，大妈说，小伙子，我早跟你说了，你见的世面太少，你看人要有眼力，要能看清楚每个人的角色。

大妈这一说，立刻有个人在背后揉了我一下，说，小心小心，这是什么话你听出来没有？

我还真没听出来。

他们说，这就是套路，这就是开始。

小伙子，一看你就是没有社会经验的，你哪能看出来

什么什么什么。

什么什么什么。

我终于被大家搞晕了。

我差不多已经忘记了我是谁。

我的计划，无论是原计划，还是后备计划，还是重新调整过的计划，统统被我抛到脑后。

更关键的是，我不仅忘记了我是谁，不仅忘记了我的计划，我更忘记了我的计划是有时间性的，本来我只能打个时间差，必须在很短的时间内干成事情，但是我忘记了，我居然跟着大家一起分析判断大妈是不是骗子。

可是，我虽然忘记了，有一个人可决不会忘记，就是大妈的儿子嘛，他很快就会发现问题，也许，他已经在来的路上，也许，他已经到达了。

怎么不是，他来了。

他来了，我就惨了，我应该拔腿就跑，可是我心里不服呀，我冤哪，白白为大妈垫付了几十元，还像孙子似的伺候照顾她半天，难道结果就这

257

样，赔了夫人又折兵？

一个骗子，不这样还想哪样？

就在我要拔腿逃跑的时候，大妈已经冲着儿子喊了起来，儿啊，你怎么来了呢，你不是很忙吗？我没事的，这边大家都在帮助我呢。

那儿子还没来得及开口说话，一个旅客已经脱口而出了，媒子！媒子来了！大家注意看噢，好戏要开场了。

另一个则拍了拍我的肩说，小伙子，你要小心了，一个好人，绝对搞不过两个骗子的。

还有一个眼睛凶的，说，哼哼，她还喊他儿啊，你看得出他们有哪里长得有一点像吗？

来接妈的那儿子，完全听不懂大家在说什么，问他妈，他妈也没听懂，只是指着我对他儿子说，儿啊，这是个好人，他给我垫了钱，你要还他。

那儿子挺大方，掏了两百元大钞，硬塞给我，我当然先要装装样子假意推辞，那儿子说，哎哟，妈，我还担心您被骗子骗了，哪知道您遇上好人了。

硬是把钱塞进我的口袋，我也不便太做作，就任它们安放在那里了。

旅客们纷纷围着我，祝贺说，小伙子，你运气不错，没让骗子骗得去，还让骗子损失了。

另一个则说，其实是他们心虚了，如果扭到派出所，那才损失大呢。

又说，是呀，现在用点小钱换个保全，合算的。

他们又七嘴八舌地一致教育我说，小伙子，以后多长个心眼噢。

小伙子，以后不能再轻信别人噢。

小伙子，现在外面这世道，谁也不知道谁噢。

我赶紧谢谢他们的关心。

角　色

　　我内心十分感动，差一点热泪盈眶。

　　我早已经忘记了我是谁。

　　后来，我已经无法再到火车站工作了，因为一到火车站，我就不知道我是谁了。

别人的生活

天气很好，春天来了，阳光明媚，是个好兆头。像我这样的乐观主义，每天起来都觉得是好日子。

今天也一样。

我坐地铁上班，到了单位，也不用进门，就直接开了我哥的现代领动去接人。

我哥是开公司的。

开公司没有什么了不起。

我哥真没有什么了不起，唯一有一点可能和别人不太相同，就是我哥从开公司第一天开始，他就设置了一个铁的规矩，无论来谈生意的是什么样的人，大佬或者小混混，也无论谈的这个项目盘子有多大或者有多小，我哥都一定用车接送。即便人家很牛掰，有车，有豪车，我哥也一样坚持用他的现代领动去接送。

接送人的活，就由我干啦。别的我也不会干什么。

为了给我装点一下门面，我哥给我印的名片上，职务是行政总监。这好像也没错。我管行政，行政中有一项重要任务就是接待，而接待任务中的一个重要内容，就是接人送人。

像我这样的智商等级的人，接人大致上是没有问题的。我哥了解我。

有一次我哥车坏了，他让我叫了滴滴，并且让我多给滴滴师傅一点钱，让他冒充我们公司的司机。这算不了什么啦，现代社会，无奇不有，我哥这点想象力，真是算不了什么。

但是既然在我哥手下做事，我必须听我哥的，否则他可能就不再是我哥。

我很快就到了接头地点万屋大厦广场。万屋大厦是一座大型的综合性的写字楼，那里边到底有多少个公司、多少位老总我才不关心，我只关心我要接的人。

我眼神不差，一眼就看到了他，他提着一个笔记本电脑包，正站在我们约定的地方张望，我走上前，对上暗号，就上车了。

我们的暗号很简单。

刘总？

是，何总？

是。

对，就这么简单。

我就把哥的生意伙伴接来了。

哥谈生意的时候，我坐在车上等。我没别的地方可坐。我哥的办公室只有一张老板桌。

谈判看起来比较顺利，因为时间并不太长，哥就打我电话，让我做好送人的准备了。

从哥的电话里的声音分析，生意谈得是成功的。

很快哥就陪着刘总一起出来，送上车，我们就出发了。

车开出一小段路，我听到后座上的刘总咳嗽了一声，我估计他想跟我说话，我把脑袋稍微侧了一下，表示我听他讲话。

刘总说话了，但是他的语言吞吞吐吐，犹犹豫豫，他说，呃，哦，呃——我怎么觉得，刚才，你，好像，是不是，有没有，你接错人了哎。

这玩笑开大了，我脑袋里"轰"了一下，赶紧问，这是我哥——是我们张总说的？

刘总说，噢，那倒没有。

但我还是有点慌，我揣摩他的用心，不知道他想干什么，会不会是谈判中有什么问题，我说，那，你难道不是来谈广告业务的吗？

刘总说，就是谈这个的。

我再说，难道你们谈得不顺利吗？

刘总说，你别多想，我们谈得很顺利，我们的想法高度契合，很快就达成了协议。

我松了一口气。

刘总却仍然在纠缠接人的事情，他继续说，不过，我觉得，你真的有可能接错人了。

我倒不服了，我说，你是刘总吗？

刘总说，是。

我又说，你是来谈广告项目的，而且谈成了，是不是？

刘总说，是。

我来气了，我说，那不就行了。

刘总不认同我的说法，他说，项目虽然谈成了，但是人可能是错的呀。

别人的生活

　　我说，人错不错很重要吗？我认为谈成项目才是最重要的。人是靠项目活下去的，你说不是吗？

　　我自己都没有料到我能说出如此有水平的话来，回味一下，我觉得真是富有哲理。

　　我的有水平的话，基本说服了心存疑虑的刘总，他说，你说的，也有道理，如果人是对的，但是项目没谈成，又有什么意义呢？

　　说话间，我们已经到了万屋大厦广场。刘总下车，我目送他进了大厦的旋转玻璃大门，消失在里边了。

　　我不知道，大厦那么多的窗口，哪一扇是属于他的。

　　回去的路上，我心里踏踏实实的，就算刘总刚才的疑惑是有道理的，就算我真的接错了人，我也不会承认的。我要是承认了，哥就不是我哥了。

　　我回到公司，推开门，哥关心说，你送人怎么样？

　　我说，很好，路上没堵。

　　哥说，就是嘛，刚才你们刚走，居然有个人打电话来，说你没接到他。

　　我心一惊，赶紧说，开什么玩笑，肯定是骗子。

　　哥笑了笑，说，哦，你警觉性还蛮高的嘛——骗子嘛，也不至于，恐怕是哪个竞争对手，得到了消息，想钻空子罢了。

　　还是哥的思路比我开阔和活泛。

　　今天真是一个好日子，我一直暗恋的女同学小爱忽然联系我了，说有一个在外地工作的男同学张生今天到我们这里来了，因为晚上就得坐夜车返回，来不及安排晚餐，想下午约几个老同学，一起到茶室坐坐，喝喝茶，叙叙旧，问我愿不愿意。

　　我当然愿意。

263

不过我可不是冲着那个男同学去忆旧的。这个你们懂的。

何况她说的那个张生，和我们只是同届但不同班，我印象不深了。

这不能怪我。

我只是有点奇怪，甚至还有点酸溜溜的，他怎么会联系上我们班的小爱呢，他咋不找自己班上的女生呢。

先不管那么多了，我要见的又不是他。

下午我跟哥撒了个谎，哥也知道我是撒谎，但哥不仅没有戳穿我，还大方地给了我半天假。全因为我上午接人接得好，生意谈成了。

我比约定的时间早到了，这是毫无疑问的。

茶室人不多，我挑了一个比较隐蔽的角落，希望我的同学小爱能够比那个隔壁班的男生早一点来。

但是事与愿违，我一直没有等到小爱，倒是看到有个男生进来后东张西望，我不能确定他就是张生，我也可以假装不认得，但是我不能那样做，我得有点君子风度，一会儿别让小爱小瞧了。

我正准备过去问他，他已经笑眯眯地走过来了，看他脸上那激动的笑容，我知道他已经认出我来了。记性比我好。

我们一起坐下，因为小爱还没到，我们不想先点单，这些东西，应该女生优先的，服务叫过来绕了几次，我跟她说，我们人还没到齐。

服务员给我们一人上了一杯白水，把点餐单推到我们面前，说，那你们先看看。

我们喝着白水，聊什么呢，有点尴尬，我说，呵呵，好吧？

张生说，呵呵，好吧？

我说，哎，一晃都毕业这么多年了。

他说，是呀，一晃都毕业这么多年了。

我朝他看看，心想，你不会是只鹦鹉吧。

服务员又来加了一次白水，说，你们的人还没到齐？

我说，快了快了。

服务员说，要不你们打电话问问到哪里了？

张生朝我看看，但是我懂得分寸，盯得太紧女神会不高兴，我才没那么傻，要打你打。

我们俩都没打，服务员只能继续给我们续白水。

喝了一肚子白水后，张生开始说话了，他回忆起在校期间的一个事情，在食堂里，为了一块红烧肉的大小厚薄，和食堂师傅打起架来。

其实他讲到一半的时候，我已经想起来了，那天我也在场，我们虽然不是同一个班，但是吃饭的时候恰巧凑到一起也是有可能的。

关于这一个记忆，我们俩唯一记得不同的是，我记得小爱当时也在场，他却坚持说小爱不在场。当然这个记忆误差没什么了不起，谁也不能保证自己记忆中的东西就是百分之一百的完整和准确。

我们进入了美好而伤感的时间回忆。

我正要讲我的一段记忆，手机响起来了，是小爱。她一迭连声地说对不起，说上司临时让她去参加一个很重要的会议，不能不去，这边同学相聚只能爽约了，她请我代她好好招待一下老同学，又让我把电话交给张生，张生接过电话说，十分兴奋，一迭连声说，好的没事，好的没事，你忙你的，理解理解，下次再找机会，我们有的是机会。那边小爱又说了几句，这边张生继续安慰她，真的没事，我们很开心，我们一直在聊上学时的事情呢。

张生说得没错，我们打开了记忆的闸门，往事奔涌而出，我们把服务员叫过来,点了提神的咖啡,越聊越有意思。

最后告别时,我和张生互加了微信。

送走张生,我估计小爱也该开完会了,我打电话给小爱,想向她邀个功,讨个好。却不料小爱一听到我的声音,立刻生气了,娇声呵斥我说,你怎么回事,这么个小事情拜托你,你都掉链子。

我被她说得云里雾里不知所以,我小心试探说,小爱,你是说,你是不是怪我没有招待好张生,我是要请他吃饭的,可是他说来不及了,坚持不要的,尽管这样,我们还是吃了点点心的。

小爱说,你什么意思,张生等了你一下午,你个鬼影子都没出现你还请人家吃饭呢?

我说,那下午跟我聊天的那个人,难道我聊错了——不对呀,小爱,你不能怪我呀,你还和他通了话的。

小爱说,我通话是因为你告诉我他是张生。

我说,但是你难道——

小爱打断我说,你都不想想,多年不见的一个隔壁班的男生,我凭什么在手机里就能凭他的声音断定是不是他?

小爱说得没错。

是我错了。

但是真是我错了吗?

我说,可是,我和张生共同回忆了许多在校时的往事呢?

小爱说,在校时的往事,谁没有啊,大学时候,也就那些破事,大差不差。

小爱说得没错。

还是我错了。

别人的生活

但是真的是我错了吗？

我想起我加了张生的微信，赶紧看一下，张生的微信名叫"真我"，我翻看他发在朋友圈的一些内容，几乎什么都有，很杂，乱七八糟，完全判断不出他是学什么的干什么的。

我以为小爱要生我的气了，赶紧再解释说，小爱小爱，你听我说，就算你电话里听不出他的声音，那难道他也不知道是你在和他通电话？我看他跟你通话时，一脸他乡遇同学的激动呢。

我这样一说，小爱也犹犹豫豫了，她支支吾吾说，哦，那，那，难道，那个张生不是张生，要不，这个张生——算啦算啦——

我见小爱口气有所缓和，赶紧想约她吃晚饭，不料小爱机灵得很，没等我开口，她已经抢先说了，不和你说了，不和你说了，我们领导晚上还要让去我陪酒，唉，烦死人。

虽然在说"烦死人"，但语气中还是有满足感的。

那是，有陪酒的机会，也是机会，也是幸运。我就没有，我哥从来没让我陪酒。

小爱要去陪酒，就挂断了手机。

我怏怏地看着自己的手机，我和不知真假的老同学张生喝了一下午的茶和咖啡，垫了一点点点心，很快就消化掉了，又加上没讨到小爱的好，还几乎惹她生了气，真让我又饿又沮丧又郁闷，我决定振奋一下。

天已经晚了，酒吧开始热闹了，我进了酒吧。

我在酒吧偶遇了和我一样孤独的阿丽，我们聊了一会天，喝了一点酒，决定去开房。

在出租车上，我已经清醒了一点，我摸出我的钱包，翻开来看了一下，

267

开房得有身份证呀，可是——

你们猜对了。我没有身份证。

我的钱包豁了个口子，我翻给阿丽看，我说，你看，这里有个豁口，很可能是掏钱的时候身份证从这里滑掉了。

阿丽看了我一眼说，掏钱？现在你还用现金？

我说，一般不用现金，但有时候还是会放点钱在身上的。以防万一。

阿丽说，没有身份证开不了房。

阿丽可能有点怀疑我不想开房，我得证明她想错了。

虽然我的身份证可能掉了，但是我身上恰好有一张别人的身份证，是阿德的。阿德的身份证怎么会在我身上，我不想和阿丽多说，我故意摸了一下口袋，咦，我说，我的身份证在呢。

阿丽接过去看了看，说，嗬，你姓何，叫何德。

我用阿德的身份证和阿丽一起开了房。

开房手续是顺利的，我们拿到了房卡，正要离开总台，恰好有两个警察走了过来，他们并不是冲我们来的，只说是派出所例行出任务，排查旅馆住宿安全隐患，可是因为总台这里只有我和阿丽在，所以他们就冲我们来了。

他们查看了一下我和阿丽刚刚的登记，不知道发现了哪里不对，立刻就喊住了我们。

我想会不会是阿德的身份证有问题了，正琢磨着怎么向警察解释我为什么用了阿德的身份证，还得说明阿德的身份证怎么会在我这儿，还有，阿德是谁，以及我是谁，等等。

这些事，说起来可能有些复杂，怕警察不耐烦听，再说了，警察就算耐心听了，也未必会相信。

谁知道你说的是真是假。

谁会相信你说的呢？

那么我该怎么说呢？

不过还好，很快我的心理活动就戛然而止了，我既不需要编故事，也不需要坦白从宽，因为警察并不是找我说话，他们找的是阿丽。

他们向阿丽要了她的身份证，对着阿丽的脸看了看，说，这个照片是你吗？

阿丽说，是我呀。

警察摇头说，不像。

另一个警察也说，一点也不像。

阿丽笑了笑，说，这是几年前拍的，后来我整容了，所以不太像了。

我也在旁边帮衬说，何况，一般拍身份证照的，都把人拍得很丑，都拍得像坏人。

警察也笑了笑，说，丑是一回事，坏人是另一回事。

另一个警察说，坏人看脸也看不出来的。

警察才不会随便相信别人说的话，他们有的是办法，核对身份证吧，举手之劳。

他们将阿丽的身份证信息传回派出所，由那边的民警核查了一下，事情就清楚了。

如警察所料，亦如你们所料，阿丽并不是阿丽。

不过这还不是问题的重点，重点是，阿丽已经死亡。死亡了的阿丽的身份证早就被注销了。

我看了看阿丽，她蛮坦然的，怎么看也不像个死人，也不像个冒充死人的人，更不像是害死了人的人。

警察对捉了个正着的阿丽说，那你说说吧。

阿丽说，阿丽是我的合租者，开始我们并不认得，但是合租了，就认得了，熟悉了，后来我们关系很好，无话不谈，就像是闺蜜。

那就是说，你闺蜜阿丽死了，你就冒充了你闺蜜阿丽。

我没有冒充她，我只是随手拿了她的身份证，她的身份证一直就扔在我们共用的餐桌上，后来有一阵她一直没有回来，我就随手把她的身份证放在自己身上了。

那，你知道阿丽已经死亡了吗？

阿丽说，你们肯定搞错了，她肯定没有死，我和她关系这么好，她要是死的话，怎么也会告诉我一声的。

我听了差一点笑出声来，阿丽也太会扯了。

但是警察的境界就是不一样，他们听出了其他的意思，他们说，听你的口气，阿丽是自杀的？或者，至少是病死的？

他们切中要害，考虑周全。假如是飞来横祸，怎么可能先通知别人呢，除非是早有预谋，准备死了，才会先告诉别人，也或者是病入膏肓，提前与人告别了。

阿丽说，我瞎说说的，你们别当真，但是我真的不知道阿丽现在的情况，如果你们查出来她已经死了，那么她就是死了，我的信息，怎么可能比警方的更准呢。

警察又敏感地捕捉到了什么，说，信息？你说你有阿丽的信息，是什么信息？

阿丽说，是微信，昨天她还在朋友圈里发美图呢。

阿丽把手机拿出来，递给警察看，喏，你们看，这个"无所谓"，就是阿丽的网名。

虽然不关我事，但毕竟是我和阿丽来开房，如果阿丽有麻烦，我多少也会沾上一点，所以我顺便瞄了一眼阿丽的微信内容，果然是晒了一组海边的美女照。

警察也只是瞄了一眼，说，那就不用说了，用脚趾头想也能想到这个海边美女就是阿丽。

警察虽然年轻，可都是老司机哦，我觉得他们一个个都是火眼金睛，不仅如此，我还觉得他们的眼睛背后，都掩盖或隐藏着一个又一个的诡异的案件，比如阿丽之死亡。

我刚刚搭讪上的这个阿丽，可能惹上麻烦了。

警察会怀疑这个阿丽和那个阿丽的死亡有什么关系，既然她们住在一起，还那么亲密，现在一个阿丽死了，而她的身份证却在这个阿丽身上，这难道还不能说明什么吗？连我都嗅出些味道来了。

接下来，警察就要追寻阿丽了，当然是死亡的那个阿丽。

假如她真的死了，她是怎么死的，她死前死后的情形是怎样的，她的死和拿了她身份证的这个阿丽到底有没有关系，等等，疑问很多。

假如她没有死，那么她的身份怎么会被注销了？

不过，估计你们已经知道，我猜错了。

是的，你们是对的，我想多了。

人生的路有许多条，走哪一条都是一样的走。

警察只是派出所核查身份的民警，不是破案的刑警，所以这两个警察并没有去寻找死亡的阿丽,他们对死去的阿丽不感兴趣,他们只负责我身边的这个阿丽。

你为什么要用阿丽的身份证登记住宿?

你自己的身份证呢?

你到底是谁?

于是我身边的阿丽做了一个看起来是很彻底的坦白:一,她确实不是阿丽;二,她自己的身份证遗失了,所以拿了阿丽的身份证,就说自己是阿丽,反正也没有人知道,也没有人在意;三,她冒充阿丽后还没来得及干任何事,今天登记住宿,是她第一次使用阿丽的身份。

然后,她报出了自己的名字,并且背出了自己的身份证号码。她把自己的身份证号码和身份证上的其他信息背得滚瓜烂熟,好像随时准备被查问。

这些信息再一次传到派出所。

我莫名其妙地有些兴奋,感觉要查出个通缉犯来了。

我又想多了。

信息准确无误。

其实还是有很多可疑的地方。但是警察已经不再有更多的怀疑了,他们已经完成了任务,根据《身份证法》和《治安处罚法》罚了阿丽500元,罚了旅馆总台的服务员200元,就收工回去了。

只是他们临走的时候,并没有说明我们还能不能开房,刚才我们开的房,还能不能住。

阿丽还能不能是阿丽。

服务员已经收回了房卡,死活不同意我们继续开房,也不同意我们重新开房,理由是,阿丽没有持本人的身份证。

她的理由很充分也很坚定。

她虽然受牵连也被罚了钱，但她还是很规矩地退还了我们的房钱。

这样，我和阿丽就开不成房了。其实我们可以换一家旅馆再去冒个险试试，难不成今晚就尽会碰到警察？或者，我们到另一家旅馆就直接说明了，阿丽是别人的身份证，不过我们借用别人的身份，也不是想干什么坏事，只是做个爱而已。

但是我们的性趣经历了真假阿丽事件以后，转换成了另一种热情，那就是对自己的身份的兴趣。

我呵呵地笑了一声说，阿丽，原来你不是阿丽。

阿丽说，我不是阿丽，你难道就是阿德吗？

当然，我是不是阿德，警察并没有发现这个问题。但是，警察没有发现的事情多着呢。

比如我是谁呢？

比如阿丽是谁呢？

就这样我和阿丽坐在旅馆前厅的沙发上，说了几个关于身份的故事，阿丽说了一个，我说了两个。

然后阿丽跟我说，其实我没死呀。

我不知道她是意思，我疑惑地说，那你怎么被注销了呢？

阿丽说，我像个鬼吗？

我说，不像，

阿丽说，其实死了的是我的合租的闺蜜阿梅，她死的那天，恰好身上揣着我的身份证，他们不怎么负责任，马马虎虎搞错了，以为死的那个就是阿丽，就把我的身份证注销了。

我们聚会吧　范小青

我觉得这个说法挺奇怪，我不能相信，我说，那你怎么不去说清楚，对了，刚才查房的时候，你也承认自己不是阿丽。

阿丽说，我是去说明的，但是没有用，人家不相信，还怀疑我，怀疑了一大堆事情——干脆算了。

我说，什么叫干脆算了，算了是什么意思，算你死了？

阿丽说，我跟他们说不清楚，他们不会相信。你要让他们相信有多难？简直不可能，干脆将错就错，死了还简单一点。算了。反正也没有人在乎的，也没有人跟我计较。呵呵。

无所谓。

阿丽的故事说得我心酸起来，我想起我自己的遭遇了。

后来我们就分头离去了。

临走之前我们加了对方的微信。这没有什么。现在都这样。

阿丽加给我的，是"无所谓"，我不知道这到底是那个死去的阿丽的微信，还是现在这个活着的阿丽的微信。这确实也无所谓。

阿丽走了以后，我才感觉自己已经饿得不行了，找到一个大排档，叫了两瓶啤酒，就觉得还是孤独呀，打电话把我发小阿德喊了过来。

阿德动作倒是蛮快，一会儿就到了，抓起啤酒瓶灌了几大口，对着我说，阿德，你搞什么搞，你打电话喊我阿德，啥意思，玩我？

我看是他在玩我，我说，我今天遇到事情了。

我说起了刚刚在酒吧和后来到旅馆的这一次遭遇，阿德没听完，就打断我说，得了吧你，这明明是一个社会新闻，你居然把它戴到自己头上。

我不免有些惊讶，我说，怎么，这个事情竟然上新闻了，不对呀，就算是上新闻，也不能这么快呀。

阿德说，还装，那是人家的事情，人家有名有姓有地址，你冒充得了吗？

我倒不服了，我说，可能是类似的事件吧。

阿德坚持说，还就不是类似，就是完全一模一样的。两个人开房，查出来女的用了一张死人的身份证，冒充了死人。后来就罚了款，房也没开成。当然，后面的情节你只说了一半，最后还有一半你没有说出来。

我说，最后？哪里还有最后，最后我们就走了。

阿德说，那就说明你对这个新闻没有全部了解，就拿出来吹牛，后面是什么呢，就是那一男一女开不成房了，就坐在旅馆的前厅沙发上说话，他们说的话，被服务员听到了，这才知道不光是女的冒充了别人，男的也冒充了别人，服务员因为已经被罚了一次，害怕再罚，赶紧打电话报警，警察说，他们登记住下了吗？服务员说没有。警察说，没有就好，别让他们住宿就没事。我们就不用过来了。

我说，这个结尾倒确实是我不知道的，因为我不知道服务员报警，如果是别人把我和阿丽经历的事情写了出来，这个算是完整版。

我虽然嘴上这么说，说得轻巧，但其实我内心还是有点慌的，我想求助于阿德帮我梳理一下，我说，阿德——

阿德毫不客气地打断我说，你别喊我阿德，我听着太怪异！

我有点摸不着头脑，我说，怪异？怪异是什么？

阿德说，你是阿德，你喊我阿德，你不怪异吗？

我觉得不可思议，甚至有点惊心，连发小都跟我莫名其妙，我只得打电话给我妈了，我妈接了我的电话，却听不出我的声音，说，谁呀？我说妈，我是你儿子呀。我妈说，儿啊，你别跟我乱开玩笑啦，当初我倒是很想得个儿子，可惜我只有个女儿，要是当年就可以生二胎多好——

连我妈都不认我了,我急呀,我换个思路,跟她老人家讲清楚,我说,妈呀,我可能就是阿德呀,大名是何德,你再想想,有没有我这个儿子。我妈说,何德啊,那倒真有,当年有一个医生,做 B 超做错了,告诉我肚子里个男孩,我那个高兴啊,连你的名字都取好了,就叫何德,多响亮的名字。可惜生下来一看,是个丫头,晦气,取名叫何惠——

我心里一惊,我赶紧告诉阿德,我说我刚才给我母亲打电话,我母亲说,本来我的名字应该叫何德。

阿德说,得了吧,你别装神弄鬼了,你母亲已经走了好几年了。

我一点没瞎说。这是我这一天的真实的经历。

等待张三李四王大姨

张德发下岗了。说起来这和他本人也多少有些关系。那天记者暗访的时候，怪他嘴贱，说了些实话，其他也有几个人说了，但基本上不属于对企业的抱怨，只是作为普通工人说了说自己的工作而已。敏感狡猾的记者就从中嗅到了味道，最后做出了一篇揭露企业污染问题的大文章，惊动了上下。现在什么时候，正是大查、大整、大治污染的时候，不是闹着玩的。

厂长是个女的，很能干，她原先是大学的化学老师，后来出来干实业，干得风生水起，但一直没有解决污染问题，其实她已经下了大决心要解决这个问题，已经高薪聘请了这方面的专家，连专家的首付金都已经支付了。可惜来不及了，企业被查了，被重罚，罚得倾家荡产，几乎只有破产一条路可走了。破产的话，工人就要回家了，没饭吃了。大家都骂张德发和那几个说话的人，厂长却不这么认为，她说，不怪他们，前提是他们并不知道来的人是记者嘛，这是一，其二，这种事情早晚会来，晚来不如早来，越晚麻烦越大。

工人都下岗了，她还说麻烦不算大？

不管麻烦大不大,张德发反正是回家了,厂长让大家等说法。可是在张德发看来,不会有什么说法了,最后能拿到一次性的买断钱,就是上上大吉了。他的人生就要在这里拐弯了。

可是张德发要养家活口,必须要干活呀,他的老婆在多年前就下岗了,后来参加了社区组织的居民舞蹈队,天天去排练跳舞,不问家事,孩子还在上学,母子俩可都是赖上张德发的。可张德发到哪里去找工作呀,现在有知识、有学历的年轻人都找不到工作,他张德发,一个潦倒的没文化的中年男人,想当个保安都没人要。张德发快愁白头了,他老婆却一点也不着急。自从跳上了舞蹈,家庭特和谐,老婆天天哼哼唱唱,再也不像从前那样,总是怪张德发没有出息。现在张德发下岗了,没出息到顶了,老婆也没有多说什么,只是"嘿"了一声,说,和我一样了。

张德发去厂门口转转,想看看还有没有复活的希望,看到大门上的大封条,他一肚子的晦气,走了。走到家门口的时候,才发现忘了带钥匙,去社区找老婆拿钥匙。

去社区的路上张德发经过王大姨开的麻将馆,那馆其实也不算不上什么馆,就在王大姨自己家里,买了几张自动麻将桌,生意就做起来了。从前张德发要上班,要挣钱,忙,从没来过这里,不敢来。现在他有时间了,经过的时候,可以停下来看看了,一看之下,哟,如此兴旺啊。张德发和王大姨聊了几句,突然就生出念想了,我何不也开个麻将馆,他脑子转得蛮快,一瞬间连店名都想好了:德发棋牌室。

他的家就是老街上的老房子,门沿着街面的,十分方便,两间房,可以摆四张桌子,分出有烟和无烟室,每天分上午、下午、晚上三场,每桌每场收二十元,四个麻将客每人出五元,普通老百姓能够接受的。这么计

等待张三李四王大姨

算下来，以后他挣的钱，比上班还多呢。

家里这两间房，原来是住人的，如果放了麻将桌，床就要拆掉，他自己可以睡沙发，让老婆带着儿子回娘家住。老婆会同意的，她现在很好说话。

张德发想着，乐起来了，但是刚一乐开，又觉得不容乐观，赶紧收敛起来。因为他首先要投入四张自动麻将桌。自动麻将桌的价格，低档次的也都在两三千元。老婆那儿有没有私房钱，那是肯定的，但是他别想弄出一分钱来，只好自筹，可即便能够筹到，他也觉得心里不踏实，他半辈子是做做吃吃的人，所谓的做做吃吃，肯定是先做才能后吃。

他想到了赊账，如果有卖麻将桌的老板肯赊，他的生意就先做起来，按照他的算法一算，用不了多久，就能还债，再用不了多久，就赚钱了。

可他随即又在心里"呸"了自己一口，这年头，赊账，想得美。这么呸着，想着，好像是上天要让他心想事成似的，他正好经过李二毛的麻将桌店。其实和上天无关，他回家，这是必经之路。

李二毛从小也是在这条街上长大的，大家一直喊他二毛二毛，甚至后来有人都忘记他姓什么了。李二毛在这条街上做麻将桌生意做了好多年了，也算是小街上的成功人士了，至少他是李总了，他印的名片上也是这个头衔，街坊邻居甚至都以他为荣，说，哦，卖麻将桌的二毛，毛总，是我们街上的。李总听到别人喊他毛总，也笑眯眯地答应了。毛总性格很好，所以事业一直蛮顺利的。但是最近碰到事情了，不是他自己的事情，是他的老婆素质有点差，老是以有钱人太太的面孔，对别人瞧不上眼。其实光瞧不起人也就算了，人家也不能把她怎么样，更不能把毛总怎么样。可是那李太太把别人不跟她一般见识当成别人好欺负，就有点欺负人，她欺负了人，人家也就忍了，可是有一次，她欺人欺错了，欺到一个不能欺负的人

279

头上去了,这个人不依不饶,要和这位太太干到底了,但她也是有策略的,她没有正面进攻,而是先摸清李太太的底细,然后突然发难。她的发难,也选择了最厉害的一手:上网。

李太太的丑事,立刻就遍地开花了,网民纷纷人肉她,起先还只是在网络另一头的,看不见的人在起哄,但很快这条街上的人都知道了,附近街上的人也都知道了,毛总的店一下子热闹起来了。开始毛总还以为是来挑麻将桌的呢,以为财神驾到,后来发现大家来了后,并不看店里摆满的麻将桌,却是四处张望,毛总说,你们看什么呢?

这才知道是来看李太太的,指指戳戳,吓得李太太躲了起来,毛总那里有一个店员,是个女的,被误认为是李太太,偷拍出来弄到网上,搞得家里外面都翻了天,都来怪毛总。

毛总真是无奈,本来以为只有名人会这样,在名人出洋相的时候,大家都跟着看热闹,只恨事情不能再闹大一点,没想到普通老百姓也会有这一天,轮到自己头上了,才知道滋味真的不好受,脸也丢尽了,生意也搞掉了,心灰意冷,想着要改行了,要离开这个从小长大的街巷了。

张德发经过这里的时候,毛总正在把"降价出售麻将桌"的牌子摆出来,原来三千的桌子,卖一千五。这可真是杀了半价。但是对张德发来说,四张桌子需要六千元,他还是不能先付全款,还是想要赊一点账。

毛总说,赊账也不是不能考虑,几十年的街坊邻居,低头不见抬头见,好说好商量。只是他这几天正在等消息,前边农贸市场的鱼贩子丁大勇,听说毛总要将店面出手,来跟他谈了,想盘下他的店面,如果这个事情有结果了,别说赊三千,六千全赊也是可能的。

丁大勇是外地人,来这里也好多年了,干了多种活,最后在农贸市场

等待张三李四王大姨

安定下来,做鲜鱼买卖,生意出奇的好,在菜场的摊位不够用了,就扩张到旁边的摊位,后来又不够用了,再扩展一点,其实他还有更大的野心,他有了一系列的经营思想,甚至已经考虑到做加工鱼产品、冷冻鱼产品、熟鱼产品、现场烤鱼之类,他的理想是很大的,肯德基的鸡、丁大勇的鱼。所以他就在考虑,不能再在市场里做,需要店面了。恰好这时候,大家传说毛总不想开店了,要将店面转让,丁大勇抓住机会,就来和他谈了,两人一拍即合。

就这样事情正在朝好的方向发展,张德发等毛总,毛总等丁大勇。却不料丁大勇忽然碰到问题了。丁大勇的生意做得好,全靠他的老乡丁旺,丁旺几年前承包了乡下的鱼塘,他是个有头脑的人,也有点知识,会科学养鱼,加之这几年风调雨顺,几乎年年有余。丁大勇摊上的鱼,就是直接从丁旺这里进的,他们已经有了好几年的关系,丁旺的鱼真正是价廉物美,所以丁大勇才有信誉,才能做大,才会有野心。

正当丁大勇想要接手毛总的麻将馆改做大勇鱼的时候,丁旺却提出要以新的价格和他交易了,丁旺所出的新的价格,把丁大勇吓了一跳,他无论如何不可能接受如此高的成本做生意呀。当然,如果没有丁旺的供货,丁大勇也可从别人那里进货,但是那样的话,他丁大勇就是一个普通的鱼贩子丁大勇,不可能成为大勇鱼,他的理想就不可能实现了。所以他还是寄希望于老乡丁旺,他正在和丁旺谈判拉扯呢。毛总来追问他的时候,他对毛总说,只要我的供货方恢复正式供货,我马上就接手你的店面。

所以毛总也只有一个办法:等。

其实丁旺也是有苦衷的,他本不是背信弃义的人,何况丁大勇还是他的老乡,两人合作做鱼生意,好几年都一直很仁义,很顺利。只是最近他自己的人生了碰到了困难，这一切都源之于他的甲方——村支部书记。

　　下塘村的村支书钱林生，最近也有些烦扰，村民举报他，说他收了丁旺的好处，所以才以这么低的承包价让丁旺承包鱼塘，挑了丁旺发了大财，而村民却依然穷得叮叮当当。钱支书气愤地想，穷得叮叮当当，是你们自己懒，当初我让你们承包的，你们谁也不愿意吃苦，给了人家做，做好了，你们又眼红了。而且，现在到处高压，他确实没敢接受丁旺的好处。

　　所以他完全可以不在乎村民的诽谤，他也不怕人家来查他，身正不怕影子歪，他当村支书这么多年了，他能够搞得定村里的事情。却不料，村里的事情虽搞得定，家里的事情却搞不定，他被儿子纠缠上了。

　　他的儿子钱晨曦，从小就是个学霸，成绩好得吓人，所以钱晨曦一路绿灯地上中学、大学，读研究生，最近又以第一名的笔试成绩进入了博士的招考。但是钱晨曦从学校那边得到内部消息，导师好像不想收钱晨曦，可能已经内定了另一个人。所以面试的情况就很微妙。

　　钱晨曦能够求助的人，只有他的父亲。钱林生说，我一个小小的村干部，能有什么办法？钱晨曦说，村干部也是官，你没听说过有个村干部贪污了一个亿吗？钱林生气地说，好呀，我贪污，行贿，进监牢，你去读博士。钱晨曦也知道自己的话说过头了，但是他实在是想读书，心里着急，一时又想不出好办法，郁闷起来。

　　钱林生虽然生气儿子说的话，但他看到儿子闷闷不乐，毕竟很心疼，恰好丁旺来找他签订下一年的合同，他忽发奇想就提高了承包费，而且提的幅度很大，把丁旺吓了一大跳。这是要想毁约的节奏啦。

　　丁旺想不通钱支书怎么一下子会变成这样。其实钱支书也有点乱了方寸，说起来，他当村支书以来，没敢多捞村里的钱，家里并不富裕，现在

等待张三李四王大姨

听儿子的意思，好像导师那儿可以用钱解决，数目小了还不行，但是临时到哪里去搞这笔钱呢。他的气就出在丁旺头上了，其实他并不是真的想提高承包费，承包费提得再高，他村支书也不能拿的，他只是想通过这种方式，暗示丁旺，看看丁旺通能不能理解他的暗示，主动一点。可是丁旺不能理解呀，因为这几年来，他多次想向钱支书表示心意，都被钱支书拒绝了，钱支书甚至很严厉地对他说，你想害我呀。所以丁旺一直认为钱支书是个正派的人，后来再也没有朝这方面想过，而钱支书也确实没有这方面的意思。现在钱支书忽然有了，丁旺哪里会猜得到呢？

钱支书暗示不了丁旺，事情就进行不下去。但是钱支书暂时也没签那合同，因为承包费还没有谈判成功，在丁旺看来，钱支书有些奇怪，一方面钱支书狮子大开口，形势似乎不容乐观，但另一方面，钱支书又迟迟不催促他签合同，似乎还有转机。所以当丁大勇生气地责问丁旺时，丁旺对丁大勇说，只要我和村里合同签下，就恢复原价供货，你等一等吧。

所以丁大勇现在也只有一个办法：等。

钱支书心里焦急，他想去一趟城里，找钱晨曦的导师问一问情况，试探试探，如果试探出来不是钱的问题，他就和丁旺签原来的合同，毕竟人家承包几年，做得很好，给村里的贡献也不小的，而且让他们村的好名声也传了出去，给他村支书脸上也增光的。

在钱村主任前往城里去的路上，事情正在发生变化。不过现在钱支书还不知道。

蒋智辉教授并不是个贪财的人，他也不缺钱，他不会收学生的钱，但是他睡了研究生梅红。梅红要报考他的博士，蒋教授并不想收她，蒋教授认为她笔试进不了前三，所以放心地睡了。他还有意无意地透露了一些错误的考题暗中让她吃转，却不料结果人家还真考进了前三。这下子蒋教授难了。

难的不是他要压掉第一名的钱晨曦，难的是他和女弟子睡觉的事情，被他老婆发现了，他老婆是个要面子的事业型女人，嘴上没有直说，但是她已经几天不回家，打手机也一直不接，简直就是甩手而去，人间蒸发。

蒋智辉被吓着了。他也怕老婆，但更怕的是老丈人。他的老丈人冯一正是一位老干部，当过市领导，虽然早就退休，但是虎威仍在，他在位时下死劲培养扶植的那些人，现在可是个个都在重要岗位，虽然其中大多跟了新主子，但是冯一正和他们的新主子们并不是前后任，已经属于隔代亲了，所以那些人里，多少还有几个会买他账的。所以，老丈人一声吼，蒋智辉浑身得打个抖。

蒋智辉思忖再三，决定先向老丈人坦白认罪。

蒋智辉出门的时候，遇到了来找他的钱支书，早几年，蒋智辉曾经带着学生去钱支书所在的那个村进行教学实验，他认得钱支书，听说钱晨曦就是钱支书的儿子，蒋智辉心中似乎有某种预感，或者说，钱支书的出现，让他对自己犹豫不定的内心，做了一个不再犹豫的判决。所以他对钱支书说，你等一等吧，我出去办点事。他心里在想，如果能够逃过这一劫，再也不敢和梅红怎么样了，那就肯定是钱晨曦了。

钱支书也只能等着。

但是蒋智辉没有找到老丈人冯一正，他出门去了，家里的保姆告诉姑爷，以前老爷子都是往老干部活动中心去，但是现在好像不去那儿了，到底去了哪儿，老爷子没说，她也没问。

蒋智辉站在老丈人家门外，一时有些茫然，有些混乱，不知道下一步

等待张三李四王大姨

该怎么走了。

冯一正老人正走在路上,他确实没有到老干部活动中心去,他喜欢打麻将,以前每天都去那里的棋牌室打麻将,但是最近老干部活动中心的麻将室关闭了,因为被认为不健康,老人打麻将居然也带彩,对老干部形象不好,老干部也是干部,群众也会骂的。所以干脆一关了之,那个地方打算给人家来搞无人超市了。

没得麻将打,对冯一正来说,真是郁闷了,他退休以后,就觉得自己的身体每况愈下,哪里哪里不舒服,记忆也越来越差,后来被老同事拉去打麻将,打着打着,什么病也没有了,脑袋瓜子甚至比从前还灵,冯一正老人算是迷上了。可是现在又很残酷地剥夺了他的幸福生活,冯一正走在路上,失去了方向感,两眼茫然,不知道往哪里走。

冯一正在街上走着走着,灰暗的眼前忽然一亮,他看到路边一块招牌,上面写着:德发棋牌室。

冯一正心中叫好,他早就知道大街小巷里有好多这类老百姓自己开的棋牌室,只是过去高高在上,不需要到这种地方来,现在他来了,发现自己还是有方向,还是有幸福生活的可以追求的。

他走过去,看到张德发坐在门口发愣,他身后的门里边,并不像个麻将室呀。冯一正说,咦,德发棋牌室,是你这里边吗?

张德发没精打采地说,可以说是,也可以说不是,我想开棋牌室,可是我本钱不够,想到毛总那儿赊一赊,可是毛总让我等。冯一正说,那你怎么已经挂牌了呢?张德发说,我性子急,我心里也急,我们企业出问题了,我都下岗好些天了,没有收入,怎么养家活口啊?

冯一正十分失望,他离开了没有开张的德发棋牌室,十分不满地想,什么人哪，买几张麻将桌还要赊账，那个什么毛总，又是什么人啊，赊就赊，不赊就不赊，等一等什么意思呢？他完全不能理解这些人是怎么回事，心里正在烦闷，手机响了起来，一看，是女婿打来的。

蒋智辉教授在老丈人家扑了个空，出来以后，一路走着，心神不宁，经过再一次的思想斗争，走到半路他停下了，咬了咬，打电话给老丈人。

全盘向老丈人交代以后，蒋智辉心里郁积的情绪舒缓了许多，他长长地出了一口气，以他对老婆和老丈人的了解，他们应该不会提离婚的，面子对他们来讲，是第一位的，他既然已经认错，而且已经保证不会再犯，他们应该不会揪住不放的。正在这时候，他接到了梅红的电话，他看着手机屏幕上显示的那个"柳绿"，自己也差一点笑出来，当初为了防范被发现，故意将梅红的名字设置成"柳绿"，现在回头想想，真是有点可笑。

不过他并没有到可以笑的时候，虽然他自以为可以吃透老丈人的心思，但现在毕竟八字还未见一撇，冯小晴的态度，才是他的最终裁决，所以他掐断了梅红的来电，这个时候，还不宜和她彻底摊牌。

不料梅红却不依不饶，又连续打了两次，搞得蒋教授心里又有点慌了，他无论如何得等，等冯小晴的决定，所以这个时候不能惹恼梅红，防止她兔子急了咬人，所以最后他还是接了梅红的电话，为了稳住梅红，他骗她说，刚才在上课。梅红说，我被江东大学录取了，下午就坐飞机过去报到，就在电话里跟你告个别了。蒋教授目瞪口呆，一时竟无语对答。最后就听到梅红说了一句，蒋老师，今天你没有课。他回过神来，心里懊恼得不得了，梅红的这个电话，若是在十分钟前打来，他的人生会不会是另一种样子呢。

冯一正听了女婿的坦白和认错，气坏了，但是现在他人在大街上，几十年的干部身份，使得他不能在大街上就扯着嗓子骂人，他只能咬着牙齿，

等待张三李四王大姨

憋着声音说，你个狗日的，这事情找我没用，得小晴说了算。蒋智辉哀求说，爸，爸，求求您，我无法对小晴开口，你们父女感情最好，您帮我开口，结果会不一样的。

冯一正知道女婿说得不错，如果女儿不想离婚，他得从中斡旋一下。当然，如果女儿要离婚，那就没得说，滚女婿的蛋！如果女儿生气，他会像捏臭虫一样捏死蒋智辉。

冯一正本来想回家之后再跟女儿联系，但是想到女婿说女儿已经几天没回家，而且手机也不接，冯一正有点不放心了，他找了个安静的地方，给女儿冯小晴打电话。

电话一通，冯小晴就接起来了，这时候她的手机上有无数的未接来电，等她彻底安定下来，她会一一回复的，她只是没想到，她接手机接的第一个电话，就是父亲的电话，真是父女心有灵犀。

冯一正本来知道了女婿的丑事，是怒气冲冲，是要在女儿面前骂女婿的，可是他实在太在意女儿了，怕女儿没有思想准备，一下子接受不了，伤了女儿的心，所以话到嘴边，竟然不知道怎么说出来。

电话那头，女儿倒是十分高兴，说，爸，爸，你都好吧，我这几天忙大事呢，都有好几天没有打给你电话了。

冯一正说，我都挺好的，就是不放心你，我，我要跟你说一个事情，你要有思想准备，你听了，一定先不要激动，有你爸在，你没什么可怕的——冯小晴性格爽朗，一边笑一边催促，爸，什么事，您就说吧。冯一正还是觉得难以直说，他支支吾吾的，想尽量说得文明一点，就是，就是那个，那个什么，婚，婚外恋——

冯小晴一听"婚外恋"三个字，还没听到后面的内容，就快人快语地说，喔哟，爸，您真是个老特务，您真是厉害，我自己都觉得很小心了，还是让您发现了，真是老话说得好，若要人不知，除非己莫为，爸，你发现了我的秘密，没有出卖给蒋智辉吧——哈哈哈哈——不过爸，现在我可没工夫跟你说这个，我们企业的谈判已经进入关键时刻了，这可是关系到我们企业的生死存亡，涉及几百工人会不会失业的大事啦。冯一正一听，着急了，说，怎么，你们企业出问题了？冯小晴说，爸，您没看电视新闻吗？我们都上电视了，污染呀，现在整治污染很厉害的，来了又走，走了又来，光回头看，一年就要看几回，滑是滑不过去的。冯一正说，那你们怎么办？冯小晴说，老老实实，依法办，先凑足罚款，再进行改造升级，爸，您放心，我面前没有告诉您，就是怕您担心，现在我已经解决了难题。冯一正说，你怎么解决的？冯小晴说，我设法贷到了资金，周转过来了，虽然利息高一点，但是我们企业很快就会恢复元气的。

冯一正听了，不知为什么没有像女儿那样高兴，他心里甚至还"咯噔"了一下，他想问问女儿，所谓的利息"高"一点，高到怎样，不会是高利贷吧，但是没等他问出来，女儿已经要挂电话了，她说，爸，好了好了，我先不和你说了，我要安排工厂重新开工了。

感觉走投无路的张德发，这天一下子收到两条消息，一是重新可以上班了，二是毛总愿意赊他麻将桌。张德发一激动，说，这可怎么办，这可怎么办，怎么好事一起来了呢？

买方在左　卖方在右

冬天已经来了。

也就是说，再过大半年，我儿子就要上小学了，所以我家必须要有学区房。

如果说是未雨绸缪，我的动作已经晚了一点。我听说有钱人，儿子还未成年，就为孙子买好学区房了。

呵呵。眼光真是远大。

也不知道到那时候还有没有学区房这一说了，不知道那时候机器人有没有灭掉人类，如果灭掉了，那么机器人会不会也需要学区房呢，呵呵，反正真是什么也不知道。

不知道，真的不知道。人穷志短理想弱，想象的翅膀就没长过。只是看到有钱人的做派，心理酸溜溜的不平衡罢了。其实如果换作我是有钱人，别说给孙子买学区房，就是重孙子、灰孙子，我也一样买，都买，全买，买好多套，一个学区买一套。呵呵，爽。

可惜我不是有钱人。

不过我还好啦，晚虽晚了一点，还来得及。

我还听说，有个人家，开始一直知道自己家的户口房产证都是学区的，哪知到了报名时才知道，早在半年前，他家这个地段，已经踢到学区外去了。

被谁踢的？那你管不着。反正是有规定的，有红头文件的，学校自己也不敢擅自做这么大的主，这可是人命关天的事情。

这不仅是人命关天，这简直是天崩地裂。

不过也不用晕过去啦。

总还是有活路的，现在都是这样。鱼有鱼路，虾有虾路，上有政策，下有对策。当他脚步踉跄地走出学校报名处的时候，就有人跟上来了。

要伐？

他没听明白。

人家蛮耐心，又说，要伐？

现在听懂了，这是要卖东西给他，卖什么呢？

学区房。

他简直是目瞪口呆。

他当然是将信将疑的，以为碰上骗子了，但又怀揣着一丝希望，如果没有这一丝希望，他真是什么也没有了。所以跟着过去一看，怎么不是，离学校不远，证件齐全，保证五年内没有人用这个户口上过学，等等，应有尽有，正宗的如假包换的学区房。

可是这还是值得怀疑呀，报名时间就那么几天，买个房有那么简单那么快捷吗？

当然有，早就一条龙伺候着了，全程配套，卖方、中介、房屋中心，绝对一路绿灯，服务得实在太周到。

那是，有市场，就有服务，现代社会，就是这点好。呵呵。

不过千万别以为这是他们的良心行为哦。

你懂的。

事情就这么解决了。当然要损失一大笔钱，但是，这钱无论他是借来的，还是怎么来的，甚至是高利贷的，也值。

当然值啦。

孩子就不会输了啦。

真的就只剩下天真了。

当他第二次去报名的时候，老师也认得他，只是朝他笑笑，说，现在动作都蛮快的。

感情他们所有的人什么都知道。

那是，如果什么都不知道，老百姓还怎么把日子过下去呀。

所以现在轮到我了，我并不太着急，我虽然和传说中的那个人一样没钱，但是我比他有时间。

我先到网上了解行情，学区房，多的是，挑得我都头晕眼花了。

当然让我头晕眼花的不只是房子多，主要是它的房价高，我得屏住呼吸，才能数清楚那是几个零。

不过也还好，关于这一点，我是有思想准备的，你都想买学区房了，你还想着有便宜货吗？那真是想多了。

学区房首付，恰好是我们家多年来省吃俭用积蓄起来的那个数字。若不是有这个数字，我也不会财大气粗到要给孩子买学区房。

真是有一种"风萧萧兮易水寒，壮士一去兮不复还"的悲壮。

接下来的事情，就十分令人兴奋了，我们千挑万选，看中了一套学区房。

我们聚会吧

范小青

根据网上留的联系人电话,我们联系上了中介小张。我不把他的名字直接写出来,那是我手下留情,不想砸了他的饭碗。

小张听说我们看中了学区房,立刻说,好呀,你们什么时候看房,钥匙在我这里,我们约时间。

旗开得胜,我马上说,说看就看。我和老婆请了假,心情激动地来到未来世界。

未来世界小区大门口有好几个年轻人站在那里,男男女女,统一的中介工作服,胸前挂有胸牌,衬衣束在裤子里,一式的打扮,一看就让人产生信任感,也让人心生美好,真切感受楼市的春天又来了。在美好的春天里,我们搭上了时代的快车。

我朝他们认真打量一番,因为装扮和长相都差不多,我看不出哪个是照片上的小张,其中的一位已经到了我的面前,说,八幢501?

我一下子没听明白,以为是什么接头暗号呢,愣了一愣。

旁边的一个也上来上了,说,五幢402?

有个女的就找我老婆问,四幢303?

我也没那么笨,愣过之后我反应过来了,他们问的是哪套房吧,我赶紧说,我们是九幢603。

哦,这里。立刻有人朝我举了举手。

我赶紧笑着迎上去,哦,你是小张?

那个也笑了笑,说,哦,我不是小张,我是小王,小张陪另一个客户看房子去了,路上有点堵,来不及赶回来,我带你们看房。

这我就有了戒心,我说,你和小张是同事吗?

小王说,是同事,是同事。

买方在左　卖方在右

可是，可是，我还是不放心呀，这可不是买萝卜青菜，这是买房子、是买学区房。我说，为什么，说好的小张，会换一个人呢？

小王面色平静，估计他也是经常碰到我这样的客户吧，他平静地说，其实你也不认得小张对吧？你不是也没见过小张吗？为什么你相信他而不相信我呢？

这确实是有点奇怪。他说得不错，小张和小王，一样的中介嘛，同一个公司，再回想一下，我在网上看到的小张挂在那儿的照片，难道不是和这个小王差不多吗，别说服装、气质差不多，连外貌也很像，都戴着眼镜，都是文绉绉的样子。

我信了他。

不信又能怎样？

我和我老婆乖乖地跟着小王进了小区，找到九幢603，小张掏出钥匙，开门进去。

看房的具体过程和房子的具体情况我就不说了。

我能说什么，难道说我很喜欢我们想买的房子吗？

我只能说，我老婆还是比我有信心，她说，没事没事，只要好好打扫打扫，还是可以的。

她又说，反正又不是来享受的。

既然她有这样的信心和决心，我也没有理由多说什么。

然后就和小王约好，第二天就去他们门店面谈，谈得拢，就面签了。我们希望卖方再把价格压低一点。小王说，没问题，都是这样的，都要砍一下价的，你们心里有个底线就行，对方我们也会做工作的。

真是通情达理，合情合理。

隔了一天,我们到了中介的门店,没看到小王,就找小张,小张也没在,小李接待了我们,小李说,一样的。卖方正在来的路上,快到了,你们再耐心等一等。

一等再等,还没来,我有点伤自尊了,忍不住说,到底是卖方,厉害呀,爱来不来,总是买方着急吧。

小李笑道,那倒不一定,有的是买方急,有的是卖方急,有一次我们接了一个卖家,急得什么似的,一天打几十通电话,问有没有联系上买方,你们知道他干吗?他要离婚,想转移财产,呵呵。

我老婆阴阴地瞥了我一眼。

不知为什么我竟有点心虚。

小李又给买家打了电话,放下电话,他站了起来,跟我们说,别等了,今天不来了。

我老婆一直是觍着脸讨好地看着小李的,但那是因为急着要买学区房装出来的,她本来脾气丑,又特经不起考验,一下子态度就不好了,气呼呼地说,你刚才说他们已经快到了,这会儿怎么又说不来了呢,你是骗我们的?

小李说,不能说我骗你们,昨天跟他们联系,他们是答应了的,可是今天下午再打电话,他们就拖泥带水——

我说,那就是说,刚才他们根本不在来的路上?

小李一点也没有因为刚才说了谎而尴尬,他呵呵说,根本就没出来,他们在家里打架呢,现在打出事情来了,进医院了,这夫妻俩,先前为了卖不卖这个房子,已经打过一架,现在又为了卖个什么价打起来,唉。

人家都打进医院了,我们还能说什么,跑到医院跟他们理论?还是骂

买方在左　卖方在右

骂小李？骂小李小李也冤的，根本也不是他的事情，起先联系的是小张嘛，带着看房子的是小王嘛，可是骂小张小王，小张小王就不冤吗？又不是他们求着我们的，是我找的他呀。

算了算了，房子这么多，东边不亮西边亮，小李说，学区房我们这儿还有好多套，你们再看看。

我和我老婆对视一眼，我们是心有灵犀的，这家中介不怎么地道，我们得撤了。

小李也知道我们的心思，他也没有勉强我们，仍然面色平静地和我们道了再见，并且给了名片，说，有需要联系我。

我们还是换一家中介吧。

我们换了一家更大的品牌更好口碑也更好的中介，然后选中了一套学区房。

我们又去看房了。

这个小区叫明日之星，也讨喜，小区大门口仍然有一些中介人员在等客户，我一一看着他们的脸面，觉得蛮亲切也蛮熟悉的，我拉住一个说，你，好像是小张哎，你，是不是小张？

他说是呀，我是小张。

我说，上次我们看未来世界的一套房，就是联系的你，你没来，你的同事小王带我们看的。

小张说，哦，未来世界我们也做的。对了，今天你们是看3幢505的吧，跟你们联系的小刘，今天来不了，我带你们看房，我姓张。

咦，我就奇了怪，我们明明换了一家中介，怎么还会是小张？

我老婆不如我有涵养，直接就说，难道你们都是一家的？

295

小张说，都是联网的。

这算什么话，难道用上网络就都成一家了？我犹豫着说，可是，小刘并没有说他委托同事带我们看房，再说了，我们也不认得你，我只是觉得，你有点像我上次在网上看到的照片上的小张。

小张说，认得不认得，没关系的，反正是看房的。

我倒要跟他认个真，我说，那你是不是上次我和你联系过的看未来世界的那个小张呢？

小张有点抱歉，说，未来世界那边，我带过好多人看房，我实在有点记不清了。

我说，不是你带我们看的，是你的同事小王。

小张说，那我就更记不得了，我同事中姓王的也有好几个——其实，记得记不得无所谓的，只要你今天看得中这套，就行。

我和我老婆都无话可说了，你能说他说得不对吗？他是带我们去看人家的房子，又不是要卖我们家的房子，他如果是骗子，也骗不掉我们什么呀。

这样一想，我们就跟着小张去看房了。

然后，再去中介的正规门店面谈。

这一回的卖方，倒是守时的，比我们到得还早，我们一进去，他们已经在谈论网签后的下一步了。

我和我老婆一到，立刻就开始履行手续，首先当然是卖主出示房产证和地产证。卖方是一对中年男女，女的紧紧搂着一个包包，护在胸前，一听说要拿出证来，她有点紧张，动作摸摸索索的，在男人的帮助下，才将包包打开，小心地取出证来。

果然不错，两本，一本红色封面，一本黑色封面。

买方在左　卖方在右

我和我老婆，心又灵犀了，我们互看一眼，心情已经激动起来，好像那就是我儿子的未来了。

可是小张只是拿眼睛的余光瞄了一下，就说，错了，这是《住宅质量保证书》和《住宅使用说明书》，你们拿错了。

那夫妻俩愣了愣，赶紧把那两个本本拿过去看了，果然是错了。

那夫妻俩你看看我，我看看你，一时不知所措，过了好一会，才想起来说话，拿错了？不会呀，怎么会拿错呢，不会错的呀。

真是废话，明明就是错了，还说不会错。

所以另一个理直气壮补充说，拿错了？可是我们的那个专门放证件的袋子里，只有这两本呀。

小张说，反正这两本不对，你们回去重拿吧——他还知道对不住我们了，回头跟我们打招呼，今天签不成了，另外再约时间吧。

我和我老婆面面相觑，难道这算是好事多磨吗？

如果真有好事，磨就磨吧，反正我们一无所有，只剩下一点耐心了。

可是那夫妻俩不服呀，他们嚷嚷起来，配合得很好，一个说，回去也拿不到的，就是这个，只有这个，家里没有别的证了。

另一个则说，要不只有身份证了。

他们嚷了几句，也知道这不是解决问题的办法，他们开始回忆他们家的房产证到底到哪里去了，这一想，咦，事情又回来了。

就在中介小张这里呀。

上次我们来登记卖房，是你叫我们把房产证带过来的。

小张说，是呀，你不带房产证来，我怎么相信你有房子，我怎么给你登记，怎么给你挂到网上卖呀。

可是我们带来就交给你了，应该在你这里。

小张笑了笑，说，这是不可能的，只是登记一下号码，就还给你们的，我们不会收你房产证的——再说了，你又不认得我，你敢把房产证交给我吗？

我们怎么不认得你，你不是小张吗，你不是中介吗？

小张说，我说小张就小张呀，我说中介就中介呀，你们真这么相信人吗？

他们说，你别管我们相不相信，反正你们的门店就在这里，我们还怕你跑了不成？所以，我们的房产证肯定是被你们留下了，你们还说，买主不相信你们，他们要看房产证才会相信。

小张又呵呵了，说，有门店就不会跑路吗？

小张这话一说，那夫妻还没反应过来，却把我吓了一跳，怎么不是呢，有个小门店而已，怎么就不能跑路呢，人家有一幢大楼，也照样跑路。

我的心脏怦怦跳了，还好，我暗自庆幸自己是个买主，不是卖主，我没有房产证可以让他们拿去。

小张的同事也都在忙自己的事情，这边吵吵嚷嚷，他们完全不在意，因为他们自己那一堆，也都是吵吵闹闹的，一直到后来他们的事情忙得差不多了，看这边仍然僵持着，就过来劝架了。

总之我听出来了，他们都和小张是同一个说法，卖主来挂牌时，是不可能把房产证交给中介的，只有到了网签时，中介才会收扣两证，拿去代办各种手续，那样中介也必定会出具收据给卖主，否则，哪有卖主会这么好说话，换句话说，哪有卖主会如此傻缺。

他们再一次吵吵起来。

小张见我和我老婆神情有异，先稳住我们说，没事的，房产证肯定在的，今天让你们白跑了，对不起对不起，等他们找到了，我们再约时间吧。

买方在左　卖方在右

我们还能怎样，走吧。

我们走出来，回头看看这个中介的门店，我心里有些疑惑，我说，我们上次去的，就是这个门店吗？

我老婆也疑惑，也说，咦，好像差不多哎。

不是我们傻，确实差不多，看着像，又不太像，中介的门店样子都长得差不多，和他们的中介人员一样，分不清你我他。

我们等呀等呀，一直没有来自小张的消息，中间倒是有许多人，小王小李小刘小钱小什么什么，只管盯着打我的电话，问是不是要买学区房，我说，我是要买学区房，不过已经确定了卖方，明日之星，只等他们找到房产证，就签约了，不想再多看，多看有什么用，看得心猿意马，我又不能买几套。

他们说，其实我们这边的梦幻天域你也可看看。

其实我们这边的领袖之城也不错的。

还有理想帝国，还有皇冠明珠。

还有好多外国名字。

小区的名字实在太赞了，在我看起来，都是我儿子的未来呀，这实在太有诱惑了，诱惑得我耐心不够用了，我给小张发信催问，小张说，快了快了，一来马上通知你们。

我也知道这个"快了快了"是什么，我和妻子意见一致，对不起了，小张，拜拜了。

我们又上网去找房子了。

网上的学区房真多啊，我们眼花缭乱。

我们物色了第三家中介公司，联系了小赵，小赵和我们约了时间。

我们聚会吧　范小青

就在我们将要去见小赵、小赵将要带我们看房的前一天,前边那个小张来电了,说卖主家的房产证真相查出来了,原来是他们家的儿子年纪轻轻不学好,在外面赌博,欠了巨额赌账,把房产证偷出去抵押了。

我想这谎话也说得太没水平,破绽太大,但是既然我已经抛弃了小张,我也不必和他多话,也没必要指出他的荒诞,我只是老老实实地告诉他,你们那里,看起来也不太那个什么,我们换中介了。

我说这话的时候,其实还是有点理亏心虚的,毕竟这事情上我们也不太厚道,小张明明让我们等他消息的,结果我们只等了几天就将他甩了。

不过小张并没有如我想象的那样生气,他只是说,你们换的那家,是叫恋屋中介吧?

我的天,他们果然是连着的。

不管他了,我们现在只认小赵了。

这回我们看中的小区叫幸福家园,这个名字好,比什么未来世界明日之星更实在,更接地气,更贴近我们老百姓,所以我相信了小赵。

如你所料,到看房的那一天我们在小区门口仍然没有见到小赵,有个姑娘说她是小赵的同事,小赵有事来不了,委托她带我们看房。

这姑娘看起来很年轻,因为个子小,简直像个学生,我不由得嘀咕说,怎么来了个姑娘。

我老婆瞪了我一眼,说,姑娘?姑娘把你卖了,你还跟着数钱呢。

我老婆警惕性就是比我高,尤其是碰到姑娘的时候。

这姑娘其实蛮实在的,我们只是在脸上流露出一点不信任,她就主动跟我们坦白说,是的是的,我是个新手,菜鸟,呵呵,请多多关照。又说,我姓孟,你们喊我小孟就行。

买方在左　卖方在右

我说，哦，孟，孟子的孟？

姑娘说，不是孟子的孟，是做梦的梦。

我就奇了怪，我还头一回听说有这样的姓，我嘴又贱，说，咦，姓梦，做梦的梦？有这个姓吗？

我老婆朝我翻白眼，说，怎么没有？梦露不是姓梦吗？

我知道我老婆嫌我话多了，赶紧闭嘴，由菜鸟小梦带着我们进小区，看幸福家园。

幸福家园是令我们满意的。

我们看了几处房，处处令我们满意。你们早就看出来了，我们一点也不挑剔，只要它是学区房，我们都满意。何况它还是幸福家园。

然后依然是约到门店买卖双方面谈，前面的两次，都是栽在这个环节，所以在去门店之前，我老婆提议我们去给菩萨烧个香，我想嘲笑她，大学毕业都这么多年了，乡下人的迷信习性还改不了，但话到嘴边，我咽了下去，坦白地说，我也想拜菩萨。我们到西园寺去拜了菩萨，只是不太清楚到底哪个菩萨管这个事，就一一都给拜了。

拜菩萨果然管用，门店的面谈很顺利，价格也压下来了，网签的材料，这个证，那个件，一一都带齐了，小梦虽然谦虚，说自己是个新手，但其实她和那些老手一样，根本不用拿正眼看这些材料。不过也确实错不了，没有哪个比买主卖主更关心自己的行为了，真不用中介操很多心。

好了，过关斩将，我们终于杀到房屋交易中心来了。

到那里一看，我有点傻眼，简直怀疑这里边是干什么的，这简直就是一个战场，人们在枪林弹雨中大呼小叫，奔来奔去，紧张得不得了，至少也可以看作是上战场前的那种混乱、慌乱、大难临头的感觉。

其实才没有大难临头。买卖房子，是好事情，紧张中是夹杂着兴奋的，可怎么会让人感觉心慌意乱的。

这真是有点奇怪。

我一进大厅，首先看到了我老丈母娘和我小姨子，我"咦"了一声，问我老婆，她们怎么来了？

我老婆不介意地说，哦，这个要防着点的。

她不介意，我倒有点介意，防着点，防谁呢？防中介？防卖家？防房屋中心？还是防我？

不过其实我家也一样，毫不示弱，不仅我来了，我家弟弟弟媳也来了，还抱着他们的未满周岁的孩子，似乎从小就想让他接受一点教育。

那个小梦看了我们这么多人，并没有觉得意外，只是说，你们稍等，卖方还没到，刚才电话了，马上到。

这个姓梦的运气不错，她说"马上到"，还真是马上就到了，不像面前的小张小王小什么的，说了不算数。

卖主到了，他们家的阵仗也不比我们差，也是夫妻双方连带亲朋好友，差不多凑到一个班了，至少我们买卖双方的人数加起来，是足足超过一个班了。

小梦像个班长，先快速地扫了这个班一眼，果断地说，你们在这儿站着，别走开，我去取号。人一闪，就淹没在人山人海中了。

这哪是菜鸟，整一个行走江湖的老手。

因为大厅里人实在太多，声音太杂，她说的话，除了站得离她最近的我和我老婆，其他人基本没有听见。

看到小梦走了，其他的人就蒙了。其实他们一进来就处于蒙的状态了，

买方在左　卖方在右

盯着我和我老婆问，人呢，那个人呢？

我嗓子疼，说不动，但我老婆很兴奋，所以她积极地大声告诉他们，取号去了。

因为听不清，有人听到的是"举报"，有人听到的是"喜好"，或者"取消"，等等。

他们根据自己听到的，七嘴八舌乱说一气，我懒得和他们解释，好在小梦不一会儿就来了，告诉我们取到了5250号。

大厅的大屏幕上有显示，广播里也有播报，小梦说，你们守着别走开，注意看，注意听，报号。

人一闪，又没了。

她人闪了，卖方的人着急呀，所有材料，尤其是房产证之类的都在她的袋子里呀，现在他们只能盯住我了，好像我和这个姓梦的是串通好了的。

果然，他们责问我说，嗯？你们认得她？那个女的，中介？

我说，咦，怎么是只我认得呢，你们不也认得吗？

可是我看你小梦小梦喊得亲热，你们难道是亲戚？

我毫不客气地反驳过去，我看你们才跟她很熟很亲昵，要不你怎敢把房产证都交给她呢。

我这话一说，他们慌了神，他们一慌神，又找不见小梦，恶狠狠地围攻起我来。

什么什么什么。

什么什么什么。

我认怂，不说话了。

在人多的地方，大家的脾气都容易发作，我还是省点事吧。

303

可是人家脾气上来了，不想省事，说，她人呢，她人呢，她不会带了我们的材料走了吧？

这样看起来，如果姓梦的真的卷走了材料，他们会找我算账的。

他们想多了。

你们也想多了。

我又不是在写骗子，我写的是房屋买卖的事情，这地方各个方面都十分的规范，都有明确的硬性的规定，骗子很难钻空子，不容易得手，他们一般不到这里来。

果然的，我不用担心，当排号排到5248的时候，小梦出现了，说，快了快了，再过两号就轮到了，她扫了一眼一字排开的柜台，富有经验地说，估计是在九号柜台了。

小梦话音刚落，广播里已经报出了5250请到九号窗口。

大家都激动了，甚至有人尖叫起来，一起往九号柜台那儿涌过去，小梦被挤在了后面，她个子小，身子也比较单薄，在后面喊，你们过去没用，材料在我这里。

除了我们买卖双方及家属，甚至还惊动了其他的买主和卖主，他们不知道往那边挤有什么好处，就闷着头一起跟着我们往九号柜台去。

小梦个子小，灵活，她身子一矮，就从人缝中钻到柜台前，随即面对大伙，从包包里掏出一个小喇叭，吹了一口气，喊了起来：幸福家园，幸福家园，举手。

我们，这一伙人，幸福家园的买方、卖方及亲属，听懂了，都举起了手。

其他跟着瞎混的，悻悻地退了开去，嘀嘀咕咕，什么幸福家园，哪来的幸福家园。

买方在左　卖方在右

　　所有举了手的幸福家园，都紧紧地绕在小梦周边，简直是围追堵截，小梦分不清哪些是买主，哪些是卖主。不过真别为她担心，她有的是办法，只见她忽地又一转身，背对着大家，仍然用喇叭喊：幸福家园，买方在左，卖方在右！

　　柜台里的那个人，朝她笑，说，哈，喇叭，装备齐全哈。

　　小梦也笑了笑。她回头看了我们大家一眼，发现我们都没有听明白，重新又喊了一声：买方在左，卖方在右。

　　我反应比较快一点，抢先听懂了，我赶紧跟他们说，你们，卖方的人、站到小梦的右边，我们，买方的，站在她的左边。

　　顿时引起一阵嚷嚷。

　　为什么，为什么我们要站左边？

　　为什么我们要站右边？

　　左边和右边，有什么不同？

　　为什么要分右边和左边？

　　柜台里的人说，办不办，办不办，不办就下一号了？

　　小梦朝他笑，一边说，办的，办的，一边把材料递了进去。

　　材料一进去，大家立刻停止了嚷嚷，现在大家的注意力，已经不在小梦那里，而在柜台里边了。

　　柜台里的动作也是十分的规范快速，几乎只用几分钟甚至更短的时间，工作人员已经看过了那厚厚的一叠材料了，他开始叫名字了，孙大洪——

　　卖方的男主应声而出，我，我是。

　　孙大洪签名。

　　又喊，孙福珍。

305

那个孙大洪的老婆，正在往前拱，想必男人签过了，就该轮到她了，她刚拱到柜台前，拿到了柜台上搁着的那支笔，可是一听喊"孙福珍"，她忽然就呆住了，她的手握着那支笔，半抬半举，脸色完全僵硬了。

出事了。

她竟然不是孙福珍。

那谁是孙福珍？

人呢？

卖方男主脸色尴尬，支支吾吾，欲言又止。

工作人员严厉起来了：人呢？这人是谁？

男主说，是，是我父亲。

人呢？

死、死了。

死了？开什么玩笑，死了你们还让他来签字，怎么来的？

没有来，已经烧成灰了。

呵呵，如果睡棺材，还能抬个死尸来，抓住按个手印不知行不行，但是烧成了灰，想必无论如何来不了了。

卖方男主忽然惊醒过来，赶紧掏出一张纸，抢上前说，有，有，有证明的，死亡证明。

里边的人又好气又好笑，说，我不要死亡证明，我要活人，能签字的活人，你有吗？

那男主灵感又来了，说，咦，他是我爸，他死了，我继承他的房产，这有问题吗？

他真是想多了，哦不，这回他想少了。

买方在左　卖方在右

连我这样的外行都知道，继续遗产可不是个简单的事情，不是一张死亡证明就能解决得了的。

我不由看了看小梦，这事情分明责任在她，尽管可能当初登记的时候，不是她经手的，但至少她没有认真核对买卖双方带来的证件，我没想到的是，小梦居然一点也不着急，笑眯眯地说，不急不急，有办法。

那卖方男主还在跟里边纠缠说，那你说怎么办，这房子不能卖了？可是我们急等钱用呢。

里边说，现在没办法了，你们应该在你父亲去世之前，先来这里户，把你父亲的名字去掉。

那男主哭丧着脸说，他病了好多年，一直瘫在床上，怎么到这里来签字呀，再说了，我们总以为，他死了就是我们的了。

想得美。

我差一点脱口而出。

小梦笑着，勾出身子，到柜台里边把那个房产证拿出来，翻开来看了看，轻描淡写地说，哎，是有个孙福珍，我还以为就是你老婆呢——我当初问你们，除了你们夫妻，还有没有其他共有人了，你们说没有。

那卖方男主女主齐声说，人都死了，还算人吗？

柜台里的那个人，每天见识各种各样买房卖房的人物，早就刀枪不入，这会儿居然也被搞晕了，一生气，手一抬，"啪"，材料被扔了出来。

小梦捡起材料，还是笑眯眯的，说，没事的，没事的，重新搞一下。

我们买卖双方都不如她有经验，更不如她有想象力，我们想不出该怎么搞，小梦说，不难的，不难的，你不是说你们的父亲病了好多年，不能走路吗，那就抬了来吧。

307

卖方男人说，可我说的是他活着的时候，现在他已经死了。

小梦笑道，你别说死呀，死了就真不太好办了。

那男主后悔不迭地说，可是我刚才已经说出来了。

小梦仍然笑，说，没事，他才不记得呢，每天那么多人，他都记得，那是见鬼。

那男主还是没有明白过来，我倒是明白了，我插嘴说，小梦，按你的意思，抬个活的来冒充一下，

那男主立刻说，他们不会这么笨吧？

小梦说，他们怎么笨啦，他们一点也不笨，他们都知道，心里一本账，只是睁只眼闭只眼啦，他们也知道老百姓不容易，到这里来的——哟，不扯远的了，我们商量一下，人，是你们物色还是怎么办？

他们居然真的开始商量怎么找人冒充，小梦提醒他们，不能找身体太好的，要找不能走路的，不然人家想让你们蒙混，你们也过不了关。

那男主仍然不敢相信，说，抬了来真的有用？

小梦手一抬，说，你看那边，那个是坐轮椅的。又说，上次看到一个，是担架抬来的，这个你们想好了，是坐轮椅还是抬担架，还有，你们要吩咐好了，来了不要说话，不要什么什么什么——

我在旁边听得简直忍俊不禁，我失声大笑起来，我的笑声之大，竟然盖住了交易大厅乱哄哄的嘈杂声，大家被我的笑声震住了，都朝我看。

我赶紧逃走。

我老婆紧紧追着我说，你干什么，你干什么？

我说，我不买房了。

老婆呸我说，儿子不上学了？

我说，我没出息，连买着个学区房也买不成，你当初，就不应该嫁给我。

我老婆"哼哼"说，是吗，现在也未必来不及。

她什么意思？

我是跟她发发嗲的，她还当真了？她真想找有出息的、有学区房的男人去？

你以为呢？

你看看日历，都什么时候了，学校新生报名的通知已经出来了，房子还没有着落呢。

我失魂落魄地回到家，小梦的电话就追来了，小梦说，哥，你别着急，你稍微等几天就行了，我正在帮他们办这个事情。

办什么事情？让死人复活、让假人冒充，然后去房屋中心签字卖房。呵呵。

我说，我等不及了，学校已经开始报名了。

小梦说，那也来得及，这一套不行的话，还有许多，对了，我们还有房卡房，房卡房很便宜，关键是办起来更加方便快速——虽然没有产权证，但是可以算学区房，前提呢，也简单，只需要你是无房户，只要把你现在的住房卖了——

我一听，两眼发黑，浑身发软，我要买个房，都已经焦头烂额，我若是要卖房——我可不敢往下想了。

我不知道我老婆什么想法，会不会因此吵得不可开交，甚至提出离婚；我也不知道我家的房产证还在不在家里，虽然我儿子还小，不会拿去抵押，但是我家丈母娘、小姨子，我自己的弟弟、弟媳，也都不是什么好鸟，虎视眈眈地瞪着我呢；我还担心我老婆瞒着我找人冒充了我，把我丈母娘和小姨子的名字加进去了,我还怀疑——总之,总之,我不想再提房子的事了。

可是我很不争气,第二天上班的时候,我竟然鬼使神差地绕到了小梦说的那个房卡房吴家角,那里确实是有个破旧的平房,我走进去,看到有个老太太在里边,老得面目都已经糊涂了,她朝我挥挥手,说,走吧走吧,这是凶宅。

我一哆嗦,赶紧逃了出来。

怎么不凶,阴森森的,不像住人的地方,倒像是——晦气,我不说了。

我彻底和房子怼上了。

难道我儿子真的不上学了吗?

当然不会。

初秋的时候,我儿子如愿以偿地进入了市里最好的小学。但可惜的是,现在他已经不是我的儿子了。

为了儿子上学,我老婆跟我离婚了,找了个后爸,有学区房。

相比买卖房子,办离婚手续倒是很顺利,我们到民政登记,里边问:协议离婚?

答:协议离婚。

问:财产分割好了?

答:分割好了。

眼睛都没来得眨一下,章就已经盖好了,两本和结婚证一样红的本子扔了出来,我们一人拿一本,分头而去。

之前我还打了些腹稿在肚子里,万一他们要调解,要劝和,问为什么离婚,我早想好了怎么回答,如果再问什么,我又怎么回答,我都一一做了准备。

结果一句也没用得上。

当然，我们是假离婚。

但是谁知道呢，现在已经过了我们约定的时间，可我前妻一直没有来找我复婚呀。

至于我原来准备买学区房的那笔钱，那是我和我前妻一起攒下来的半辈子的积蓄，我放到P2P金融平台上去了，很快，它们就没有了。